Von Mary Scott
liegen als Goldmann-Taschenbücher außerdem vor:

Das waren schöne Zeiten. Mary Scott erzählt aus ihrem Leben
  (2782)
Es ist ja so einfach. Heiterer Roman (1904)
Es tut sich was im Paradies. Heiterer Roman (730)
Flitterwochen. Heiterer Roman (3482)
Fröhliche Ferien am Meer. Heiterer Roman (3361)
Frühstück um Sechs. Heiterer Roman (1310)
Hilfe, ich bin berühmt! Heiterer Roman (3455)
Ja, Liebling. Heiterer Roman (2740)
Kopf hoch, Freddie! Heiterer Roman (3390)
Macht nichts, Darling. Heiterer Roman (2589)
Mittagessen Nebensache. Heiterer Roman (1636)
Onkel ist der Beste. Heiterer Roman (3373)
Tee und Toast. Heiterer Roman (1718)
Truthahn um Zwölf. Heiterer Roman (2452)
Und abends etwas Liebe. Heiterer Roman (2377)
Verlieb dich nie in einen Tierarzt. Heiterer Roman (3516)
Wann heiraten wir, Freddie? Heiterer Roman (2421)
Zärtliche Wildnis. Heiterer Roman (3677)
Zum Weißen Elefanten. Heiterer Roman (2381)

Von Mary Scott und Joyce West
sind als Goldmann-Taschenbücher erschienen:

Das Geheimnis der Mangroven-Bucht. Roman (3354)
Lauter reizende Menschen. Roman (1465)
Das Rätsel der Hibiskus-Brosche. Roman (3492)
Tod auf der Koppel. Roman (3419)
Der Tote im Kofferraum. Roman (3369)

Mary Scott

Oh, diese Verwandtschaft!

Heiterer Roman

Wilhelm Goldmann Verlag

Titel der Originalausgabe: If I Don't, Who Will?
Originalverlag: Hurst & Blackett Ltd., London
Aus dem Englischen übertragen von Nora Wohlmuth

1. Auflage Mai   1978 · 1.–23. Tsd.
2. Auflage Oktober 1978 · 24.–53. Tsd.

Made in Germany 1978
© der Originalausgabe 1971 bei Mary Scott
© der deutschen Ausgabe 1975 beim Wilhelm Goldmann Verlag, München
Umschlagentwurf: Creativ Shop, A. + A. Bachmann, München,
unter Verwendung einer farbigen Zeichnung von Ulrik Schramm, Feldafing
Druck: Presse-Druck Augsburg
Verlagsnummer: 3663 · Vosseler/Heiß
ISBN 3–442–03663–1

I

Sie saßen um den Tisch im Eßzimmer und hörten zu, wie Mr. Brady Großmutters Testament vorlas: Onkel Joseph und die vier Enkelkinder. Lauras Augen waren verschwollen; sie konnte es immer noch nicht fassen, daß Großmutter, die sie so geliebt und so lange umsorgt hatte, nun tot war.

Mrs. Stapletons Bruder, Onkel Joseph Spencer, trug es mit stoischer Ruhe. Aber dann fiel Laura ein, daß ihn Dinge, die ihn nicht selbst betrafen, selten zu rühren pflegten. Die Vettern und Cousinen sahen traurig und niedergeschlagen aus. Sie waren die Kinder von Großmutters einzigem Sohn, der mit seiner Frau bei einem Verkehrsunfall vor fünfzehn Jahren ums Leben gekommen war. Seit damals war dieses Haus ihre Heimat gewesen, sooft sie danach verlangten. Großmutter hatte sie aufgezogen und schrecklich verwöhnt, und ihnen allen ging ihr Tod nahe. Aber sie waren gespannt auf das Testament; denn Mrs. Stapleton war eine sehr reiche Frau gewesen, und sie alle waren auf sie angewiesen.

Mr. Brady begann: »Meiner Enkelin Laura Jane Howard vermache ich . . .«

Laura seufzte; was für langweilige Namen! So ganz anders als die Namen der Stapletons: Lester, Eva, Christine und Hugh. Ihre Eltern mußten schrecklich wenig Phantasie gehabt haben.

Aber was sagte der Rechtsanwalt?

». . . vermache ich das Haus und die zweihundert Morgen Land, auf dem es steht, genannt die Brookside-Farm. Ich vermache die Farm Laura Jane Howard in der festen Hoffnung, daß sich die anderen Mitglieder der Familie dort stets zu Hause fühlen dürfen, wenn sie es möchten.«

Laura atmete schwer. Brookside und die Farm. Das Haus war groß und sehr alt; es stand leider an einer gefährlichen Kurve der Straße und würde niedergerissen werden, wenn einmal die Autobahn gebaut werden würde. Aber das Land war sehr wertvoll. Hier hatte Großmutter gelebt. Hier hatte sie den Enkelkindern eine Heimat geschaffen. Hier hatte Laura bis zu ihrer Heirat mit Derek Howard vor sechs Monaten gelebt. Die anderen waren gekommen und gegangen, wie es ihnen gepaßt hatte. Laura hatte das Gefühl, das sollte nun unverändert weitergehen.

Sie seufzte. Aber gleich dachte sie reumütig: Aber es ist doch gut, daß sie es mir vermacht hat. Es wird viel Mühe kosten, das Haus zu erhalten; aber für Derek ist es schön, wenn er eigenes Land besitzt, anstatt es zu pachten. Was die Familie angeht, ist es das mindeste, was ich tun kann. Wie oft hat Großmutter gesagt: »Sie sind ein bißchen verrückt, natürlich; aber wir müssen auf sie aufpassen, Laura. Sag selbst: Wenn ich's nicht tue, wer tut's dann?«

Es war nicht leicht, auf sie aufzupassen. Mrs. Stapleton hatte sie geliebt und verwöhnt, abwechselnd getadelt und verzogen; aber sie hatte sie immer wieder liebevoll aufgenommen, trotz all der Dummheiten, die sie machten. »Es ist doch ihre Heimat. Ich weiß, ich bin eine alte Närrin, Laura, aber sie und du, ihr seid alles, was ich habe. Joseph zählt nicht. Ich hätte sie besser erzogen, wenn sie nicht so niedlich und hübsch gewesen wären. Schönheit habe ich nie widerstehen können.«

Sie sahen wirklich fabelhaft aus. Lester, der Älteste, war Journalist geworden, um eines Tages ein, wie er glaubte, hervorragender Schriftsteller zu werden. Er war groß und dunkelhaarig; allerdings wurden seine ebenmäßigen Züge durch einen leichten Anflug von Arroganz getrübt. Auch Eva war groß; mit ihren zweiundzwanzig Jahren war sie ein erfolgreiches Photomodell, und sie setzte lieber ihre blonde Schönheit und ihren untadeligen Körper ein als ihren Verstand, der eigentlich genauso wohlgeraten war. Sie glich das durch den Umgang mit einer Gruppe von Quasi-Intellektuellen aus, die sie in ihrer kleinen Stadtwohnung sehr oft besuchten. Sie wohnte nicht mit Lester zusammen, denn mit ihm lag sie sich unaufhörlich in den Haaren.

Christine, das dritte Stapletonsche Enkelkind, war zwanzig und besaß, wie ihre Brüder behaupteten, überhaupt kein Hirn. Aber sie hatte ein besonders hübsches, sanftes Gesicht, war Großmutters Liebling gewesen und von ihr dementsprechend verwöhnt worden. Sie war die Kleinste in der Familie und die Schwierigste. Zur Überraschung aller und zu Großmutters Ärger hatte sie sich mit neunzehn Jahren mit Guy Appleton verlobt, einem erfolgreichen Rechtsanwalt, der zehn Jahre älter war als sie. Sie wohnten zehn Meilen von Brookside entfernt, und wenn Christine mit ihrem Mann irgendeinen Ärger hatte, sauste sie heim zu Großmutter, die ihr sanft den Kopf zurechtsetzte. Bisher hatte Guy gute Miene zu diesem Spiel gemacht; aber Laura konnte sich denken, daß ihm nicht wohl dabei war.

Hugh war der Jüngste und, wie Großmutter sagte, »der einzige, der niemandem Kummer machte«. Er verbrachte sein letztes Schuljahr in einem zwanzig Meilen entfernten Internat. Alle hatten immer Freude an ihm gehabt. Er war klug und sah gut aus. Er war so groß wie sein Bruder, aber so feingliedrig wie Eva und hatte die Schule mit gleichbleibendem Erfolg durchlaufen. Und was noch wichtiger war: er war uneigennützig und hatte ein Herz für seine Mitmenschen. »Er nimmt wirklich Rücksicht auf andere Leute«, hatte Mrs. Stapleton ungläubig festgestellt. Laura liebte ihn, und er erwiderte ihre Zuneigung.

Mr. Brady las noch immer weiter, und Laura stellte erleichtert fest, daß Großmutter die Vettern und Kusinen nicht leer hatte ausgehen lassen.

Beträchtliche Gelder waren so angelegt, daß die Geschwister nicht vor ihrem dreißigsten Lebensjahr darüber verfügen konnten, daß sie aber jedem achthundert Dollar jährlich an Zinsen einbrachten. Wenn Eva zum Beispiel ihren Beruf aufgeben und einen ihrer mittellosen Intellektuellen heiraten würde; wenn Lester seine Zeitung an den Nagel hängen und sich ganz seiner Schriftstellerei widmen sollte; wenn Guy feststellen würde, daß die Höhepunkte mit Christine den Verdruß mit ihr nicht wettmachten; oder wenn Hugh kein gutes Stipendium bekäme und sein Studium selbst bezahlen müßte. Wenn all das eintraf,

7

brauchten sie wenigstens nicht zu verhungern. Und natürlich würde immer noch Brookside da sein – sicher nicht zu Dereks reiner Freude.

Plötzlich bemerkte sie, daß Onkel Joseph beleidigt war. Mr. Brady hatte gerade vorgelesen: »Und meinem Bruder Joseph Spencer vermache ich das Haus, in dem er lebt, und eine jährliche Rente von vierhundert Dollar, die ihm zusammen mit seiner Pension ein behagliches Leben sichert ...« Hier machte der Notar eine Pause; er hüstelte verlegen und fuhr dann fort: »... ohne die anderen allzu sehr zu belästigen.«

Onkel Joseph, um die sechzig, sah außerordentlich gut aus; er war ein ziemlicher Egoist und entsetzlich faul. Jetzt schnaufte er beängstigend, und Mr. Brady las schnell weiter. Laura war offensichtlich die Haupterbin, und das würde es ihr erlauben, nach der Bezahlung des Begräbnisses Brookside ohne allzu große Kosten für ihren Mann zu erhalten. Eine Zeitlang wird es wenig abwerfen, bis einmal alles bezahlt ist. Aber es ist schließlich Großmutters Letzter Wille, und sie hat sich viel Kopfzerbrechen darüber gemacht.

Mr. Spencer schnaufte abermals, und Brady setzte eilig hinzu: »Jeder hat genug bekommen, und zweifellos wird Mrs. Howard dafür sorgen, daß es Mr. Spencer gut geht. Er wohnt ja ganz in ihrer Nähe.«

Laura murmelte Zustimmung und versuchte, ein begeistertes Gesicht aufzusetzen. Natürlich war Onkel Joseph schwierig; aber schon wieder fuhr ihr Großmutters Spruch durch den Kopf: »Wenn ich's nicht tue, wer tut's dann?« Sie selbst konnte zufrieden sein; sie bekam das Haus und ein ansehnliches Einkommen, und sie hatte den besten Mann von der ganzen Welt.

Es war ihr noch immer ein Wunder, daß sich Derek in sie verliebt hatte und nicht in eine ihrer strahlend schönen Kusinen. Ihr fehlten doch, so schien es ihr, alle deren so ins Auge fallenden Reize. Sie hielt weder ihre grauen, schwarzbewimperten Augen noch ihre klare, weiße Stirn noch das Lächeln, das stets ihre Mundwinkel umspielte, für besonders attraktiv. Alle Männer hatten nur immer Augen für Eva und Christine gehabt, bis eines Tages Derek mit seinem guten Herzen, seinem liebenswürdigen Temperament und seinem ausgeprägten Humor dahergekommen war.

Er hatte die Nachbarfarm gekauft und Großmutters Ländereien gepachtet. Nach und nach, aber um so unrettbarer hatte er sich in die Enkelin verliebt, die es zufrieden war, daheim sein und für Mrs. Stapleton sorgen sowie ihr in allen Schwierigkeiten beistehen zu dürfen. Sie hatten ein halbes Jahr zuvor geheiratet, ehe Großmutter die ersten Anzeichen jener Krankheit entdeckte, die dann so schnell zu ihrem Tode führen sollte. Die Hälfte der Zeit hatten sie sehr glücklich miteinander in ihrem eigenen Haus gelebt; dann aber waren sie nach Brookside gezogen, um in den letzten Monaten bei Mrs. Stapleton sein zu können.

Schließlich ging Mr. Brady. Er schlug Laura vor, sie solle sich an ihn wenden, wenn sie Hilfe brauche. »Obwohl Sie keinen besseren Ratgeber haben könnten als Mr. Howard. Er ist ein hervorragender Landwirt und ein sehr tüchtiger Geschäftsmann. Mrs. Stapleton schätzte ihn sehr.«

Alle waren erleichtert, als er fort war, bis Lester herausfordernd sagte: »Na, jetzt wird gleich die Hölle los sein!«

Aber nichts dergleichen geschah. Die Geschwister waren zwar auf ihren Vorteil bedacht, aber nicht habgierig, und sie mochten Laura gern. Nur Onkel Joseph kochte vor Empörung. Eva sagte: »Es ist ganz richtig, daß du Brookside bekommst. Du hast dein eigenes Zuhause aufgegeben, um für sie zu sorgen, und du bist stets ihr ein und alles gewesen.« Und Christine fügte hinzu: »Klar, so ein Engel, wie du warst! Es war mühsam genug – aber jetzt bist du erlöst.«

Nur Lester, der sich keine Illusionen machte, lachte. »Erlöst und verdammt. Ich meine, sie ist ganz schön angebunden. Onkel Joseph hat sie im Garten, und wir vier sitzen ihr außerdem auf der Pelle. Und Laura fühlt sich für immer verpflichtet, sich um uns zu kümmern, weil es nun einmal Großmutters Letzter Wille war. Sicher, sie hat die Farm geerbt. Aber ich finde, sie fährt nicht gut dabei.«

Hugh entgegnete mit der ganzen Würde eines ersten Schulpräfekten: »Was redest du für einen Quatsch! Als ob wir lauter Babys wären! Wir sind alt genug, um für uns selbst zu sorgen.«

»Du, ein siebzehnjähriger Schüler?« fragte sein Bruder boshaft.

Hugh antwortete hitzig: »Letztes Jahr hab ich die Zulassung zur Uni bekommen, und ich kriege auch ein Stipendium. Ich kann an der Uni mit achthundert Dollar im Jahr auskommen – wenn ich noch halbtags arbeite natürlich«, fügte er hinzu, weil er an die Kosten für Wohnung und Bücher dachte.

Eva fuhr dazwischen: »Sei doch nicht so ein Ekel, Lester! Natürlich wollen wir Laura nicht zur Last fallen. Christine ist verheiratet. Ich habe einen guten Job, und wir haben alle unsere Zinsen, obwohl es mir lieber wäre, wenn Großmutter uns gleich das Kapital vermacht hätte. Dann hätte ich sofort eine Schule für Charme und Schönheit aufmachen können.«

Onkel Joseph unterbrach sie wütend. »Ihr junges Volk habt allerdings genug! Achthundert Dollar! Und der eigene Bruder kriegt nur die Hälfte! Es ist nicht zu glauben!«

»Aber sie wußte, daß du eine schöne Pension hast«, begann Laura, dann stand sie schnell auf. Sie haßte solche Auseinandersetzungen. Sie vermißte Großmutter schrecklich. Und sie sehnte sich nach Derek, um ihm von der Farm zu berichten.

Er war nicht so außer sich vor Freude, wie sie gehofft hatte. Er war ein großer, kräftiger Mann mit offenen blauen Augen und einem Mund, den bei aller Strenge gern ein vergnügtes Lächeln umspielte. Er meinte: »Das war sehr lieb gedacht von Mrs. Stapleton. Aber einfach wird es nicht werden. All diese entzückenden Verwandten!«

»Sie hat doch immer gesagt, einer müßte auf sie aufpassen. Und Brookside war von klein auf ihre Heimat. Außerdem sind sie doch ›Waisenkinder‹!« Sie lachten beide, denn das war gleichsam ihr Privatwitz. Sie pflegten ihre jungen Verwandten als »die Waisenkinder« zu bezeichnen. Das klang nach einem schweren Schicksal. Aber das Unglück war schon vor so langer Zeit passiert, daß die vier Geschwister sich kaum an ihre Eltern erinnerten. Sie alle waren bei Großmutter geborgen gewesen und hatten bei ihr eine wunderschöne Jugend verbracht.

In Wirklichkeit war Laura genauso ein Waisenkind wie die anderen; denn wenige Jahre nach dem Tod ihres Vaters hatte ihre Mutter, Mrs. Stapletons einzige Tochter, wieder geheiratet und war nach London zurückgekehrt, das sie so liebte. Sie hatte sich ohne großes Bedauern von ihrer achtjährigen Tochter getrennt. »Du wirst sie viel besser erziehen, als ich es könnte«, hatte sie vertrauensvoll zu ihrer Mutter gesagt.

Im stillen war Derek ziemlich erschrocken. Er kannte das weiche Herz seiner Frau, ihr schier übergroßes Pflichtgefühl. Stets hatte sie sich für die »Waisenkinder« mitverantwortlich gefühlt. Aber solange Großmutter lebte, hatten sie zusammen darüber lachen können. Würde ihr Humor auch weiterhin die Oberhand behalten? Das Verrückte an der Sache war, dachte er gereizt, daß sie erst zweiundzwanzig war, genauso alt wie Eva und zwei Jahre jünger als Lester. Obgleich immer sehr gewissenhaft und pflichtbewußt, war sie doch heiter und von einer echten Herzensfröhlichkeit gewesen, als er sie geheiratet hatte. Die schlimmen Monate während Großmutters Krankheit hatten sie niedergedrückt; würde sie jetzt wieder so vergnügt wie früher werden?

Und wenn ihr ihre Verwandtschaft immer länger zur Last fiel, würde sie dann jemals Zeit für eigene Kinder finden?

»Na gut«, sagte er obenhin, »wir werden das schon schaukeln. Chris ist die Schwierigste, und die ist verheiratet. Eva wird bald einen von ihren Jünglingen an Land ziehen. Lester ist okay, obwohl er manchmal seinen Beruf gründlich satt hat. Und Hugh hat noch nie Ärger gemacht. Wir werden sie bald los sein, Laura, und dann nehmen wir einen Verwalter und machen ganz heimlich eine Reise. Danach führen wir endlich ein normales Leben, wie andere verheiratete Leute auch.«

»Das wird herrlich«, sagte sie und lachte, zum erstenmal seit Großmutters Tod. »War es nicht lieb von ihr, daß sie uns den gesamten Grundbesitz vermacht hat? Es wird eine herrliche Farm werden.« Er stimmte zwar zu, aber im stillen dachte er:

Wenn die Geschichte nicht nur diesen verdammten Haken hätte!

Fast gegen seinen Willen meinte er: »Wahrscheinlich werden sie sehr oft hier sein – samt ihrem elenden Viehzeug.«

Die »Waisenkinder« waren wie wild auf Haustiere. Chris trieb es am ärgsten; sie hatte einen ganzen Zoo von Brookside mitgenommen, als sie geheiratet hatte. Die andern ließen ihre Tiere gleich auf Großmutters Gut, oder sie brachten sie mit, wenn sie zu Besuch kamen. Tim, Hughs schöner Neufundländer, blieb natürlich da, wenn sein Herr im Internat war. Und wenn der Junge in den Ferien heimkam, gab es ein glückseliges Wiedersehen. Aber an Tim hatten alle ihre Freude, genau wie an seinem Herrn; er machte keinen Ärger. Eva nahm ihren alten Spaniel Troy überall mit hin, selbstverständlich auch nach Brookside. Lester, ein leidenschaftlicher Jäger, ließ sein Jagdpferd auf Großmutters Wiesen grasen, wo es Dereks Schafe vertrieb und die Ackergäule schikanierte.

Das war, wie Laura meinte, ein Zeichen, daß die »Waisenkinder« viel Liebe brauchten; deshalb hingen sie so an ihren Tieren. Sie selbst hätte auch gern ein paar Tiere gehabt; aber sie hatte sich auf einen großen, freundlichen Boxer beschränkt. Er vertrug sich mit Tim, wahrscheinlich, weil die beiden miteinander aufgewachsen waren; aber alle fremden Hunde fiel er an. Auch eine alte gelbe Katze gehörte Laura, die nicht besonders schön, aber dafür erstaunlich intelligent war.

»Warum haben Sie kein eigenes Pferd? Sie reiten doch so gern?« hatte Derek gefragt, als er Laura kennenlernte und Brookside pachtete.

»Ach, wir haben ja Lesters Jagdpferd, und es reicht, wenn ein Pferd auf den Wiesen von anderen Leuten grast«, hatte sie geantwortet. »Außerdem reite ich Star, wenn nicht gejagt wird.«

Als sie sich verlobten, hatte er ihr außer einem schmalen Ring ein kluges, kleines Arbeitspferd geschenkt, das sie Benjamin nannte und zärtlich liebte. Sie machte nicht viel Aufhebens davon, aber im Grunde ritt sie ebenso gut wie Lester. Sie hatte dem wertvollen Jagdpferd sogar über ein schwieriges Hindernis helfen können.

Alles in allem, was für ein Tierpark! überlegte Laura. Schrecklich, wenn sie alle zugleich in Brookside sein würden. Jetzt, wo Derek hier der Herr war. Wie die meisten Farmer beurteilte er Tiere nur danach, ob sie nützlich waren oder nicht. Massa, den Boxer, duldete er aus Liebe zu Laura. Er mochte auch Tim. Aber wenn er um Massa und Troy herumgehen mußte, die zusammen mit Tim den Torweg blockierten, wo sie immer am liebsten schliefen, dann störte ihn das erheblich.

Onkel Joseph konnte Tiere nicht leiden und besaß auch keine. Immer noch ärgerlich und voller Groll, kam er herein und sagte grob: »Na, am besten gehe ich jetzt in meine elende Behausung!« Die »elende Behausung« war ein sehr hübsches, bequemes Haus mit fünf Zimmern. Großmutter hatte es gebaut, als Joseph seinen Dienst bei der Armee quittiert hatte. Den letzten Krieg hatte Joseph sehr tapfer von einem Nachschublager aus mit angesehen; danach hatte er sich, ermüdet von den Anstrengungen, endgültig und unwiderruflich nach Brookside zurückgezogen.

Die alte Dame hatte gesagt: »Ich will ihm ein eigenes Haus bauen. Wir können ihn nicht ständig bei uns haben. Allerdings werden wir ihn wohl ernähren müssen, obgleich es viel besser für ihn wäre, er kochte für sich selbst, statt diese lächerlichen Memoiren zu schreiben von Schlachten, die er nie gesehen hat, und von bedeutenden Männern, denen er nie begegnet ist.«

Joseph hatte sich bitter beklagt, die »endlose Kocherei« hielt ihn von seiner Arbeit ab, und so nahm er wenigstens eine Mahlzeit am Tag hier im Hause ein. Laura hatte keinen Zweifel, daß das so weitergehen würde.

»Wo sind die anderen?« fragte sie ihn. Er lächelte boshaft. »Die streiten um den Schmuck meiner Schwester. Es wäre besser, du gingest hinein, um Frieden zu stiften und um dafür zu sorgen, daß du nicht leer ausgehst. Zum Dinner bin ich wieder da.«

Zu Großmutters Zeiten hatte er wenigstens um Erlaubnis gefragt. Jetzt aber würde er ganz einfach kommen. Selbstverständlich würde es ihm nicht leichtfallen, zu bitten. Sich damit abzufinden, daß sie aus Großmutters rechter Hand nun zur Herrin des Hauses geworden war, würde für alle schwierig sein. Laura seufzte, als sie an das himmlische Vierteljahr dachte, wo sie mit Derek in ihrem eigenen Haus gewohnt hatte. Sie war nur einmal am Tag zu Mrs. Stapleton hinübergegangen. Sie hatte immer gedacht, Großmutter würde achtzig werden; aber als sie krank wurde, verließ Laura sofort ihr neues Domizil und kehrte nach Brookside zurück. Bald danach verschwand die Haushaltshilfe, die sie bei ihrer Verheiratung eingestellt hatten, und Laura hatte nun gehörig zu tun, um das große, weitläufige Haus in Ordnung zu halten, um Großmutter zu versorgen und sich später auch noch um die Krankenschwester zu kümmern, die sie engagiert hatten. Es war ihr klar, daß das für Derek eine schlimme Zeit gewesen war. Aber sie hatte sich mit dem Gedanken beruhigt, daß sie das alles wiedergutmachen würde, sobald sie beide erst wieder in ihrem eigenen Heim beisammen wären.

Aber das war nicht zu machen. Das kleinere Haus würde der Verwalter bewohnen, den Derek nun einstellen konnte, und Laura würde das große Haus regieren, das sie zwar liebte, das aber allmählich auch baufällig wurde. Sie sollte es ja auch zu einer Heimat für die »Waisenkinder« machen. Und schließlich war da noch Onkel Joseph, von dem sie sich nicht unterkriegen lassen durfte. Keine erfreulichen Aussichten! Laura hatte es eigentlich jetzt schon satt. Auf einmal war all ihre gute Laune verflogen.

Derek merkte das und verfluchte die Last, die man ihr aufgebürdet hatte. Sie sah, wie sich sein Gesicht umwölkte, und drückte seinen Arm. »Denk nicht an mich. Morgen bin ich wieder fit. Komm mit rein und sag ihnen, wie du dich über den Besitz freust.«

Dazu hatte er gar keine Lust. Er konnte sich nicht darüber freuen, weil an der Farm ja auch noch die »Waisenkinder« hingen. Aber er konnte dem drängenden Blick von Lauras grauen Augen nicht widerstehen, und so folgte er ihr unwillig in das

Speisezimmer, wo sich die Familie um den Mahagonitisch drängte, der Großmutter so lieb gewesen war. Auf dem Tisch lagen eine Menge Schmuckstücke, und die Geschwister redeten hitzig durcheinander. Sie bemerkten Derek und Laura nicht einmal. Gerade protestierte Hugh laut: »Ihr könnt doch nicht einfach nehmen, was ihr wollt. Laura muß das entscheiden. Großmutter hat sie am allermeisten geliebt und würde haben wollen, daß sie all den Kram erbt.« Lester, wie stets amüsiert, fügte sarkastisch hinzu: »Ganz klar, das alles gehört Laura. Es heißt: das Haus und alles, was darin ist.«

Christine schmollte: »Aber ›was darin ist‹ bedeutet die Möbel und nicht den Schmuck.« Sie blickte verlangend auf einen Diamant-Anhänger, eines der wertvollsten Schmuckstücke von Mrs. Stapleton.

»Und was um Himmels willen soll Laura mit all dem Zeug anfangen?« fragte Eva verdrossen.

»Aber sie muß wenigstens entscheiden«, meinte Lester. Derek drehte sich um und ging hinaus.

Das war nicht der richtige Augenblick, um seine Freude über die Zukunft zu äußern. Er hätte lieber etwas ganz anderes gesagt. Es gibt kaum einen Anblick, der unerfreulicher ist, dachte er, als ein paar Frauen, die sich um Schmuck streiten.

Aber er hatte sie falsch eingeschätzt. Als sie Laura entdeckten, war aller Streit vergessen. Sie hatten sie alle gern, und sie hatten sie bestimmt nicht betrügen wollen. Sie wußten ja, daß sie niemals auf ihrem Recht bestehen würde. Das tat sie auch jetzt nicht. Freundlich erklärte sie: »Ihr müßt euch beide das raussuchen, was ihr gern haben wollt. Ich mache mir nicht viel aus Schmuck, und zu euch paßt er besser als zu mir.«

Hugh murrte unzufrieden, und Lester sagte: »Quatsch! Gerade diese Perlen sind das Richtige für dich mit deinem dunklen Haar und deinen grauen Augen. Vertrau auf Onkel Lesters guten Geschmack!«

Schließlich löste sich alles in Wohlgefallen auf. Laura nahm die Perlen, die die beiden anderen nicht unbedingt haben wollten, und Christine bekam ihren Anhänger und eine Brosche, die dazu paßte. Eva war selig mit einer Smaragdbrosche und einem Paar Ohrringen. Und Laura hatte auch darauf bestanden, daß einige Stücke für die Jungen aufgehoben wurden.

»Wenn ihr einmal verliebt seid, freut ihr euch über einen schönen Ring, den ihr euren glücklichen Mädchen geben könnt«, hatte sie lächelnd gemeint. Aber als die anderen sie überreden wollten, auch einen Ring für sich selbst zu behalten, lehnte sie rundweg ab.

»Ich trage Ringe nicht gern«, sagte sie. Aber die Wahrheit war: jeder dieser Ringe würde ihren schlichten Verlobungsring in den Schatten stellen. Und Derek hatte ihr versprochen, wenn er einmal mehr Geld hätte, würde er ihr einen schöneren Ring schenken. Darauf wollte sie warten.

Sie ging und ließ die Mädchen »ihre Beute einsammeln«, wie Lester das nannte. Sie wollte sich um das Mittagessen kümmern. Hugh folgte ihr. Er sah traurig aus, und als sie allein waren, platzte er heraus: »Laura, was wird aus Tim?«

»Tim?« Plötzlich wurde ihr klar, was ihn bedrückte. Er liebte seinen Hund mehr als irgendein anderes Wesen, und jetzt sorgte er sich um dessen Zukunft. Sie legte beruhigend ihre Hand auf seinen Arm und sagte: »Natürlich kann Tim hier bleiben, wie immer, bis du mal deine eigene Wohnung hast. Wenn du auf der Uni bist, wirst du vielleicht mit anderen Jungen zusammen ein Haus bewohnen und ihn dann bei dir haben wollen. Ich werde ihn schrecklich vermissen, wenn er fort ist; aber im Augenblick bleibt er natürlich hier.«

Er seufzte erleichtert auf und sah sie voll stummer Dankbarkeit an. Sie war gerührt und sagte schnell: »Jetzt geh doch mit den beiden Hunden ein Stück spazieren. Das wäre nett von dir. Sie langweilen sich so, und ich muß nach dem Essen schauen.«

Als ihr Mann eine halbe Stunde später in die Küche kam, steckte sie in einer großen Schürze und schälte Kartoffeln. Er grinste. »Du siehst nicht gerade wie eine reiche Erbin aus. Du siehst eher verdammt müde aus. Wie wär's, wenn wir das Essen einfach ausfallen ließen? Jeder soll sich selber was suchen, und

16

dann können sie alle in unser eigenes Haus kommen und überlegen, was wir hierherbringen müssen.«

Seine Stimme klang gar nicht froh, und Laura wußte, daß ihm dieser Umzug zuwider war. In das Haus seiner Frau einzuziehen, statt sie in sein eigenes zu holen!

»Derek, ich kann nicht! Es sind zu viele. Guy kommt hierher, um Chris abzuholen, und natürlich hat sich Onkel Joseph selbst eingeladen. Da sind wir zu acht, und keiner wird etwas machen, wenn ich die Sache nicht in die Hand nehme.«

Er runzelte die Stirn. Wie oft würden sie wohl allein zu Mittag essen und wann?

In diesem Augenblick kam Eva herein; sie trug die Smaragdbrosche und sah wunderschön aus. In einer Aufwallung von warmer Zuneigung legte sie die Hand auf Lauras Arm und sagte: »Liebes Herz, mußt du so viel arbeiten?«

Derek murmelte etwas nicht sehr Höfliches und ging. Eva erschrak und sagte rasch: »Wir sollten dir helfen. Wo ist Chris, dieser Faulpelz? Gib mir einen Kartoffelschäler. Nur, ich brauche Handschuhe. Wo sind denn deine?«

Laura hatte ihre Gummihandschuhe vor einigen Tagen verloren und noch keine Zeit gefunden, sich neue zu kaufen.

»Mach du doch lieber den Auflauf«, meinte sie. »Du machst ihn immer so lecker.«

Fünf Minuten später kam Christine. Ihr hübsches, katzenhaftes Gesicht strahlte. »Siehst du die Brillantbrosche und den Anhänger? Das wird Guy einen Schock versetzen. Er hat mir nie ein Schmuckstück geschenkt außer dem Ehering. Ach, bist du fleißig! Kann ich was helfen? Wir sind heute eine große Gesellschaft, nicht wahr?«

Alle drei lachten und schwatzten vergnügt bei ihrer Arbeit durcheinander. Und weil Eva gerade neben Laura stand, nahm sie sie ganz schnell in den Arm. »Wie herrlich, daß du Brookside bekommen hast! Stell dir vor, irgendein Fremder hätte es gekriegt!«

Chris sah ganz erschrocken aus. »Ein Fremder? Aber das

ginge doch nicht. Das wäre furchtbar. Brookside ist doch unsere Heimat!«

Laura stimmte ihr mit halbem Herzen zu, während sie die Herdklappe öffnete, um nach dem Braten zu sehen.

2

Das Dinner gestaltete sich kompliziert. Problematisch war gleich zuerst die Sitzordnung. Während Großmutters Krankheit waren sie zu den verschiedensten Zeiten zusammengekommen, hatten sich irgendwo niedergelassen und eilig etwas hinuntergeschlungen. Jetzt wurde plötzlich die Frage der Rangordnung akut, weil Onkel Joseph darauf bestand, den Platz an der Spitze des Tisches einzunehmen. »Als der Familienälteste«, erklärte er halblaut.

Natürlich mußte Lester widersprechen. Der junge Mann lag in Dauerfehde mit seinem Onkel, die von seiner Seite mit Belustigung und Sarkasmus, von Onkel Josephs Seite hingegen mit bitterem Ernst und manchmal recht geräuschvoll geführt wurde. »Komm hierher, Derek«, rief Lester und kam der Absicht des alten Herrn geschickt zuvor. »Du bist der Herr im Haus, und wir alle müssen dementsprechend unsern Platz als deine Gäste einnehmen!«

Unter grimmigem Knurren verzichtete Joseph auf den Stuhl, auf den er sich gerade hatte niederlassen wollen. Derek und Laura tauschten einen halb amüsierten und halb zweifelnden Blick. Die andern »Waisenkinder« jedoch, die sich in ihrer Abneigung gegen den alten Herrn einig waren, schoben ihn zur Seite, und Hugh erklärte lebhaft: »Das ist jetzt dein Haus, Derek. Komm her und nimm den dir zustehenden Platz ein.«

»Aber«, begann der unglückliche Derek, doch Joseph schnitt ihm das Wort ab und sagte heftig: »Oh, nimm nur den Platz, nimm ihn, nimm alles! Ich bin hier ja bloß noch geduldet!« Das war hart für Laura und völlig ungerecht.

Derek ärgerte sich. Mit Bedacht zog er Großmutters Stuhl an das Kopfende des Tisches und sagte zu seiner Frau, die mit einem höchst unpassenden Lachanfall kämpfte: »Komm her, mein Schatz! Wenn wir jetzt ganz förmlich sein wollen, dann ist das dein Platz.«

Sie zögerte, zuckte die Achseln und dann mußte sie lachen. »Was für ein Getue! Als ob das wichtig wäre! Kommt alle her und laßt das Essen nicht kalt werden!«

Alle lachten erheitert. Nur Onkel Joseph blieb ernst. Er lehnte den Platz zur Rechten von Laura, den sie ihm anbot, ab und setzte sich möglichst weit von ihr entfernt mit einem lauten Plumpser hin. Derek und seine Frau sahen sich seufzend an; sie hofften, das gute Essen würde dem Streit ein Ende machen.

Aber Christine bekam einen ihrer Anfälle. Es begann damit, daß Guy ohne ihren geliebten Hund eintraf, einen mißlaunigen, alten Schäferhund, der durch sein Dasein als Schoßhund so frustriert war, daß er jeden anderen Hund anfiel, der ihm über den Weg lief.

»Wie konntest du nur den armen lieben Toss daheim lassen? Die anderen haben alle ihre Lieblinge dabei!«

Guy antwortete so geduldig, wie er es sich seit seiner Heirat angewöhnt hatte: »Ich konnte doch keinen Hund zu einer Trauerfeier mitbringen, Liebling! Außerdem weißt du selbst, daß er die beiden anderen beißt.«

Christine murrte, daß Toss genausoviel Recht hätte, hier zu sein wie Tim. Das brachte natürlich Hugh in Zorn. Wütend schrie er: »Dein widerlicher Hund hat jetzt sein eigenes Zuhause!« Dieser Streit beherrschte den Rest der Mahlzeit.

Guy hatte sich von der Brillantbrosche und dem Anhänger nicht so beeindrucken lassen, wie seine Frau erwartet hatte. Der arme Kerl, dachte Derek. Er ist so in sie verschossen und möchte lieber, daß sie nur den Schmuck trägt, den er ihr geschenkt hat. Natürlich hatte Guy gesagt: »Sehr hübsch. Schöne Steine.« Aber er hatte leider hinzugefügt: »Sehr nobel von Laura, sie dir zu schenken.«

Laura warf ein: »Mit mir hat das nichts zu tun. Großmutter

wollte, daß sich jeder heraussucht, was er gern haben möchte.«
Aber die beiden Mädchen waren verlegen, und Lester lächelte
peinlich berührt. Laura mied den Blick ihres Mannes; die »Waisenkinder« sind manchmal wirklich schwierig, ging es ihr durch
den Kopf.

Gottlob wurde die Mahlzeit nicht in die Länge gezogen.
Sobald er den letzten Bissen hinuntergeschluckt hatte, sagte
Joseph Spencer in barschem Ton gute Nacht. Er machte keine
Anstalten, auch nur seinen Teller in die Küche zu tragen, wie
Eva bemerkte. Und noch weniger hielt er es für nötig, der Frau
des Hauses für das vorzügliche Mahl zu danken.

»Ehrlich, Laura, wie hältst du es nur mit ihm aus?« rief Christine. Anscheinend war ihr völlig unklar, daß man ihr selbst
mitunter eine ganze Menge nachsehen mußte.

Lester schien entschlossen, seine Schwestern zu ärgern. Er
lachte und sagte: »Wie hält sie es nur mit uns allen aus! Na, ich
befreie euch bald von meiner Gegenwart. Und die andern sollten es auch so machen. Laura ist ziemlich erschöpft.«

Hugh war ganz seiner Meinung. »Natürlich ist sie das. Wir
wollen schnell den Aufwasch machen und dann verschwinden.
Leider kann ich das erst morgen früh, wenn ich in die Schule
fahre, aber ihr andern könnt gleich gehen.«

Eva schien etwas überrascht zu sein, und Laura merkte, daß
sie eigentlich noch hatte bleiben wollen. Doch Eva sagte kühl:
»Wohl gesprochen, Brüderchen! Also, wenn Lester mich in die
Stadt mitnimmt, packe ich meine Siebensachen und ver-
schwinde nach dem Aufwaschen.«

Christine meinte freundlich: »Jetzt bleib nur mal ruhig sitzen,
Laura, und spiele die große Dame! Eva, Lester und ich waschen
ganz schnell auf. Du bist müde.«

Sie ging, gefolgt von den bewundernden Blicken ihres Mannes, der sie sichtlich für die selbstloseste aller Frauen hielt. Derek musterte ihn amüsiert. Bildete er sich das ein, oder sah der
tüchtige Rechtsanwalt wirklich schon wie Evas Spaniel Troy aus?

Als Christine zurückkam, sagte ihr Mann entschuldigend:

»Ich fürchte, wir müssen jetzt gehen. Ich muß um neun Uhr in meinem Büro sein.«

Christine maulte. »Heute abend im Büro? Das wird ja immer schöner!«

Guy war betreten. »Es tut mir leid. Aber ich hatte mich für heute nachmittag mit einem Klienten verabredet, vor vierzehn Tagen schon. Er fliegt morgen mit der ersten Maschine nach Australien. Da nun die Trauerfeier dazwischenkam, habe ich ihm versprochen, heute abend zurück zu sein und mit ihm zu sprechen. Es tut mir leid, daß ich aufbrechen muß.«

Derek unterdrückte ein Lächeln und sah lieber nicht zu seiner Frau hinüber.

Bald gingen sie alle, und Hugh rief die Hunde zu einem letzten Abendgang.

Derek meinte: »Wir wollen noch ein bißchen frische Luft schöpfen. Ich habe es nötig. Wie wär's mit einem Spaziergang durch den Garten?«

Sie gingen Arm in Arm und schwiegen kurze Zeit. Dann sagte Laura: »War das nicht schrecklich beim Essen? Das Gesicht von Onkel Joseph, als sie dich oben an den Tisch setzten! Und wie sich Chris und Hugh angebläfft haben! Ich mußte beinahe lachen, aber das wäre gemein gewesen. Sie sind doch alle müde und überanstrengt.«

»Sie sind wirklich eine verrückte Gesellschaft. Glaubst du, daß sie von Natur so sind, oder kommt es daher, daß Großmutter sie so verwöhnt hat?«

»Ich glaube, beides. Ihre Mutter war wunderschön, hat Großmutter erzählt, aber außerordentlich temperamentvoll. Und dann hat Großmutter sie natürlich schrecklich verzogen. Ich bin gespannt, wie lange Guy Christines Launen aushält.«

»Bis eines Tages dieser jugendliche Charme vergeht. Hast du gesehen, wie ergeben er sie angesehen hat? Beinahe wie Troy. Aber wir wollen nicht mehr von ihnen reden. Wie das heute abend im Garten duftet! Es ist entsetzlich schwül. Ein Gewitter braut sich zusammen.«

»Das Haus und der Garten sehen so schön aus im Mond-schein!«

»*Dein* Haus! *Dein* Garten!«

Sie unterbrach ihn gleich. »*Unser* Haus! *Unser* Garten!«
Dann lachte sie und fügte mutwillig hinzu: »Und unsere ›Waisenkinder‹!«

»Zum Kuckuck mit ihnen! Aber wird es nicht zuviel für
dich? Ich fürchte, sie werden dich völlig fertigmachen und dir
ein für allemal deinen Frohsinn rauben.«

Sie drückte seinen Arm. »Solange du fröhlich bleibst, ist alles
gut.«

»Aber du wirst viel Arbeit haben. Du weißt, daß ich jetzt
eine Hilfe für dich bezahlen könnte.«

»Ich weiß, du könntest und möchtest das. Aber wo sollten
wir jemanden herbekommen? Bis zur Stadt sind es zwanzig
Meilen, und ringsum wohnen lauter reiche Bauern. Wer will da
im Haushalt arbeiten?«

Er seufzte. »Vermutlich hast du recht. Aber warte nur, wenn
wir erst unsere Reise machen! Das wird ein Spaß werden, und
wir werden das Geld mit vollen Händen ausgeben!«

Die Reise! Schon der Gedanke daran berauschte Laura. Sie
war nie aus Neuseeland hinausgekommen. Eva hatte es verstanden, sich einen Studienaufenthalt in Australien zu ergattern,
und Mrs. Stapletons Hochzeitsgeschenk an Guy und Christine
war eine Hochzeitsreise in die Südsee gewesen. Aber sooft
Großmutter ihr Ähnliches vorgeschlagen hatte, hatte Laura »Ja,
bald« gesagt. Als Derek und sie im letzten Winter geheiratet
hatten, hatte die alte Dame ihr Angebot erneuert: »Du sollst genauso eine Hochzeitsreise machen wie Christine, dieses unruhige
Äffchen! Oder sogar eine noch schönere!« Aber Laura hatte
eingewandt: »Nicht gleich jetzt. Am liebsten führen wir im
Herbst, wenn Derek besser von der Farm weg kann.«

Es war ein Glück, daß sie die Reise aufgeschoben hatten.
Sonst wären sie wohl kaum da gewesen, als Dr. Ellis feststellte:
»Es wird nicht mehr lange dauern. Vielleicht drei Monate.
Wahrscheinlich ahnt sie es selbst.« So hatte Laura den Gedan-

ken an eine Reise weit von sich geschoben und war wieder in das alte Haus gezogen, um es nun, wie es schien, nie wieder zu verlassen.

Aber sie würde mit Derek darin leben, und sie würden auch oft allein sein, wie gerade jetzt beim Spaziergang durch ihren stillen Garten. Es war herrlich.

In diesem Augenblick erschien Hugh mit den Hunden. »Laura«, begann er zögernd; offensichtlich bedrückte ihn etwas.

Laura fragte: »Ja, was ist? Ich habe Zeit.«

»Es ist nur – na ja, morgen früh muß ich fort, und ich überlege immerzu . . . Wird nun alles beim alten bleiben? Ich meine, in den Ferien und so?«

Sie war betroffen. Daß sie daran nicht gedacht hatte! Hughs Schule lag zwanzig Meilen entfernt, und einer von ihnen, Derek oder sie selbst, hatten ihn an den freien Wochenenden einmal im Monat geholt, bis Großmutter krank wurde.

Eifrig sagte sie: »Aber natürlich, Hugh. Einer von uns wird dich immer holen. Das weißt du doch. Jetzt, wo niemand krank ist, wird alles wieder wie früher sein, während der Ferien und auch an den Wochenenden. Du bist hier zu Hause.«

Er sah erleichtert aus. Aber dann fragte er: »Und mit Tim? Bleibt da auch alles beim alten?«

»Natürlich. Wir haben Tim ja gern! Ich würde ihn nicht fortlassen, ehe du ihn nicht selbst behalten kannst, und dann werde ich mir recht einsam vorkommen. Jedenfalls sind es jetzt nur noch sechs Wochen bis zu den Ferien, und dann ist für dich ohnehin Schluß mit der Schule!«

Er ging, froh und glücklich, ein großer blonder Junge. Er glich Eva, aber sein Gesicht war ein bißchen zu weich. Derek sagte: »Dem ist ein Stein vom Herzen gefallen! Du hast ihn sehr gern, nicht wahr?«

»Ja. Wie konnte ich nur vergessen, daß ihm die Wochenenden Kopfschmerzen machen würden!«

»Du kannst doch nicht an alles denken. Wir wollen noch

etwas draußen bleiben. Es ist ekelhaft schwül. Ich wollte, das Gewitter käme bald.«

Es war so schön, miteinander über den Rasen zu gehen und das alte Haus in dem weichen Mondlicht zu betrachten. Sie dachte: So möchte ich's immer haben; so soll es immer sein. Dann rief sie das Läuten des Telefons in die Gegenwart zurück.

Hugh rief: »Ich gehe an den Apparat!« und sie atmete dankbar auf. Aber gleich darauf sagte er: »Tut mir leid, aber es ist Chris. Sie muß dich sprechen, ganz dringend, wie immer.«

Derek begehrte ungeduldig auf, und Laura sagte: »Ich bin gleich wieder da. Wahrscheinlich hat sie was liegen lassen. Das tut sie immer.«

Die »Waisenkinder« waren ziemlich liederlich. Laura mußte ihnen immer irgend etwas nachschicken.

Aber jetzt hatte Chris nicht nur etwas Dringendes zu sagen; sie war den Tränen nahe. »Ach, Laura«, begann sie, und ihrer Kusine fiel das Herz in die Schuhe, denn wenn Chris so zärtliche Töne anschlug, hatte die Sache meist einen Haken. »Laura, es ist schrecklich! Ein kleines verirrtes Kätzchen! Irgendein Unmensch muß es ausgesetzt haben. Es saß am Straßenrand. Ich ließ Guy anhalten, aber er reagiert doch so langsam, und inzwischen war es verschwunden. Wir haben gesucht und gesucht und konnten hören, wie es miaute, aber es hatte zuviel Angst. Ich wollte warten, bis es zum Vorschein käme, aber Guy hatte doch diese blödsinnige Verabredung. Tatsächlich hielt er die für wichtiger als das arme kleine Kätzchen. Manchmal überlege ich mir, ob er Tiere wirklich mag.«

»Welch ein Unsinn! Bedenke doch, wie er sich mit all deinen Tieren abfindet! Er muß sie einfach gern haben. Aber die Verabredung mußte er selbstverständlich einhalten.«

»Ach, du hältst immer zu ihm. Denk doch mal an das arme Kätzchen! Wir fuhren einfach davon und ließen das hilflose Geschöpf zurück. Ich darf gar nicht daran denken, wie verlassen es jetzt ist und wie hungrig. Manche Leute sind doch teuflisch! Laura, meinst du nicht, daß du es finden könntest? Es steckt nur etwa fünf Meilen von euch in dem Gebüsch an der

Straßenkreuzung. Zu dir würde es bestimmt gleich kommen. Du verstehst so gut mit Tieren umzugehen. Dir vertrauen sie. Natürlich hätte ich das Kätzchen noch finden können, aber Guy ist so ungeschickt. Er machte gräßlichen Lärm, brach Zweige ab und fluchte laut, als er hinfiel. Wir können es doch nicht einfach dort lassen. Ich könnte vor Aufregung kein Auge zutun. Ich würde ja selbst hinfahren, aber Guy hat das Auto, und mein Wagen steht in der Garage. Die Zündkerzen sind nicht in Ordnung.«

Laura sagte unwillig: »Schön, wir wollen es versuchen.« Sie wußte, daß ihr selbst nicht wohlsein würde bei dem Gedanken an eine kleine hungrige Katze, die bei dem Gewitter allein im Freien war. Aber sie fragte mit Nachdruck: »Wenn ich es finde, was dann? Du weißt, hierher kann ich die Katze nicht mitnehmen, Ahab würde sie umbringen.«

Ahab war ihre alte gelbe Katze, die keinen Eindringling duldete.

»Laura, das würde ich nie von dir verlangen. Ich möchte sie bei mir aufnehmen.«

»Aber du hast doch schon drei Katzen.«

»Na, und? Ich kann doch ein Haustier haben oder auch zwei, wenn ich es möchte? Bring das Kätzchen nur hierher. Ich würde dich ja nicht damit behelligen, wenn Guy nicht so egoistisch wäre und das Auto mitgenommen hätte. Aber ich weiß, was das für eine Nacht für mich würde.«

Sie malte noch einmal ihre Leiden aus, wenn das Kätzchen nicht gerettet würde.

»Schon recht. Aber mach gleich auf, wenn du uns siehst. Es kann länger dauern.«

Derek würde wütend sein; dessen war sie sicher. Und sie hatte recht.

»Das nenne ich wahre Tierliebe! Immer alles den andern aufhalsen. Chris ist der Gipfel. Was? Natürlich komme ich mit. Du bist viel zu müde, um allein zu fahren, aber ich muß sagen . . .« Er sagte es ihr immer von neuem während der Fahrt.

Laura hatte recht. Es brauchte seine Zeit. Sie hörten das klägliche Miauen, aber das Kätzchen wußte sich vor seinen Rettern zu verstecken. Sie suchten mit ihren Taschenlampen systematisch den Straßenrand ab, bis das Gewitter losbrach. Derek rannte zurück zum Wagen, um die Mäntel zu holen, die er zum Glück mitgenommen hatte. Er strauchelte, fiel hin und schlug sich den Arm an der Motorhaube auf. Er holte die Mäntel aus dem Wagen und hing sich den seinen um die Schultern. Dann machte er sich auf die Suche nach seiner Frau, denn inzwischen goß es wie aus Kübeln. Aber es schien ein Graben zwischen ihnen zu sein, und der war voller Brombeerranken. Als er schließlich herausgeklettert war, waren seine Hosen zerrissen und sein Gesicht zerkratzt. Seine Stimmung war auf dem Nullpunkt. Sie wurde auch nicht besser, als Laura zischte: »Mach doch nicht solchen Lärm!« Er hörte nicht auf sie, stürmte vorwärts, stolperte erneut und fiel der Länge nach hin. Da ertönte ein klägliches Miauen und Laura rief: »Vorsicht! Du zerdrückst es!«

Er fauchte zurück: »Dem kleinen Biest ist nichts passiert. Aber wenn ich mich bewege, haut es ab, und ich liege mit dem Gesicht in den Dornen. Kannst du deine Hand unter mich schieben und es rausholen? Es ist nur so groß wie ein Kücken. Du kannst es leicht rausziehen. Aber sei vorsichtig, es ist ganz wild.«

Laura mußte sich das Lachen verbeißen. Sie sagte: »Gib mir meinen Mantel, ich muß es einwickeln.« Er erwiderte mit erstickter Stimme: »Dein Mantel liegt irgendwo im Graben. Er ist mir runtergefallen, als ich stürzte, und ich konnte ihn nicht mehr finden.«

Sie angelte den Mantel von einem Brombeerbusch und wickelte ihn um ihre Hand, um das Kätzchen zu fassen. Sie zog es unter Derek hervor; es biß und kratzte nach allen Seiten und war wie von Sinnen vor Angst. Aber sie hielt es fest, obwohl ihr Handgelenk blutete, und wickelte es in ihren Mantel. Derek stand verdrossen auf und sagte: »Den Mantel brauchst du selbst.«

Da mußte sie laut lachen. »Dafür ist es zu spät. Ich bin naß bis auf die Haut. Wir wollen so schnell wie möglich zu Chris fahren. Das Tierchen könnte sterben, obwohl es jetzt noch quicklebendig ist.«

Er stellte erbittert fest, daß seine Hosen zerrissen waren, daß sein Arm blutete und daß er lauter Kratzer im Gesicht hatte. Trotzdem wollte er wetten, daß Chris ihnen nicht einmal einen Stärkungsschluck anbieten würde.

Dann sah er, daß sie ebenfalls am Arm blutete, und fluchte.

Laura beschwichtigte ihn. »Ach, nicht der Rede wert. Wir wollen uns beeilen und die Katze zu Chris bringen. Das Tier führt sich wie wahnsinnig auf, und ich mag es weder loslassen noch ersticken.«

Sie fuhren, so schnell es ging. Chris kam ihnen schon entgegen, denn sie hatte ihr Auto gehört. Sie sah sehr hübsch aus in ihrem reizenden weichen Morgenmantel. »Ach, Laura, du bist ein Engel!« begrüßte sie sie. »Aber warum hast du das arme kleine Ding so fest eingewickelt? Es kann ja kaum atmen!«

Und während sie Lauras und Dereks Wunden und ihren schmutzstarrenden Zustand keines Blickes würdigte, nahm sie das Kätzchen und sagte beiläufig: »Es macht dir doch nichts aus, wenn ich den Mantel dabehalte? Ich bringe ihn dir morgen zurück.«

Laura dachte an Derek und erwiderte rasch: »Es braucht ja nicht morgen zu sein. Bring ihn, wenn du mal vorbeikommst.«

»Dann werde ich das Tierchen erst zu Hause auspacken. Komm nur, mein Kleines. Du kriegst jetzt schöne warme Milch und für heute nacht ein weiches Körbchen. Ach, das arme Wurm ist klitschnaß. Ich danke dir, Laura. Ich wußte, daß ich mich auf dich verlassen kann.«

Genauso ist es, dachte Derek. Das wissen alle.

Laura lachte, als sie heimfuhren. »Sie hat mir nicht mal ein Pflaster für mein Handgelenk angeboten, und bestimmt hat sie gar nicht gemerkt, daß wir noch viel mehr durchweicht sind als die Katze. Na ja . . .«

Es war ihr nicht bewußt; aber so reagierte sie stets auf die »Waisenkinder« und ihr Betragen.

Es war zehn Uhr, als sie ins Bett sanken. Laura schlief sofort ein. Aber sie hatte kaum die Grenze zum Land der Träume überschritten, als es an der Haustür läutete. Sie blickte zu Derek hinüber. Er schlief felsenfest. Sie dachte daran, daß er morgen einen schweren Tag haben würde, weil er während der letzten Zeit mit all den Aufregungen nicht viel auf der Farm hatte tun können. Sie schlüpfte aus dem Bett und überlegte, wer um diese Zeit wohl noch zu ihnen kommen könnte. Sie hoffte, daß es nicht wieder ein Verkehrsunfall war. In letzter Zeit hatte es an der gefährlichen Kurve zwei Unfälle gegeben; die Leute begannen schon über die unmögliche Straße zu meutern.

An der Tür stand ein verlegener junger Mann. Er versuchte, ihr zerzaustes Haar und ihren Schlafrock zu übersehen, und erklärte hastig: »Es tut mir schrecklich leid, daß ich Sie um diese Zeit stören muß. Aber könnte ich vielleicht Eva sprechen?«

»Eva?« Laura starrte ihn ungläubig an, und er fuhr schnell fort: »Ich nehme an, daß sie es vergessen hat. Ist sie schon im Bett? Sie bat mich nämlich, sie um neun Uhr unten an der Straße zu erwarten und sie in die Stadt zu fahren. Sie meinte, wegen der Trauerfeier sollte ich lieber nicht ins Haus kommen. Ich habe nun fast zwei Stunden gewartet. Deshalb dachte ich, ich sollte lieber hierherkommen und fragen. Könnten Sie sie wohl wecken?«

Schuldbewußt erinnerte sich Laura, daß Eva der frühe Aufbruch gar nicht gepaßt hatte, und sie warf sich ihre Ungastlichkeit vor. Sie erklärte dem jungen Mann, daß Eva mit ihrem Bruder in die Stadt gefahren sei. Zuerst blickte er völlig verständnislos drein und dann höchst empört. »Und ich habe die ganze Zeit auf sie gewartet!«

»Es tut mir schrecklich leid! Es war ein sehr aufregender Tag«, stammelte sie. Ihr fiel ein, daß Großmutters Beerdigung Eva gar nicht so übermäßig zugesetzt hatte; sie hatte sich auch nicht weiter Mühe gegeben, ihren nicht besonders ansehnlichen Verehrer zu benachrichtigen.

Er nahm sich zusammen, entschuldigte sich nochmals wegen der späten Störung und ging. Laura hatte das Gefühl, sie hätte ihn zu einer Tasse Kaffee oder einem Schnaps einladen sollen, aber es war nicht die richtige Zeit für eine Unterhaltung; sie war auch nicht danach angezogen. Sie schloß die Tür und ging schnell wieder in ihr Schlafzimmer.

Aber Derek war aufgewacht und saß aufrecht im Bett. »Was, zum Teufel, war das nun wieder?«

»Es war nur einer von Evas Verehrern, den sie vergessen hat. Er hat seit Stunden an der Straße auf sie gewartet, um sie nach Haus zu fahren. Ich nehme an, sie hat mit keiner Silbe an ihn gedacht.«

»Was für ein Kamel, die ganze Zeit zu warten! Das paßt zu Eva.«

»Ich glaube, er wird es kein zweitesmal tun. Er war fuchsteufelswild.«

»Das ist recht. Wir brauchen keine weiteren Spaniels.« Und ehe sie ihn fragen konnte, was er damit meinte, war er schon wieder eingeschlafen.

Am nächsten Morgen stand sie früh auf. Um neun Uhr mußte sie Hugh zur Schule bringen. Wegen des Todesfalles hatte er zwei Tage Urlaub gehabt; aber seine Pflichten als Erster Schulpräfekt erlaubten ihm nicht, länger fortzubleiben. Wie immer, wenn er in die Schule zurückkehrte, war er ziemlich still. Der Abschied von Tim und seinem Zuhause ging ihm nahe. Wahrscheinlich dachte er auch daran, daß nun das Ende der Schulzeit kam. Schließlich brach er das Schweigen und sagte: »Das alles ist verdammt schwer für dich.«

Sie verstand ihn absichtlich falsch und erwiderte: »Was soll daran schwer sein? Ich wollte sowieso zum Einkaufen fahren, und du weißt ja, daß ich immer früh aufstehe.«

»Du behauptest immer, du tust gern, was du tust. Ist das nicht ein Fehler?«

»Warum?«

»Weil wir das alle ausnutzen. Immer heißt es: Laura tut es doch gern. Du bist zu selbstlos. Dadurch machst du uns noch egoistischer.«

Sie neigte nicht dazu, über sich nachzugrübeln, aber sie überlegte einen Augenblick. »Aber es stimmt. Im allgemeinen tue ich gern, was ich tue. Ich bin keine so aufregende Person wie Eva oder Chris. Mein Leben paßt gut zu mir.«

»Auch jetzt noch, wo Großmutter nicht mehr da ist, um dich zu beschützen? Laura, sei nicht dumm und gib nicht in allem nach, was sie von dir wollen.«

»Sie?«

»Nein. Wir. Wir sind ein verdammt selbstsüchtiges Pack. Für Großmutter war das richtig. Sie genoß es, eine Art Matriarchin zu sein, uns manchmal zu verwünschen und zu gleicher Zeit auf uns aufzupassen. Außerdem hatte sie immer eine Hilfe, und später kamst du. Für sie war es so genau richtig. Sie war alt, und sie hatte nichts, was sie sonst interessiert hätte. Aber du bist noch jung. Du hast Derek.«

Das war für Hughs Verhältnisse eine lange Rede. Sie machte einen tiefen Eindruck auf Laura. Was Großmutter betraf, so hatte er recht. Sie hatte es genossen, zu herrschen und zu schenken; das waren ihre Lieblingsbeschäftigungen gewesen. Sie hatte sich selbst und ihr Vermögen verschenkt. Laura würde nicht soviel Geld haben, um es zu verschenken; das wäre töricht und würde bedeuten, auch Derek zu verschenken.

Sie sagte nachdenklich: »Ich verstehe, was du meinst, Hugh. Ich will nicht so dumm sein.«

Ärgerlich redete er weiter: »Denk nur an gestern abend. Erst die Streitereien bei Tisch und dann diese verfluchte Katze. Wie rührend von Chris, besonders weil du die ganze Plackerei hattest. Und dann kam noch dieser Kerl, als du schon schliefst. O ja, ich habe alles gehört.«

»Aber was sollte ich machen? Der Mann hätte noch länger geläutet. Und was die Katze angeht, so hätte Chris ihre Laune an Guy ausgelassen.«

»Guy ist ein noch größerer Dummkopf. Ein so gescheiter Mensch, und hat von nichts eine Ahnung!«

»Christine ist sehr attraktiv.«

»Wirklich? Für mich nicht. Wie in aller Welt erträgt Derek uns nur?«

Sie lachte. Sie waren schon dicht an der Schule, und sie

wollte ihn gern besänftigen. »Bis jetzt noch ganz gut. Dich hat er jedenfalls sehr gern, ehrlich! Also mach dir keine Sorgen. Natürlich war es anders, als Großmutter noch lebte, und jetzt . . .«

»Jetzt bist du, verdammt noch mal, ganz schön angebunden. Entschuldige, Laura, aber für die nächsten sechs Wochen war das meine letzte Chance, noch einmal kräftig zu fluchen. Ich war richtig wütend über diese Stelle im Testament. Das hat alles verdorben.«

»Nicht doch. Sei so gut: es ist schließlich ihre Heimat.«

Sie blickte ihm nach, als er, schlank und hübsch, vom Auto zur Schule ging. Sie wußte, daß er stets auf ihrer Seite sein würde. Auch Lester würde das sein, aber vor allem, weil er sie gut leiden konnte, mehr als seine Schwestern. Hugh war sachlich und gerecht. Als sie den Wagen eben startete, kam ein Junge angelaufen. Ob Mrs. Howard wohl fünf Minuten Zeit für den Herrn Direktor hätte, ehe sie abführe? Das war nichts Ungewöhnliches; denn James Gilbert und Laura hatten sich miteinander angefreundet, weil Laura Gilberts Frau seit langem sehr gut kannte. Diese war sehr viel jünger als ihr Mann. In der Schule war sie Lauras »Senior« gewesen, und Laura hatte sie geradezu verehrt, wie die meisten anderen auch. Anne Gilbert war nicht nur schön, sondern auch liebenswürdig und intelligent. Laura war immer sehr aufgeregt gewesen, wenn sie sie hin und wieder übers Wochenende hatte mit nach Hause nehmen dürfen. Annes Ehe hatte ihre Freundschaft nicht beeinträchtigt.

Sie fragte nach ihr, und Gilbert meinte, sie würde gleich kommen, um Laura zu begrüßen. Mrs. Stapletons Tod habe sie tief getroffen. Auch er drückte Laura sein Beileid aus.

Dann fuhr er fort: »Nun zu Hugh. Er war ein vorzüglicher Schüler und bekommt sicherlich ein gutes Stipendium. Wir hätten ihn gern für ein weiteres Jahr hier behalten, aber er will sein eigenes Leben beginnen, und vielleicht ist das auch gut so. Ist seine Zukunft gesichert?«

»Was das Geld betrifft? Aber ja. Er verfügt über ein eigenes

Einkommen, und wir können auch immer noch etwas zuschießen.«

»Ich glaube, er will unbedingt auf eigenen Füßen stehen. Er ist ein anständiger Kerl, aber ein bißchen zu sensibel. Hinter seiner Zurückhaltung verbirgt sich eine große Verletzlichkeit.«

»Verletzlich? Wie meinen Sie das?«

Gilbert wollte ausweichen. Er sagte nur: »Menschen wie er neigen zum Leiden, und . . .«

Die Tür öffnete sich, und Anne Gilbert kam leise herein. Die Morgensonne umfing sie, und Laura dachte: Du bist ebenso schön wie gut!

Anne trat zu ihr und nahm ihre Hand. »Du tust mir so leid! Und doch: wie schön für dich, daß du so eine Großmutter hattest! Ich werde sie nie vergessen. Man kann sie nicht vergessen!«

In ihren sanften Augen standen Tränen, und Laura spürte, wie auch ihr die Tränen kamen. Aber zugleich verspürte sie auch ihre alte Liebe und Bewunderung für diese Frau. Mit ihren sechsundzwanzig Jahren befand sich Anne auf dem Gipfel ihrer Schönheit und Anmut. Wie glücklich mußte dieser ruhige Gelehrte, der so vornehm aussah und mit einem so glänzenden Verstand begabt war, sein, daß er sie für sich gewonnen hatte. Und wie schön für die Jungen, eine so jugendliche, hübsche und kluge Frau an der Seite ihres Direktors zu haben!

Anne ging mit ihr zum Wagen. »Hugh wird sehr niedergeschlagen sein«, meinte sie. »Er nimmt sich alles so zu Herzen. Viel zu sehr. Er braucht viel Liebe – aber er hat ja dich, Laura. Er ist glücklich dran.«

Laura war etwas beunruhigt, als sie abfuhr. Aber Hugh war doch in Ordnung! Verwirrt stellte sie fest, daß sie nicht einmal Lust hatte, auf Hugh aufzupassen, den sie doch so liebhatte. Sie hatte es einfach satt, auf die anderen aufzupassen.

3

Schon seit einigen Jahren hatte Großmutter kein Geld mehr für das Haus aufwenden wollen, obwohl sie doch eine großzügige und außerordentlich praktische Person gewesen war. »Für den Augenblick ist es noch gut genug«, pflegte sie zu sagen. »Es wäre dumm, Geld in ein so weitläufiges, altmodisches Haus zu stecken. Eines Tages bauen wir uns ein neues; kleiner, moderner und leichter zu bewirtschaften.« Und als es immer klarer wurde, daß die Straße begradigt werden würde, meinte sie triumphierend: »Wir lassen es einfach stehen. Sie werden es abreißen müssen, wenn sie die Straße bauen.«

Das Problem wurde jetzt akut. Wie viele Landstraßen war auch die an ihrem Haus voller Kurven und voller gefährlicher Biegungen. Das hätte nichts ausgemacht, wenn der Verkehr nicht so dicht gewesen wäre. Aber das Land war im Wert gestiegen, und immer mehr Leute waren hergezogen, die es eilig hatten und die eben nicht nur vierzig Meilen in der Stunde fuhren, um einen Verkehrsunfall zu vermeiden.

Einige Unfälle hatte es in der Nähe von Brookside bereits gegeben. Da war eine besonders unübersichtliche Kurve, mit einem steilen Hang auf der einen Seite und einer stark in den »Brook«, den Bach, abfallenden Böschung auf der anderen Seite. Der »Bach« war in Wirklichkeit ein Fluß mittlerer Größe. Zwei Unfälle, ein Zusammenstoß und ein Absturz in den Fluß bei Nacht und dichtem Nebel, hatten tödliche Folgen gehabt. Es hatte eine Welle der Empörung gegeben, und man hatte mit einem Bulldozer einen Teil des Hanges abgetragen. Aber die Steuerzahler behaupteten, das sei noch nicht genug. Die Landstraße wäre jetzt eine Hauptverkehrsstraße und müßte begradigt und befestigt werden. Wenn das geschehen sollte, gab es nur eine Möglichkeit: das alte Brookside-Haus mußte abgebrochen werden.

Das hatte Großmutter als ausgezeichneter Vorwand gedient, bei allen Reparaturen und notwendigen Instandhaltungsarbeiten zu sparen. »Für den Abbruch müssen sie uns etwas bezahlen.

Dann wollen wir ein neues Haus bauen, Laura. Wir müssen auf dem laufenden bleiben, wie weit die Pläne gediehen sind. Es kann nicht mehr lange dauern.«

Aber zu ihren Lebzeiten war es nicht so weit gekommen, und obgleich die Klagen über die Straße immer lauter wurden, wurde nichts über eine neue Straßenführung bekannt. Das bedeutete, daß Laura in Kürze mit beträchtlichen Ausgaben rechnen mußte. Denn wenn das alte Haus Derek und ihr und nicht zuletzt auch den »Waisenkindern« als Heim erhalten bleiben sollte, mußte dringend etwas dafür getan werden.

Und dann kam eines Morgens grollend Joseph Spencer herüber. »Da sind ein paar Kerle am Tor, Feldvermesser wahrscheinlich. Sie vermessen irgend etwas und machen ein Mordsgetue. Mir scheint, sie unternehmen jetzt doch etwas mit der Straße. Wenn das stimmt, was wird dann aus mir?«

Derek versuchte, ihn zu beruhigen. »Dein Bungalow ist sicher. Da brauchen sie nichts zu machen. Unser Haus steht ihnen im Wege. Über dein Haus brauchst du dir keine Sorgen zu machen.«

Joseph starrte ihn an. »Dieses Haus hier soll weg? Und wie soll ich da fertigwerden?«

Derek unterdrückte mit Mühe ein Lächeln. Offensichtlich sah Joseph all seine Mahlzeiten und den übrigen Komfort mit dem alten Haus verschwinden. Er sah nur das, nichts anderes. Derek indessen ließ sich nicht erschüttern.

»Fertigwerden? Du wirst hier bleiben und ganz ungestört sein. Und was uns betrifft, so werden wir wieder in unser eigenes Haus ziehen. Von einem Neubau kann keine Rede sein.«

»Aber dein Haus liegt eine halbe Meile entfernt«, jammerte Joseph. Derek zuckte die Achseln.

Später sagte er zu Laura: »Dem alten Knaben ist der Weg zu seinen Mahlzeiten zu lang, nehme ich an.«

Sie stimmte ihm zu, und sie lachten beide. Aber dann fügte sie hinzu: »Du weißt doch, Derek, daß wir unser Haus vergrößern müssen. Es hat nur ein einziges Fremdenzimmer.«

»Ist das nicht genug?«

»Was wird dann mit den ›Waisenkindern‹?« Bei dieser Frage mußte sie selbst lächeln.

Aber Derek lächelte nicht, sondern verzog das Gesicht.

»Hör doch nur auf mit den ›Waisenkindern‹! Und überhaupt: warum sollen wir uns Gedanken machen, ehe es soweit ist? Solche Sachen brauchen ihre Zeit. Bis dahin werden die ›Waisenkinder‹ vermutlich ihren Dreh gefunden haben – das hoffe ich jedenfalls.«

Joseph hatte eine schwierige Zeit. Nicht nur die Straße machte ihm Kummer. Vor einiger Zeit hatte er sein fertiges Manuskript, in dem er über die Ereignisse und Persönlichkeiten des letzten Krieges berichtete, an einen Verlag geschickt, und nun erwartete er eine begeisterte Antwort.

Woche um Woche verging, und mit großer Ausdauer wartete er auf den Briefträger. Dabei konnte er die Feldvermesser nicht übersehen, die kräftig am Wirken waren, und der Gedanke an den Abbruch des alten Hauses regte ihn sehr auf. Das Ende dieses Hauses bedeutete das Ende seiner Gratis-Mahlzeiten und seiner zahlreichen Besuche. Er würde sich dann mit dem widerlichen Geschäft befassen müssen, sein eigenes Mittagessen zu kochen. Statt das Telefon in Brookside benutzen zu können und sich durch Laura alle Anrufe ausrichten zu lassen, würde er sich einen eigenen Apparat anschaffen müssen; das dürfte mit beträchtlichen Kosten verbunden sein. Mehr noch: er würde sich einen eigenen Postkasten kaufen und dafür die jährlichen Gebühren zahlen müssen. Mürrisch musterte er die jungen Männer und ihre Tätigkeit und dachte gereizt an die vielen Extras, die ihn eine Menge Geld kosten würden.

Dann fiel ihm zu seiner Erleichterung ein, daß das Buch bald erscheinen und er ein hohes Honorar dafür einstreichen würde. Die Tantiemen würden alle Ausgaben ausgleichen, die ihm entstanden, weil Laura sich so schmählich über seine Bedürfnisse hinwegsetzte. Nicht daß er wirklich arm gewesen wäre. Er bezog eine ansehnliche Pension, und rechnete man das Vermächtnis seiner Schwester und das mietfreie Haus hinzu, dann lebte er in recht guten Verhältnissen. Wenn erst einmal die Honorare flossen, wollte er eine Sekretärin einstellen, die das nächste Buch tippen sollte; denn darauf würden die Verleger bestimmt bestehen. Und die Sekretärin konnte auch gleich sein Mittagessen kochen! Auf diese Weise konnte er der selbstsüchtigen Laura ein Schnippchen schlagen!

Es war ein schwerer Schlag für ihn, als er eine Woche später ein dickes Paket im Briefkasten fand. Sein Manuskript war zurückgekommen, und man hatte die Ablehnung noch nicht einmal aufrichtig bedauert. Man hatte ihm nur geschrieben, daß man das Manuskript leider nicht veröffentlichen könne; Kriegserinnerungen seien nicht gefragt, es sei denn, sie wären sehr originell. Fertig! Grob und ungehobelt! So bezeichnete Joseph den Verlag, und er fand noch andere Worte der Verachtung. So saß er brütend an seinem Schreibtisch, während die Vorhut der Landvermesser eine neue, noch bedrohlichere Stellung bezogen. Laut brummte er vor sich hin: »Nicht gefragt! Was wollen sie denn noch haben? Immer nur Krimis und Sex-Romane! Was soll bloß aus dieser Welt werden?«

Die Vorstellung einer hilfreichen und hübschen Sekretärin, die sein nächstes Buch tippen und zwischendurch Kartoffeln schälen würde, schwand dahin. Es kam allzuviel zusammen: der Abbruch des alten Hauses, das ungerechte Testament seiner Schwester mit der kränkenden Randbemerkung. Er beschloß, sich nicht wohl genug zu fühlen, um selbst für sein Mittagessen zu sorgen, und ging hungrig nach Brookside hinüber. Hier wurde er von Christines unfreundlichem Schäferhund begrüßt, der ihn von der Veranda aus anknurrte. Reizend, wie man hier an der Tür seiner Schwester von dem wilden Hund einer jungen Frau begrüßt wurde, die eigentlich daheim nach ihrem eigenen Haus und Garten sehen sollte! Ärgerlich brummend ging Joseph um das Haus herum zur Hintertür.

Christine kam soeben von einem Einkaufsbummel, und da ihr Weg sie zufällig an Brookside vorbeiführte, hatte sie keine Lust, selbst für ihren Lunch zu sorgen. Sie zeigte Laura gerade ihr neues Strandkleid, als Joseph eintrat. Auf einem Stuhl lag ein Stoß Bücher aus der Bibliothek, die sie sich an diesem Morgen herausgesucht hatte. Sie hielt das Kleid an sich; es stand ihr ganz entzückend, und ihr schmales Gesicht strahlte. »Was sagst du dazu, Onkel Joseph?«

»Nicht viel«, brummte er. »Aber es ist auch nicht viel dran, um einen Gedanken daran zu verschwenden.« Er warf die Bücher auf den Fußboden und setzte sich. »Lauter dummes Zeug«, knurrte er geringschätzig.

»Schon möglich, daß es dummes Zeug ist«, erwiderte seine Nichte fröhlich. »Aber es bringt Geld ein. Schau dieses Buch hier – eine halbe Million Auflage. Die Frau muß ein Vermögen verdient haben. Sie hat eigentlich nur ein Thema, aber wie sie es variiert!«

»Vermutlich Sex.« Er schob das Buch mit dem Fuß zur Seite.

»So ungefähr. Auf jeder Seite springen die Mädchen in ein anderes Bett. Das ist ganz amüsant, wenn man den ganzen Tag allein ist.« Sie sah wirklich rührend aus.

Nach dem Lunch ging Joseph langsam heim. Ihm war ein Gedanke gekommen. So was bringt Geld ein! Eine halbe Million Exemplare! Bettgeschichten! Warum eigentlich nicht? Es kostete nicht viel, die Mädchen durch die Betten springen zu lassen. Die Tage in Kairo fielen ihm ein, und er dachte, daß er auch die eine oder andere Geschichte erzählen könnte. Natürlich keine hübschen Geschichten; die waren aus der Mode.

Während Laura in der Küche einen Auflauf buk, statt sich ein weiches Ei zu kochen, wie sie es für ihr einsames Mahl vorgehabt hatte, hatte er flüchtig die Seiten des schwarzgelb gestreiften Buches überflogen. Was er da las, erschreckte ihn; denn die Lektüre, die er bevorzugte, nämlich rechtschaffene Western und anständige Krimis, war demgegenüber ziemlich altmodisch. Er fühlte sich abgestoßen, trotzdem dachte er ganz praktisch. Wenn es so ein Buch auf eine halbe Million Exemplare brachte, warum sollte man so etwas nicht auch schreiben? Schließlich . . . Ein alter Soldat . . . Onkel Joseph fuhr mit der Hand über sein dichtes weißes Haar, dachte an seine immer noch schlanke Taille und lächelte. Zwecks weiterer heimlicher Lektüre ließ er das Buch in seiner Tasche verschwinden.

Er klagte zwar, daß der viele Curry ihm den Appetit verdürbe, tauchte aber dennoch zum Dinner wieder auf und redete wie von ungefähr über sein Buch.

»Mir scheint, daß ein guter, solider Stoff nicht leicht an den Mann zu bringen ist. Die Leute wollen lieber Romane lesen. Jetzt lege ich meine Memoiren zur Seite und schreibe, was man lesen möchte.«

Laura war überrascht und fragte: »Was für einen Roman willst du denn schreiben?«

Joseph antwortete heiter: »Natürlich werde ich meine Lebenserinnerungen nur so lange zurückstellen, bis ich einen Sex-Roman geschrieben habe. Wenn ein albernes Weib das kann, warum nicht auch ein Mann?« Und mit schlauem Lächeln fügte er hinzu: »Mit männlicher Erfahrung selbstverständlich.«

Einen Augenblick lang nahm sich Laura zusammen, aber als Derek in lautes Gelächter ausbrach, lachte sie fröhlich mit. Man konnte sich Onkel Joseph, altmodisch wie er war, unmöglich im Banne wilder Leidenschaften vorstellen. Aber später sagte sie zu Derek: »Natürlich weiß man nicht, was im Krieg passiert ist.«

»Leider war ich zu jung, um das zu wissen. Aber schließlich ist es egal, was der alte Herr schreibt, wenn es ihn nur glücklich macht – und von hier fernhält.«

»Da hoffst du sicher vergebens. Die Beschäftigung mit Sex, und sei es auch nur auf dem Papier, wird ihn nicht weniger hungrig machen. Er braucht seine zwei Mahlzeiten pro Tag. Es macht mir auch nichts aus, wenn ich rechtzeitig etwas für ihn vorbereiten kann. Gestern war er sehr ärgerlich, als ich ihm zwei Würstchen zum Lunch vorsetzte. Er merkte gar nicht, daß ich selbst keine hatte. So ist das nun mal: Er betrachtet uns als eine Art Restaurant und geht seiner Wege, wenn er gegessen hat.«

Derek war zornig. Er haßte es, wenn seine Frau ausgenützt wurde, sah aber im Augenblick keine Möglichkeit, das zu ändern. Inzwischen beobachtete er andächtig die Tätigkeit der Geometer. Wie lange würde das noch dauern? Zum Glück hatte

er einige gute Freunde in der Kreisverwaltung. Diese Freund-
schaften mußte er pflegen.

Einige Wochen nach Mrs. Stapletons Tod rief Lester an.

»Hallo, Laura, wie geht's?«

»Danke, gut. Ich habe eine Neuigkeit für dich. Onkel Joseph
schreibt einen Sex-Roman.«

Nachdem er ausgiebig gelacht hatte, sagte Lester: »Auf diese
Bombenneuigkeit hin ist, was ich zu erzählen habe, natürlich
nur eine Bagatelle. Ich habe auch was geschrieben, einen Roman.
Nicht direkt über Sex, wenn ich dieses lukrative Thema auch
gestreift habe. Aber was viel wichtiger ist: Ein englischer Verleger hat mein Buch angenommen.«

Laura war überwältigt. Was für ein erhebendes Gefühl, zu
einer Familie von Literaten zu gehören!

»Lester, das ist toll! Wie stolz wäre Großmutter auf dich! Ich
wollte, sie wüßte es.«

»Lieber nicht. Das Buch würde nicht zu ihr passen. Aber es ist
ein Anfang. Ich dachte, ich könnte übers Wochenende zu euch
kommen, um einiges mit dir und Derek zu besprechen. Vielleicht ist es jetzt an der Zeit, einen neuen Anfang zu machen.«

Als sie Derek davon erzählte, meinte der verdrießlich: »Mit
anderen Worten: er will seinen Job aufgeben, nur weil sein
Roman angenommen ist.«

»Aber wenn es ein Bestseller ist!«

»Ja, wenn!! Im Klub unterhielt ich mich neulich mit so einem
Burschen aus der Verlagsbranche. Autoren sind glücklich, wenn
sie sechshundert Dollar für ihr Erstlingswerk kriegen. Mit so
einer Summe kommt Lester nicht weit.«

»Aber er hat doch die achthundert Dollar von Großmutter.
Das könnte schon ein Weilchen reichen.«

»Das könnte reichen, wenn er hier wohnte. Gratis. Das wäre
ein Spaß, was?«

»Das würde er nicht tun. Er wollte immer unabhängig sein.«

»Er kam immer her, wenn er eine Verschnaufpause brauchte
oder wenn er seinen Job los war. Von alten Gewohnheiten läßt
man ungern.«

Laura seufzte. »Jedenfalls müssen wir daran denken, was Großmutter sagte: Sie sollen hier ein Zuhause haben, wann immer sie es brauchen.«

»Ich vergesse es wahrhaftig nicht – und ich nehme an, Lester ist der erste von dieser Gesellschaft.«

Sie gab ihm einen kleinen Stoß. »Sei doch nicht so pessimistisch! Vielleicht wird das Buch wirklich ein Bestseller. Dann macht Lester eine Reise nach England; das war schon immer sein Traum. Und wenn's auch kein Bestseller wird, vielleicht hat er mit dem nächsten Buch Erfolg.«

»Das er wahrscheinlich hier schreiben wird. Donnerwetter, gleich zwei Autoren unter einem Dach!«

»Ja, wahrhaftig. Es ist zu ulkig, wie Onkel Joseph in alle Bücher guckt, in der Hoffnung, zu irgendwelchen Liebesszenen inspiriert zu werden. Wenn Lester kommt, wird er den ganzen Tag auf der Schreibmaschine klappern und schauerlichen Trübsinn verbreiten, wenn ihm nichts einfällt. Ich glaube, ich laufe am liebsten davon.«

»Wenn du's doch tätest! Dann liefen wir zusammen weg.«

»Führe mich nicht in Versuchung. Ich muß dran denken, daß hier ihr Zuhause ist.«

Sie mußte sich sehr zwingen, daran zu denken, als Lester am nächsten Tag eintraf. Er war nicht allein, und Laura erschrak, als sie seine Mitfahrer aussteigen sah. Sie glaubte, an den Anblick hübscher Frauen gewöhnt zu sein. Christine war sehr attraktiv, und Eva galt als ausgesprochene Schönheit. Aber dieses Mädchen war göttlich. Hochgewachsen und dunkel, eine Diana. Schön wie ein Traum, fuhr es Laura durch den Kopf, und sie mußte selber lächeln bei diesen Worten. Zu schön, um wirklich zu sein, und bestimmt zu schön, um einen mittellosen Journalisten zu heiraten. Warum also war sie gekommen?

Nach zehn Minuten hatte sie die Antwort gefunden. Janice Osborne war wunderschön, aber sie besaß keinen Funken Verstand. Und sofort stellte sich die nächste Frage ein: Warum war Lester, der kritische, der ostentativ skeptische Lester so blind? Keine Spur von seinem sonstigen Zynismus; sogar sein ausgeprägter Sinn für Komik schien verschwunden. Er starrte seine Göttin an, als fürchtete er, sie könne seinen Blicken entschwinden. Laura mußte sich in die Küche zurückziehen, um dort ihrer Heiterkeit Luft zu machen. Er schien ihr hörig, er verehrte sie mit geradezu hündischer Ergebung. Hündisch? Nicht wie Massa! Beim besten Willen konnte man Lester nicht mit dem Boxer vergleichen. Auch nicht mit Tim; ein Neufundländer bewahrte trotz aller Ergebenheit stets seine Würde. Höchstens mit Troy war er zu vergleichen. Nur Spaniels hatten diesen Blick; und sie begriff, weshalb Guy Derek immer an Troy erinnerte. Sollte sie mit zwei Männern umgehen müssen, die wie verrückte Spaniels aussahen?

Janice war nicht nur schön anzusehen, sie war auch schön in ihren Bewegungen. Aber das war auch alles. Als sie geziert sagte: »Wie geht es Ihnen?« erlitt Laura ihre erste Enttäuschung. Das war nicht die Stimme einer Göttin; sie sprach mit einem affektierten Akzent, der das Ohr beleidigte. Wie konnte Lester, der eigentlich einen guten Geschmack hatte, nur eine solche Stimme ertragen? Zum Glück wußte das Mädchen wenig zu sagen. Sie lächelte lieb, wenn sie angeredet wurde, und ihre Antworten verrieten die Intelligenz eines Kindes. Ihr Lieblingsausdruck war »O Gott!« aber in ihrem Munde klang das wie »Ooh Gooott!« Und meistens lächelte sie nur reizend als Antwort auf Bemerkungen, die sie nicht verstand. Wie Laura feststellte, war das sehr häufig der Fall.

Erschöpft von ihren Anstrengungen, eine Unterhaltung in Gang zu bringen und ein sie interessierendes Thema zu finden, zog sich Laura in ihre Küche zurück; dort traf sie ihren Mann, der sich versteckt hatte. Über sein Gesicht mußte sie lachen.

»Na, du hast es nicht lange ausgehalten. Ein mühsames Geschäft, wie? Ich habe aber trotzdem gesehen, wie du durch die Tür nach ihr geschaut hast. Ist sie nicht umwerfend?«

Er sah sie zweifelnd an.

»Ich habe so etwas noch nie gesehen.«

»Wie eine schöne Blume!« meinte sie. »Zauberhaft.«

»Du gerätst richtig ins Schwärmen. Aber ich habe nicht sie gemeint. Sie ist genauso, wie du sagst. Ich habe Lester gemeint.«

»Ich weiß. Er hat vollkommen den Verstand verloren. Er sitzt nur da und starrt sie an.«

»Lester! Mit seinem kühlen Intellekt. Und sie hat überhaupt keinen.«

»Man soll nicht vorschnell urteilen. Aber ihren Verstand scheint sie, wenn sie einen hat, gut zu verstecken. Und diese Stimme! Wie hält er die bloß aus! Er verzieht keine Miene, nicht einmal, wenn sie sagt: ›Ooh Gooott‹!«

Sie lachten, doch Derek wurde gleich wieder ernst. »Aber was soll das nur? Wie lange soll das dauern?«

Sie lächelte. »Das wird dein neuester Schlachtruf. Sobald eines der ›Waisenkinder‹ erscheint, brichst du in Wehklagen aus: ›Wie lange noch?‹«

»Nun, du mußt zugeben . . .«

»Ach, ich gebe alles zu; aber wir können doch nichts ändern. Ich wollte, ich wüßte, wie Lesters Pläne aussehen.«

Sie waren erleichtert, als sie diese Pläne erfuhren. Das Paar konnte nur übers Wochenende bleiben. Lesters Zeitung beanspruchte ihn am Montag, und Janice war an ihre Boutique gebunden, wie sie sich ausdrückte.

Lester folgte seiner Kusine in die Küche, wo sie schleunigst einen passenden Lunch vorbereitete. Janice ging nach oben, um auszupacken und die kaum wahrnehmbaren Spuren der Fahrt zu beseitigen. »Ich wollte so gern, daß du sie kennenlernst«, sagte Lester, und er, der sich sonst so sarkastisch und überlegen zu geben pflegte, sah auf einmal ganz jung und erwartungsvoll aus.

Laura war sofort besänftigt.

»Kein Wunder, daß du sie uns zeigen wolltest. Ich habe noch nie ein so schönes Gesicht gesehen. Hast du – kennst du sie schon lange, Lester?«

Er redete eifrig wie ein kleiner Junge. »Erst seit einem Monat. Ich lernte sie auf einer Party kennen. Sie ist – sie ist ganz anders als alle Mädchen, die ich kenne.«

42

»Bestimmt. Ist sie noch sehr jung?«

Er wich aus, und Laura schloß, daß sie älter war als er. Unmöglich zu schätzen bei diesem schönen, ausdruckslosen Gesicht. Sie dachte: Sie ist nicht ganz unerfahren; aber die Männer werden sie schnell satt haben trotz ihres Aussehens. Deshalb hängt sie sich an Lester.

Eifrig redete er weiter. Nein, ihre Familie kannte er nicht. »Heutzutage belastet man sich nicht mit solchen Dingen.« Aber Janice hatte Großmutter gekannt: sie war Kundin in ihrem Geschäft gewesen. Und sie rechnet damit, daß Lester einen Haufen Geld geerbt hat, dachte Laura unfreundlich, aber zutreffend. Nein, sie wären nicht verlobt; so was sei doch gräßlich altmodisch.

»Natürlich, jetzt könntet ihr sowieso noch nicht heiraten«, meinte Laura. Er verzog das Gesicht, und sie fügte eilig hinzu: »Aber was ist mit deinem Buch, Lester? Hast du eine Kopie mitgebracht?«

Sofort kehrte seine alte Überheblichkeit zurück. »Mein liebes Kind, wie sollte ich? Es ist gerade erst in England unter Vertrag genommen worden, und es dauert neun Monate, bis ein Buch erscheint.«

Das bedeutet immerhin einen Aufschub. Sogar Lester konnte seinen Job nicht aufgeben, ehe er nicht die enormen Honorare einstrich, die ihm sicher zufallen würden. Und Janice würde ihn in der Stadt mindestens so lange festhalten, wie diese Verzauberung andauerte. Derek würde froh darüber sein und sich hoffentlich ein wenig anstrengen, um mit dem Mädchen Konversation zu machen.

Aber das gelang nicht, und als sie am Abend zu Bett gingen, fühlte sie sich bemüßigt, Janice zu verteidigen. »Wahrscheinlich hat sie einen sehr guten Charakter. Bei solch einem Gesicht kann es fast nicht anders sein.«

»Schon möglich. Aber wie kann man sich bloß mit einer so dummen Person unterhalten? Jedenfalls ist sie nicht die Richtige für Lester.«

43

»Sie sind noch nicht richtig verlobt. Junge Leute machen das heutzutage nicht mehr.«

»Hoffen wir, daß es nie so weit kommt. Er würde sie umbringen, wenn er sie einmal satt hat.«

»Kaum. Sei nicht so dramatisch. Er wird sie einfach verlassen und sie so loswerden.«

»Und dann käme sie hierher. Das wäre erst entzückend.« Mit diesem Gedanken schlief er ein.

Es wurde ein langes Wochenende. Alles war gut, solange Lester damit zufrieden war, zu Füßen seiner Angebeteten zu sitzen und ihr von Dingen zu erzählen, von denen sie nicht das mindeste verstand. Erst als er mit ihr einen Spaziergang machen wollte, gab es eine kleine Auseinandersetzung. Bei seinem Vorschlag riß sie weit ihre schönen Augen auf.

»Einen Spaziergang? Aber wohin? Hier gibt es doch weit und breit keine Geschäfte!«

Das klang überzeugend. Trotzdem versuchte er es noch einmal. »Wie wär's mit einem Ritt? Laura würde dir ihr Pony leihen.«

Janice erschauerte. »Reiten? Ich hasse Pferde. Ich hätte gräßliche Angst. Außerdem möchte ich mich unter diesen Baum legen.«

»Ich möchte dir so gern mein Pferd zeigen. Wir wollen hinausgehen und es holen, wenn du auch nicht reiten magst.«

»Warum? Es würde mich nur treten. Das versuchen die Pferde immer. Wir wollen lieber hier bleiben.«

Sie blieben also da; aber er ließ den erzwungenen Müßiggang den Rest der Familie entgelten. Er erklärte Laura, wie ein Buch verlegt wird, und malte ihr seine Zukunftspläne aus, ohne sie auch nur im mindesten um ihre Meinung zu fragen. Er stand neben ihr, während sie das Rosenbeet jätete, und sagte: »Wenn dieses Buch einschlägt, kommt es darauf an, ihm so schnell wie möglich ein zweites folgen zu lassen. Sonst vergißt einen das Publikum. Das geht natürlich nicht, solange ich bei der Zeitung arbeite. Ich müßte mich ausschließlich mit Schreiben befassen.

44

Ich sollte mich dann ganz der neuen Arbeit widmen und alle Ablenkung vermeiden.«

»Und nur zu den Mahlzeiten auftauchen?« fragte Laura ironisch. Zu ihrer Überraschung nahm er das ernst und stimmte eifrig zu.

»Ja, und das könnte ich nur hier, zu Hause.«

Hätte er nicht »zu Hause« gesagt, wäre sie standhafter gewesen. Aber dieses Wort ließ sie an Großmutter denken. Sie hörte sie förmlich sagen: »Du mußt für sie sorgen, Laura. Wenn wir's nicht tun, wer soll's denn dann machen?« Deshalb erwiderte sie: »Nun, wenn du – wie nennt man das? – eine schöpferische Eingebung fühlst, dann kommst du am besten hierher und schreibst hier dein neues Buch. Hier hast du genug Zeit und Ruhe.«

Da fiel ihr Derek ein, wenn er sie so hören würde, und sie fügte schnell hinzu: »Wenigstens bis es fertig ist.«

Krampfhaft überlegte sie, wie lange es wohl dauerte, bis ein Buch fertig war. Sie erinnerte sich mit Schrecken an Autoren, die ein Jahr oder noch mehr für die Produktion eines Meisterwerkes gebraucht hatten. Aber nein, Janice würde bestimmt nicht zwei oder gar drei Jahre warten – falls diese verrückte Liebe überhaupt so lange andauerte.

Am Sonntag erschien unerwartet Christine. Janice lag, wie schon die ganze Zeit, unter dem Baum. Sie unterhielten sich drei Minuten lang, dann sauste Christine ins Haus und japste: »Himmel, Laura, was ist das für ein komisches Wesen? Sie sieht wunderbar aus, bestimmt, aber diese Stimme! Entsetzlich! Und sie ist ganz gewiß kein heuriger Hase mehr!«

In diesem Augenblick trat Lester ein, und sie stürzte sich auf ihn: »Sag nicht, du hättest sie hierhergebracht! Ich wette, sie hat nicht für fünf Pfennig Verstand.«

»Du natürlich bist eine Autorität in Sachen Verstand«, entgegnete er eisig und setzte wütend hinzu: »Gott, wie gehässig und neidisch Frauen doch sein können!«

»Na, ich bin vielleicht nicht so schön wie sie, und ich habe nie behauptet, daß ich gescheit wäre; aber ich spreche wenigstens nicht so affektiert.« Sie zeigte durch das Fenster. Sie sahen die unglückselige Janice, wie sie versuchte, mit Christines Toss fertigzuwerden. Toss war mit dem für ihn charakteristischen Eigensinn davon überzeugt, daß das Mädchen ihn liebte. Obwohl er sonst so unfreundlich war, leckte er mit Hingebung ihre nackten Füße ab.

»Oooh ... Dieser schreckliche Hund! Hol ihn doch weg! Ich mag keine Hunde, und er hat bestimmt eine Menge Flöhe!«

Das genügte. Mit einem wohlgezielten Tritt nach dem Hund verdarb sie es für alle Zeiten mit Christine. Deren Feindschaft äußerte sich in scharfen kleinen Nadelstichen. Lester, der innerlich kochte, mußte schweigend zusehen, wie seine Schwester Janice geschickt bloßstellte und sie zu törichten und gezierten Aussprüchen verleitete. Noch nie hatte er seine Angebetete so oft »Oooh Gooott!« und »wüürklich« sagen hören. Laura hatte vergeblich versucht zu intervenieren und sich dann vom Schauplatz zurückgezogen.

Um das Maß vollzumachen, lud sich Christine selbst zum Dinner ein. Lester war ebenso wütend über ihre Bosheit wie über Onkel Josephs wollüstige Blicke, mit denen er das schöne Gesicht seines Gegenübers musterte. Seine Miene zeigte, daß hier endlich jemand war, der ihm den Stoff für einen Sex-Roman liefern konnte. Für Laura war es eine peinliche Situation, und sie wagte nicht, den spöttischen Blicken ihres Mannes zu begegnen. Wenn sie das alles nur nicht so zum Lachen gereizt hätte!

»Was für eine entsetzliche Ziege«, meinte Christine, als sie mit Laura den Aufwasch besorgte. »Lester muß vollkommen verrückt sein. Wahrscheinlich wird er sie heiraten, ehe er wieder zu Verstand kommt, und sie dann erwürgen, wenn sie beim Frühstück fünfzehnmal: ›Oooh Gooott!‹ sagt.«

Laura lachte, versuchte aber, sie zu besänftigen. »Laß gut sein. Wenigstens scheint sie ein friedliches Gemüt zu haben. Du bist ein richtiges kleines Biest! Fahr jetzt in Gottes Namen heim und bring sie nicht alle durcheinander.«

»War es nicht herrlich, wie der alte Joseph sie anglotzte? Und ich wette, sie ist zu dumm, um ihm auch nur einige Pointen für sein albernes Buch zu liefern.«

»Na ja, sie hat eben das gewisse Etwas.«

Laura nahm ihre Kusine bei den Schultern und schob sie zur Tür.

»Jetzt geh, ärgere deinen armen Mann und laß uns in Ruhe.«

Christine lachte. Es gehörte zu ihren liebenswürdigsten Seiten, daß sie nie beleidigt war, wenn Laura ihr die Wahrheit sagte. Als sie ging, wurde sie plötzlich ganz ernst. »Laura, die Geschichte ist doch nur ein Witz?«

»Ich glaube nicht. Freilich, jetzt gerade ist er völlig von Sinnen. Aber er kann noch lange nicht heiraten, wenn er seinen Job aufgibt und hierherkommt, um Bücher zu schreiben.«

»Er will hier wohnen? Meine arme, gute Laura! Wie soll das weitergehen?«

Das war eine Frage, die sich auch Derek soeben stellte.

4

Für Laura gab es viel Arbeit an diesem Wochenende. Janice zeigte keine Neigung, ihre zarten Finger mit einem Wischlappen zu beschmutzen; sie deckte höchstens einmal ganz langsam den Tisch, wobei sie das meiste vergaß; die Blumen arrangierte sie so ungeschickt wie möglich. Aber Laura meinte großzügig zu Derek, daß sie in ihrem Geschäft die Woche über wohl hart arbeiten müßte.

»Um Gottes willen, entwickle dich nur nicht zu einem geduldigen Lamm«, sagte er ungehalten. »Diese Art Märtyrer-Typen habe ich noch nie ausstehen können.«

»Schade, daß du nicht Chris geheiratet hast; die hat nichts von einem Märtyrer«, erwiderte sie bissig.

Trotz dieser schlagfertigen Antwort war ihr das Herz schwer. War Dereks Geduld am Ende? Dann würde ihn ihre erzwungene Standhaftigkeit bald zum äußersten treiben. Sie konnte ihn deshalb nicht tadeln, aber sie wußte auch nicht, wie sie es anders machen sollte.

Mit großer Erleichterung sah sie das seltsame Paar am Montag morgen abfahren. Ob Janice wohl wiederkommen würde? Oder war es bis in ihren schönen, aber leeren Kopf gedrungen, daß in Brookside nicht viel Geld zu holen war und daß Lester davon auch nur sehr wenig bekommen würde? Laura glaubte, gelegentlich einen nachdenklichen Ausdruck in ihren großen Augen gesehen zu haben. Aber war Janice überhaupt fähig, über etwas nachzudenken, was nicht ihre äußere Erscheinung betraf?

Laura war froh, sich fürs erste nicht weiter um die beiden kümmern zu brauchen. Lester konnte für sich selbst sorgen; schließlich war er vierundzwanzig, zwei Jahre älter als Laura selbst. Das »Waisenkind«, das sie im Augenblick am meisten beschäftigte, war Hugh, der ihrem Herzen auch am nächsten stand. Sein Abschluß war in zwei Tagen fällig, und sie machte sich Sorgen, wie er diese neue Phase seines Lebens meistern würde. Vier Jahre lang war die Schule seine Welt gewesen; der Abschied von ihr bedeutete einen tiefen Einschnitt. Seit ihrer Unterhaltung mit seinem Direktor und dessen Frau war Laura um seinetwillen etwas in Unruhe.

Aber er ist dann hier bei uns zu Hause, sagte sie sich. Würde er hier wohl auch glücklich sein? Er war sensibel, das einzige der »Waisenkinder«, das sich in ihre oder Dereks Lage versetzen konnte. Auf alle Fälle sollte er niemals das Gefühl haben, er wäre ihnen im Wege oder fiele ihnen zur Last. Sie wußte, daß weder sie noch Derek je so empfinden würden. Es war ein Segen, daß Derek wenigstens ihm aufrichtig zugetan war.

Für Laura war Hugh wie ein jüngerer Bruder. Sie hatte ihn geliebt und behütet, seit er im Alter von fünf Jahren ins Haus gekommen war. Da hatte er so einsam und verloren ausgesehen. Zu jener Zeit war sie selbst schon längst in Brookside daheim gewesen und hatte ihn unter ihre Fittiche genommen. Aus diesem Grund, gestand sie sich mit einem flüchtigen Lächeln, wünschte sie sich eigentlich, daß er für immer dabliebe ... Aber das war natürlich Unsinn. Sie wies den Gedanken weit von sich.

Im allgemeinen war es ziemlich mühsam, Derek einmal von

seiner Farm wegzubringen. Aber Hughs Abschlußfeier war etwas Besonderes. »Die meisten Jungen haben ihren Vater dabei«, sagte er nur. Er dachte daran, daß Hugh nie etwas von ihm verlangt hatte, außer daß er Tim gut behandelte. Da kam ihm plötzlich ein Einfall. »Wir wollen seinen Hund mitnehmen«, erklärte er. Und obwohl Laura protestierte, weil der Wagen auf dem Heimweg mit Hugh und all seinen Koffern übervoll sein würde, wiederholte Derek nur: »Doch! Wir nehmen ihn mit.«

Als er am Morgen ins Auto einstieg, sagte er froh: »Dieses eine Mal kann ich für den Jungen endlich etwas tun. An der Universität braucht man keine Väter mehr. Da kommt man ohne sie aus.«

Es war wie immer bei Abschlußfeiern: Der Direktor hielt eine kurze, gedankenschwere Ansprache, und der Bischof ließ eine etwas längere folgen, in der er alles, was Mr. Gilbert gesagt hatte, auf salbungsvolle Weise wiederholte. Die Preisverteilung war schnell vorbei, denn es gab nicht viele Preise. Hugh erhielt zwei Auszeichnungen, je eine für Latein und Geschichte, und außerdem bekam er den Preis, der dem Ersten Schulpräfekten zustand. Er erhielt einen ehrenvollen Applaus, als er die Tribüne verließ; aber es war nicht die wilde Klatsch-Orgie, die einem Helden der Schule zuteil wurde. Laura dachte: Er ist nicht so besonders beliebt. Aber er sieht sehr nett aus.

Nett sah er in der Tat aus; aber seine Züge zeigten eine Anspannung, für die es eigentlich keinen Grund gab. Er hatte fleißig gearbeitet, mehr als es für die Preise nötig gewesen wäre, und er würde bestimmt ein gutes Studienstipendium bekommen. Aber es drängte ihn, die Schule hinter sich zu lassen, um endlich sein eigenes Leben zu leben. Das gab seinem Gesichtsausdruck eine gewisse Schärfe; sein Mund hatte einen fast leidenden Zug.

»Es wird ihm sauer«, flüsterte Derek. »Gut, daß ich den Hund dabei habe.«

Das war so Dereks Art, wenn er sich um jemanden sorgte, ging es Laura durch den Kopf.

Hugh kam zu ihnen, als die Feier kaum zu Ende war; er be-

49

grüßte sie herzlich und fragte nach Tim. Derek hielt es für möglich, daß sich gerade jetzt der weiche schwarze Kopf des Hundes durch den Fensterspalt zwängte, den man um seinetwillen offen gelassen hatte. Trotzdem sagte er: »Ich nehme an, daß du dich noch von vielen Leuten verabschieden mußt. Unsertwegen brauchst du nichts zu überstürzen.«

Aber Hugh erwiderte, alles sei gepackt und fertig, und sie könnten gleich nach dem Tee fahren. Beim Tee sollte er wohl noch ein bißchen helfen.

Er verschwand für kurze Zeit. Laura kannte eine Menge Leute: Eltern, die ihr danken wollten für die Gastfreundschaft, die sie ihren Söhnen bezeigt hatte; und dann ihre eigenen und Anne Gilberts alte Schulfreunde. Einer ihrer ehemaligen Kameraden, dessen Sohn jünger als Hugh war, sagte gleich zu ihr: »Ist Anne nicht eine wundervolle Frau? So anmutig und liebenswürdig und – na, genau, wie eine Frau auf ihrem Posten sein soll. Bestimmt ist die Hälfte der Jungen in sie verschossen. Schau nur diesen Adonis an, der ihr gerade ein Sandwich anbietet! Ich wette, er möchte am liebsten vor ihr auf die Knie fallen.«

Laura blickte auf und sah, daß es Hugh war. Blitzartig wurde ihr klar, was der Direktor mit seinen Andeutungen gemeint hatte. Offensichtlich fühlte er sich unbeobachtet, während er sich über Anne beugte. Aber sie sagte leichthin: »Ach, bei einer Frau wie Anne schadet ihnen das nichts.«

Im Inneren zutiefst beunruhigt, wandte sie sich einem anderen Bekannten zu.

Gewaltsam nahm sie sich zusammen. Hugh war äußerst empfindlich; doch eines Tages würde er über seine Gefühle vielleicht lachen müssen. Aber bis dahin würde viel Zeit vergehen. Anne würde niemals solch einen jugendlichen Anbeter ermutigen. Sie war sehr klug und liebte ihren Mann. Solche Geschichten waren nicht zu vermeiden und würden bald vorübergehen. Aber sie fühlte sich richtig elend, als sie sich Gilberts Worte erinnerte, daß der Junge zum Leiden wie geboren sei, und als sie an Annes Bemerkung dachte, daß er zum Glück sie, Laura, als Beistand hätte. Aber sie war doch eigentlich viel zu jung und unerfahren, um ihm wirklich helfen zu können. Sogar Großmutter hätte gesagt, daß jeder allein mit seinen Schmerzen fertigwerden müßte.

Sie verabschiedeten sich, sobald es möglich war. Auch Hugh drängte; er hatte es offensichtlich eilig. Nicht alle schienen seine Freunde zu sein; aber er hatte doch viele Anhänger, und eine kleine Gruppe von älteren Schülern umringte ihn, um ihm Lebewohl zu sagen. Hugh war freundlich, aber in Eile. Er versprach dem einen ein Wiedersehen in der Stadt, dem anderen ein Treffen an der Universität und ging, so schnell es sich machen ließ. Der Abschied vom Direktor und von seiner Frau dauerte kaum länger: ein kurzer Händedruck, einige förmliche Dankesworte von der einen Seite und gute Wünsche von der anderen; dann wandte er sich um, um sich von Anne zu verabschieden. Laura gab es einen Stich, als sie sah, wie er Annes Hand ergriff, sie allzu schnell wieder losließ und sich abwandte. Er murmelte, daß er das Auto holen müsse. Lauras Augen trafen die ihrer Freundin, und beide blickten rasch zur Seite. Anne hatte also verstanden, und auch sie war traurig.

Der Wagen fuhr vor. Voller Dankbarkeit dachte Laura, daß Derek, obwohl er nicht darüber sprach, in Wahrheit der einzige war, der die Gefühle des Jungen verstand. Er hatte darauf beharrt, Tim mitzubringen, und das war sehr klug gewesen. Sie fuhren los, und der Hund lag auf dem Schoß seines Herrn und versuchte immer aufs neue, seine Hand zu lecken. Zum erstenmal sah Hugh glücklich aus. Ja, diesen Einfall hatte Derek gehabt. Nie würde sie erfahren, was er von Hughs jugendlicher Liebe wußte, denn nicht einmal mit ihr würde er darüber reden. Wie schon so oft, dachte Laura, daß Männer doch viel diskreter seien als Frauen.

Die Heimfahrt verlief ziemlich schweigsam. Tim bestand entschlossen darauf, sich auf den Preisen seines jungen Herrn auszuruhen. Und am Ziel gab es eine aufregende Ablenkung. Ein wohlbekannter kleiner Wagen war an ihnen vorbeigefahren und hielt direkt vor ihnen. Am Steuer saß Christine, und neben ihr thronte ihr greulicher Toss. Auf dem Rücksitz standen zwei

Katzenkörbe, einige Vogelkäfige, und außerdem – auch das noch! dachte Laura – ragten zwei kleine Hörner aus dem Durcheinander.

»Mein Gott!« rief Hugh. »Sehe ich Gespenster, oder ist das wirklich eine Ziege?«

»Noahs Arche«, bemerkte Derek giftig. »Ergänzt durch die vom Schicksal geschlagene Frau Noah.«

»Lieber Himmel«, murmelte Laura unpassenderweise, »dieses Mal muß sie sich mit Guy wirklich ganz und gar zerstritten haben.«

Weitere Kommentare waren überflüssig, denn als sie die Wagentüren öffneten, sprang der große, zottige Toss aus dem anderen Auto und versuchte unter wildem Gebell, in ihren Wagen einzudringen und sich auf den armen Tim zu stürzen.

»Dieser verdammte Toss«, schimpfte Hugh wütend. »Der will nur raufen, wie gewöhnlich.«

Tim, im allgemeinen liebenswürdig und verträglich, war ohnehin sehr erregt über die Rückkehr seines Herrn und fand nun keinerlei Gefallen an diesem Willkommen vor seinem eigenen Haus. Er entzog sich Hughs Griff und sprang aus dem Wagen auf seinen Gegner. Im nächsten Augenblick bildeten sie ein Knäuel und veranstalteten einen ohrenbetäubenden Lärm. Aus dem anderen Auto hörte man lautes Miauen und das aufgeregte Geflatter der Vögel, die in ihrer Angst an die Käfigstäbe stießen. Hugh sprang aus dem Auto und packte seinen Hund. Auch Derek sprang hinaus und versetzte Toss einen gezielten Tritt, während Christine schrille Protestschreie ausstieß. Laura zog sich feige tiefer in ihr Auto zurück.

Gerade war es Hugh gelungen, die Kämpfenden zu trennen, als ein wahres Gebrüll zu hören war: Massa stürmte hinter dem Haus hervor, um seinen Freund zu retten. Wie die meisten Boxer war Massa sonst ein ruhiges, friedfertiges Geschöpf; er neigte eher dazu, Provokationen zu übersehen und Auseinandersetzungen aus dem Wege zu gehen. Aber mit Tim war er zusammen aufgewachsen, und die beiden waren sich einig in ihrem Widerwillen gegen alles Fremde. Er stürzte sich also ins Gewühl, und Laura verließ schleunigst ihren sicheren Platz. Massa hatte leider keinen Schwanz, an dem man ihn festhalten konnte. Sein Auftreten war wirklich furchterregend: er glich einem wütenden Löwen.

Derek rettete die Situation. Er packte einen großen Stock und stürzte damit auf die Gegner los. Für kurze Zeit wurde das Durcheinander noch größer und der Spektakel noch lauter; dann hatte Toss einen kräftigen Hieb auf die Schnauze abgekriegt. Knurrend und den Kopf schüttelnd, schwankte er von dannen. Auch Massa fand zu seiner gewohnten Ruhe zurück und verschwand laut bellend hinter einer Hecke.

Sofort eilte Christine herbei, um ihren Toss zu trösten. Mit lauter Stimme erklärte sie ihm, was sie von den anderen Hunden und besonders von Derek hielte. »Mein armer alter Liebling, mein guter Alter! Wie konnten sie dir das nur antun, diese Memmen! Sie haben dich fertiggemacht! Derek, du bist ein Ekel! Du hast ihn verletzt! Beinah hättest du ihn umgebracht!«

»Das wäre nur zu schön gewesen«, knurrte Derek. Er war äußerst erbost über diesen Empfang in ihrem eigenen Haus, wo doch Friede herrschen sollte. Laura versuchte, Christine zu besänftigen. »Er mußte ihm wehtun, Chris. Er mußte sie auseinanderbringen. Wenn Massa Toss zu packen gekriegt hätte . . .«

»Wie kannst du dir bloß ein Vieh halten, das andere Hunde anfällt? Und du selbst bist so gefühllos und versteckst dich einfach im Auto. Ich komme hierher zu dir, um Trost und Schutz zu finden, und ihr attackiert meinen Hund. Natürlich, ich weiß schon, keiner ist gut zu meinen Tieren, und sie sind doch alles, was ich noch habe!«

Ein klägliches Miauen erklang aus den Katzenkörben, dann vernahm man lautes Flügelschlagen, und aus einer Ecke des Wagens tauchte ein großer, grau-rosa Papagei auf. Er kreiste gefährlich über den Köpfen der andern und ließ sich dann mit sanftem Geplapper auf Christines Schulter nieder. Diese seltsame Erscheinung verschlug allen die Sprache; nur Christine sah zufrieden aus. Sie hob die Hand, um den Vogel zu kraulen, und

53

mit dem ihr eigenen schnellen Stimmungswechsel strahlte sie die andern an.

»Ist er nicht wunderbar? Er ist meine neueste Errungenschaft. Ich habe ihn von einem Mann an der Haustür gekauft. Guy war allerdings sehr ärgerlich. Er redete lauter dummes Zeug von Schmuggel und so. Ich glaube, das tut er, weil Cuthbert ihn nicht mag und ihm ziemliche Grobheiten an den Kopf wirft. Das tut er immer, wenn er jemanden nicht leiden kann. Aber mich liebt er. Gleich am ersten Tag hat er sich an mich gekuschelt, und ich habe ihn nie einzuschließen brauchen. Er darf frei im Haus herumfliegen.«

»Ich kann mir vorstellen, daß Guy das vertreibt«, warf Hugh bissig ein. Laura überlegte bestürzt, daß Cuthbert sicherlich auch in ihrem Haus frei umherfliegen würde, wenigstens so lange, wie Christine hier blieb. Sie selbst haßte Papageien. Als Kind war sie von einem gebissen worden und hatte das nie ganz verwinden können. Sie würde sich wirklich große Mühe geben müssen, um Cuthbert freundlich zu behandeln.

»Was hat das alles zu bedeuten, Chris?« fragte Derek unvermittelt. »Was soll dieser Zoo?«

Sofort verwandelte sie sich in ein schuldbewußtes Kind. »Ach, es ist schrecklich. Guy und ich haben uns gestritten. Ich halte es nicht länger aus.«

»Was hast du denn schon auszuhalten?« fragte Hugh grob. »Einen verdammt guten Mann. Er hält es sogar mit deinen ekelhaften Viechern aus.«

Christine weinte selten; sie besaß aber die Begabung, so auszusehen, als ob sie jeden Augenblick in Tränen ausbrechen würde. Laura hatte jahrelang unter diesem Talent gelitten, und immer noch rührte es ihr Herz, selbst gegen ihren Willen.

»Na, wir wollen jetzt keinen neuen Streit anfangen«, sagte sie weich. »Chris, wozu in aller Welt bringst du die Ziege mit?«

Der kleine, boshafte Kopf einer schwarzen Ziege guckte aus dem hinteren Fenster; er war Laura durchaus bekannt. Dora, wie Christine sie blödsinnigerweise nannte, gehörte schon lange zu ihrem Haushalt. Ein Sportsfreund, der, wie Guy zornig erklärte, überhaupt keine Grundsätze hatte, schenkte Christine die Ziege kurz nach ihren Flitterwochen. Er hatte das kleine mutterlose Tier bei einer Wanderung im Wald gefunden. Von allen Haustieren ihrer Kusine hatte Laura Dora stets für das schwierigste gehalten; wenigstens bis sie Cuthbert kennenlernte.

Christine riß weit ihre Kinderaugen auf. »Laura, du glaubst doch nicht etwa, ich könnte die arme kleine Dora allein lassen?«

Obwohl ihr nicht danach zumute war, mußte Laura lachen. Das war eben der Haken: Chris hatte sie immer zum Lachen gebracht. Derek reagierte freilich anders. Er sagte kurz: »Wenn du deine Ziege heute abend – aber nur heute abend! – hier behalten willst, mußt du sie irgendwo anbinden. Auf dem Hof ist ein alter Hundezwinger. Hugh, sei doch so gut und lege den kleinen Teufel dort an die Kette. Ich möchte nicht, daß sie Lauras Garten zerwühlt und mir das Haus dreckig macht. Inzwischen trage ich deine Koffer hinein, und Christine soll ihren übrigen Tierpark versorgen.«

Hugh verschwand; trotz Christines Protest zog er Dora am Halsband hinter sich her. Ohne sie und ihre Tiere weiter zu beachten, ergriff Derek Hughs Gepäck und ging ins Haus.

Widerstrebend nahm Laura den Käfig mit den Vögeln in die eine und einen Katzenkorb in die andere Hand und folgte ihm. Den Schluß bildete Christine. Der Papagei saß auf ihrer Schulter; sie trug ebenfalls einen Korb und den zweiten Käfig, der zum Glück leer war. »Für den Fall, daß Cuthbert sich in einem fremden Haus nicht wohlfühlt«, plapperte sie.

»Siehst du«, erklärte sie Laura, »es ist einfach unmöglich für mich, noch länger mit Guy zusammenzuleben. Er versteht mich nicht. Er erwartet von mir, daß ich alle möglichen langweiligen Dinge tue, daß ich mich zum Beispiel mit den blödesten Leuten unterhalte. Gestern abend hat er einen Richter zum Dinner eingeladen, und er hat wahrhaftig von mir verlangt, daß ich alle Tiere aus dem Eßzimmer jage und Cuthbert in seinen Käfig sperre. Trotzdem«, kicherte sie lustig, »hat Cuthbert gesiegt. Er hat den Richter wüst beschimpft. Ich fürchte, irgend jemand hat ihm eine Menge häßliche Wörter beigebracht, ehe er zu mir kam.«

»Wie angenehm für Guy und den Richter!«

»Ja, es schien Guy entsetzlich zu ärgern. Als der alberne alte Richter fort war, wurde Guy richtig ausfallend. Wir hatten den schlimmsten Streit seit unserer Hochzeit. Ich schloß mich im Fremdenzimmer ein, natürlich mit Cuthbert. Er gab Guy alle möglichen Namen, als er an die Tür klopfte, und heute morgen ging Guy aus dem Hause, ohne sich zu verabschieden. Jetzt ist alles vorbei.«

Laura seufzte. Chris war genauso intelligent wie Dora – vielleicht sogar noch ein bißchen weniger, nach allem, was sie von dem schlauen kleinen Tier gesehen hatte.

»Deshalb bin ich nach Hause gefahren«, erzählte Chris weiter und umarmte Laura auf die entwaffnende Art, mit der sie auch schon bei Großmutter stets ihren Willen durchgesetzt hatte. »Es tut mir so wohl, dich zu sehen, Laura, und zu wissen, daß ich bei dir so gut aufgehoben bin.«

Darauf war schwer zu antworten. Christine sah recht selbstzufrieden aus, als ihr Bruder eintrat. Leider hatte sie ihre beiden Kätzchen aus dem Korb gelassen, und Hugh stolperte über das eine. Dabei trat er auf Toss' Schwanz, was dieser mit einem scharfen Zuschnappen vergalt. Zum Glück verfehlte er das Schienbein und riß nur ein Loch in die Hose des Jungen. Hughs Gefühle waren an diesem Tag arg strapaziert worden. Die friedliche Heimfahrt hatte ihn etwas beruhigt; die Gegenwart seiner Schwester und die Rauferei der Hunde hatten ihn wieder ziemlich aufgeregt; jetzt aber verlor er völlig die Fassung.

»Was, zum Teufel, willst du bloß hier mit all deinem verfluchten Viehzeug?« brüllte er los. »Wer hat dich gerufen? Kannst du keinen Schritt tun ohne deine schrecklichen Biester? Du hast wahrhaftig genug Platz für sie in deinem eigenen Haus und deinem Garten.«

Zwischen Heiterkeit und Teilnahme für Hugh hin- und hergerissen, versuchte Laura freundlich zu vermitteln; aber Chris kam ihr zuvor. »Das ist eben der Jammer«, sagte sie traurig,

»daß ich kein anderes Zuhause mehr habe! Du wirst doch nicht verlangen, daß ich meine Tiere im Stich lasse.«

Derek kam gerade die Treppe herunter und hörte ihre letzten Worte. Heftig fuhr er sie an: »Hör doch auf, Mädchen! Du hast ein wunderschönes Heim und einen sehr guten Mann.«

Christine lächelte tapfer. »Lieber Derek, du scheinst mir kein besonders guter Menschenkenner zu sein!«

Diese Bemerkung ließ Laura in helles Gelächter ausbrechen. Christine sah sie vorwurfsvoll an und meinte: »Ich will euch nichts vormachen. Dazu bin ich weiß Gott zu anständig. Die Wahrheit ist – ich habe Guy verlassen, für immer.«

Wenn sie eine Sensation erwartet hatte, wurde sie enttäuscht. Hugh murmelte nur etwas, das leider so klang wie: »Alberne Ziege«, und ging hinauf in sein Zimmer.

Derek zuckte die Achseln und ging hinaus, um noch einige Sachen aus dem Auto zu holen, die sie vergessen hatten. Laura schlug vor: »Wie wär's mit einer Tasse Tee?«

Christine besaß eine gute Eigenschaft: gelegentlich erfaßte sie spontan die Komik einer Situation. Sie lachte und sagte: »Kurios, so etwas zu einer Person zu sagen, die gerade ihren Mann verlassen hat!«

Derek kam eben vom Auto zurück und herrschte sie wütend an: »Du hast ihn nicht verlassen, jedenfalls nicht, um hierherzukommen.« Hugh kam von oben und stimmte ihm zu: »Klar, morgen haust du wieder ab, zurück zu deinem Guy. Und inzwischen haben wir hier den Trödel mit deinen Tieren, stolpern über Katzen und müssen aufpassen, daß sich die Hunde nicht totbeißen. Mein Gott, was ist das?«

»Das« war Dora, die geschickt aus ihrem Halsband geschlüpft war und nun, ungeheuer neugierig auf ihre neue Umgebung, leise hereintrippelte und mit großen Augen auf die Treppe starrte.

Das war zuviel für Tim, der einen aufregenden Tag hinter sich hatte: die Rückkehr seines Herrn, die lange Wartezeit vor der Schule, der wilde Kampf bei der Heimkehr. Ziegen hatte er noch nie leiden können. Aus vollem Halse bellend, raste er die

Treppe hinunter. Aber Dora war gelenkig. Sie sprang über seinen Kopf hinweg, rannte bis zur Treppe und stieg vorsichtig hinauf. Ehe es ein neues Chaos gab, rief Laura schnell: »Hugh, ruf Tim zurück, fang die freche Ziege und sieh zu, daß du sie jetzt richtig anbindest!«

Hugh hielt Dora fest in seinen Armen, und Derek flüsterte ihm zu: »Es wäre kein Schaden, wenn du das kleine Biest strangulierst.«

Hugh grinste. Aber die »Waisenkinder« pflegten alle Tiere rücksichtsvoll zu behandeln. Hugh band die Ziege an, jedoch nicht zu fest. Dora verbrachte den Rest des Tages auf dem Dach der Hundehütte und meckerte wie ein verlassenes Baby. Christine protestierte von Zeit zu Zeit und brachte zahllose Leckerbissen hinaus, um ihren Liebling zu trösten. Aber Laura machte ihr klar, daß die Hunde Dora in Stücke reißen oder vertreiben würden, wenn sie sie frei laufen ließe.

In der Küche erklärte Chris zwar dramatisch, daß Tee sie aufrege, trank dann aber drei große Tassen und aß ein dickes Stück Kuchen dazu. Unterdessen gab sie ihrer Kusine eine ausführliche Schilderung von dem Streit, der sie von daheim vertrieben hatte. Laura hörte nicht sehr genau zu. Sie hatte sich an diese Querelen während der ersten sechs Monate von Christines Ehe gewöhnt, obwohl diese noch nie so wie heute davongelaufen war. Außerdem beunruhigte sie der Gedanke an Dereks Reaktion. Auch Cuthbert machte sie nervös und lenkte sie zu sehr ab, um richtig bei der Sache zu sein. Der Papagei war auf der Schulter seiner Herrin sitzen geblieben; er bearbeitete ihre Wange in sehr aufregender Weise, wie Laura fand. Sie hatte Angst, daß er im nächsten Augenblick auffliegen und sich auf ihrem Kopf oder ihrer Schulter niederlassen würde. Christine bemerkte, daß Laura zerstreut war, und sagte verdrießlich: »Natürlich hast du kein Verständnis für mich. Du bist immer auf der Seite der Männer. Ich weiß noch, wie wir ganz klein waren und du immer Hugh zu Hilfe kamst, wenn wir Streit hatten.«

»Freilich. Er war ja so viel jünger, und ihr habt ihn damals so drangsaliert, wie du es jetzt mit Guy tust.«

Sie mußten beide lachen. Die Vorstellung von Guy, dem sechs Fuß großen, stämmigen Mannsbild, der von seiner zarten kleinen Frau drangsaliert wurde, war überwältigend. Auf einmal waren sie wieder ganz vergnügt. Christine sagte: »Ach, Laura, du bist so gut zu mir! Immer warst du so gut. So gut zu uns allen. Ich weiß, alles wird in Ordnung kommen, wenn ich für immer hier bleibe. Ich tauge nicht zur Ehefrau.«

»Schade, daß du dir das nicht überlegt hast, als du Großmutter so um ihre Einwilligung bedrängtest; sie sollte dich Guy unbedingt heiraten lassen, obwohl du noch so jung warst«, versetzte Laura schlagfertig. Sofort verwandelte sich Chris in das hübsche, hilflose Kind, dem zu widerstehen Laura so schwerfiel.

»Hack doch nicht auch noch auf mir herum! Du bist der einzige Mensch, der mir helfen kann. Als ich gestern abend so einsam und elend war in unserm Gästezimmer, dachte ich: Ich gehe zu Laura. Sie wird für mich sorgen. Sie hat noch nie jemanden im Stich gelassen.«

In diesem Augenblick beschloß Cuthbert, sein neues Terrain zu erkunden, und unternahm einen Rundflug durch das Zimmer. Laura kauerte sich in ihrem Stuhl zusammen, als Derek eintrat. Streng sagte er: »Hol deinen verdammten Vogel und steck ihn in den Käfig, Chris. Laura mag Papageien nicht. Sie sind auch wirklich unangenehm.«

Christine riß die Augen weit auf und sah richtig rührend aus. Dann wurde ihr klar, daß es sinnlos war, ihre Künste an diesem dickfelligen Mann zu versuchen. Also holte sie Cuthbert von Lauras Vorratsschrank herunter. Er war gerade dabei, mit äußerster Sorgfalt ein Pfund Butter auszupacken. Sie trug ihn nach oben und murmelte, es sei doch seltsam, daß sie ihre Lieblinge nicht einmal daheim um sich haben dürfe.

»Daheim!« explodierte Derek. »Wann wird die Gesellschaft endlich lernen, daß das hier jetzt dein Heim ist?«

»Ach, was macht das schon! Es wird nicht ewig dauern. Heute abend wird Guy sie sicher holen und ihre Tiere dazu. Er

hält es doch ohne sie nicht aus. Sie haben wirklich einen richtigen Krach miteinander gehabt. Chris hat heute nacht im Gästezimmer geschlafen, mit Cuthbert natürlich.«

Zum Unglück trat gerade Onkel Joseph ein. »Mit Cuthbert
geschlafen?« Er zog die Luft ein wie ein Schlachtroß, das den
Kampf wittert. »Was ist denn los? Sex-Probleme nehme ich an.
Die gibt's überall. Wo ist Christine?«

»Oben; sie wird dir alles erzählen, wenn sie runterkommt«,
erwiderte Derek boshaft. Der alte Herr war entzückt. Ehepro-
bleme bei verheirateten Leuten! Gerade so etwas brauchte er für
sein Buch. Er ging, um die Ausreißerin zu suchen, die mit dem
unbekannten Cuthbert geschlafen hatte. Derek und Laura lachten.

»Der alte Knabe hat allerhand Schwierigkeiten mit seinen
Liebesgeschichten, und er meint, Chris könnte ihm helfen«,
stellte Derek fest. »Pech, wenn er dahinterkommt, daß Cuthbert
ein Papagei ist.«

Den ganzen Abend wich Onkel Joseph nicht von Christines
Seite. Er konnte nicht genug über ihren Ehestreit hören und
zeigte ein krankhaftes Interesse an ihren nächtlichen Erlebnissen.

Als sie einen Augenblick allein waren, meinte Laura lachend:
»Dieser Sex-Roman macht aus Onkel Joseph einen richtigen
Lüstling.«

»Wir wollen ihm dieses Vergnügen gönnen. Und es war ein
Segen, daß wenigstens einer an unserm Tisch geredet hat. Das
heißt, wenn es noch unser Tisch ist!«

Sie konnte ihm seine Erbitterung nicht verübeln. Das Abendessen war nicht sehr gemütlich gewesen. Hugh war still und bedrückt. Er äußerte seine Gefühle zwar nicht, aber seine Hand
war häufig unter den Tisch geglitten, um Tims sich anschmie-
genden Kopf zu streicheln. Er regte sich nur auf, als Christine
sich beklagte, daß er seinen Hund bei sich hätte, während ihre
armen Lieblinge eingesperrt wären.

»Das ist auch richtig so. Noch nie habe ich so eine Herde ge-

60

sehen. Ein Hund, drei Vögel, vier Katzen, dieser ekelhafte Papagei und auch noch die Ziege!«

»Du mußt doch ein Findelkind sein. Du bist ganz anders als wir anderen. Wir sind alle große Tierfreunde, Guy übrigens auch.«

»Das muß er wohl sein, sonst hätte er euch alle längst rausgeschmissen«, bemerkte Hugh.

Laura stand hastig auf. »Komm und hilf mir beim Abdecken, Hugh. Ich weiß, Chris möchte mit Onkel Joseph über alles reden.«

Mit dieser abschließenden Bemerkung zog sie sich eilig in die Küche zurück, bevor ihre Kusine ihr widersprechen konnte.

Hugh half ihr ruhig und freundlich wie immer, fütterte seinen Hund und sagte dann: »Ich glaube, ich gehe ins Bett, Laura. Ich bin müde.« Dann zögerte er, sah sie wie ein kleiner Junge an und fragte: »Ist es wohl schlimm, wenn ich Tim mit nach oben nehme? Er ist so selig, daß er mich wieder hier hat, und« – plötzlich kam ihm ein Gedanke – »er könnte mit Toss raufen, wenn ich ihn hier unten lasse.«

»Natürlich. Jetzt, wo du wieder daheim bist, kannst du ihn stets mit in dein Zimmer nehmen. Er ist sauber und hat noch nie einen Floh gehabt – das ist mehr, als ich von Toss behaupten kann, der bestimmt in Christines Zimmer schläft. Derek stört Tim überhaupt nicht. Er hat ihn gern, und ich auch. Er kann neben deinem Bett schlafen.« Dabei dachte sie: Wenn man jung und unglücklich ist, gibt es keinen besseren Trost, als den Kopf eines Hundes zu fühlen, wenn man nicht schlafen kann.

Hugh ging, und später stellte Laura fest, daß er sein wertvolles Transistor-Gerät unten vergessen hatte. Es war noch ziemlich früh, und da sie Licht unter seiner Tür sah, klopfte sie an und trat ein. Hugh lag auf seinem Bett. Er war noch angezogen; er las nicht, sondern starrte vollkommen reglos zur Decke. Lauras Herz zog sich zusammen, als sie ihn so traurig sah. Sie blickte zur Seite und sagte schnell: »Hier ist dein Radio. Du brauchst es vielleicht morgen früh.« Dann bemerkte sie Tim; er saß da und winselte leise, um ihre Aufmerksamkeit auf sich zu lenken. Sie meinte: »Der ist schrecklich aufgeregt, weil du wieder da bist«, und legte ihre Hand liebevoll auf den Kopf des Hundes.

Tims Kopf war feucht, und Laura sah im Geist, wie der Junge, ehe sie ins Zimmer kam, seinen Schmerz mit seinem Freund geteilt hatte. Mit dem besten Freund, der nie etwas weitererzählen würde. Sie sagte nochmals gute Nacht, schloß leise die Tür und entfernte sich; dabei spürte sie, wie ihr selbst die Tränen kamen. Sie sah das junge Gesicht vor sich, wie es sich über Annes geliebtes Haupt beugte. Dann schweiften ihre Gedanken zu Christine, die soviel redete und erfüllt war von ihren eingebildeten Kümmernissen. Ärgerlich überlegte sie, daß sich die junge Frau mit keinem Wort nach Hughs Erlebnissen erkundigt hatte. Dabei war es ein so entscheidender Tag für ihn gewesen!

Wahrhaftig, dachte sie zornig, die »Waisenkinder« sind doch grundverschiedene Charaktere!

5

Laura gähnte zum viertenmal und sagte: »Zeit zum Schlafen, Chris. Wir wollen die Tiere versorgen. Das braucht noch eine Weile.«

So war es auch; aber schließlich waren sie alle in dem großen Gastzimmer gut aufgehoben: die Katzen in ihren Körben, die Vögel in ihren Käfigen. Toss hatte die unangenehme Eigenschaft, die ganze Nacht durch das Haus zu wandern; man durfte ihn nicht einschließen, denn »dann bekommt der arme Kerl Claustrophobie und bellt unaufhörlich«. Also lag er auf dem Bettvorleger und schielte mißtrauisch zu Cuthbert hinüber, der es sich auf der Querstange des Bettes bequem gemacht hatte.

Inzwischen war es elf Uhr geworden. Den ganzen Abend hatte Laura auf einen Anruf von Guy gewartet, und sie war überzeugt, daß auch Christine ihn erwartet hatte. Aber der Anruf war nicht gekommen, und sie geriet in Unruhe. Seine sklavische Ergebenheit war doch nicht etwa im Schwinden? Sorge und Müdigkeit verdarben ihr die Laune. Schließlich tauchte Derek aus seinem Büro auf, wo er den Abend verbracht hatte. »Eine ganze Stunde bin ich den elenden Viechern nachgerannt«, sagte sie ärgerlich. »Und Guy hat nicht angerufen.«

»Das zeugt von seinem Stolz. Ich hoffe, Chris ist dir wenigstens dankbar.«

»Kein ›Waisenkind‹ ist jemals dankbar, außer Hugh, und der zählt nicht. Sie sagte nur, es sei schön, wieder daheim zu sein.«

Laura ging nach oben. Der Ausbruch hatte sie erleichtert. Entspannt lag sie in der Badewanne, als das Telefon klingelte. Sie wartete, in der Hoffnung, daß jemand an den Apparat ginge; aber vergebens. Hugh war wohl eingeschlafen, und Chris war es bestimmt zu mühsam. Wenigstens Derek könnte doch ans Telefon gehen! Es war schon großartig, wie er es fertigbrachte, sich von den »Waisenkindern« zu distanzieren, dachte sie, als sie schließlich aus der Wanne stieg, ein Badetuch umnahm und hinunterging.

Natürlich war es Guy. Er war sehr aufgeregt. Ob Chris da wäre? »Gott sei Dank«, sagte er überflüssigerweise.

Laura zog das Badetuch fester um sich und fragte verdrießlich: »Wo soll sie denn sonst sein? Sie ist im Bett, und die anderen auch. Wo bist du denn?«

»Zu Hause. Ich bin gerade heimgekommen. Ich hatte noch eine wichtige Sitzung, rief aber von der Stadt aus ein paarmal an, allerdings ohne Anschluß zu bekommen. Ich war richtig in Sorge. Ich komme gleich rüber.«

»Nein, nein, bitte nicht! Es ist schon so spät, und wir sind alle im Bett. Es langt, wenn du morgen früh kommst.«

So ein Idiot!

Er protestierte, aber sie blieb fest. »Endlich haben sich alle beruhigt, die Katzen und die Vögel und der Hund und der Papagei und sogar die Ziege.«

Sie konnte ein Kichern nicht unterdrücken, aber er schien es nicht für spaßig zu halten. Ebensowenig dankte er Laura, daß sie so für Chris und ihre Tiere sorgte. Abrupt legte sie den Hörer auf und ging zurück ins Badezimmer. So konnte es auf keinen Fall weitergehen, sagte sie sich. Leider fiel ihr in diesem Zusammenhang Großmutter ein. Die hatte immer gesagt: »Dieses Mal rühre ich aber keinen Finger!« – und hatte sich dann doch stets ganz anders verhalten. Resigniert hatte sie jedesmal festgestellt: »Ich weiß nicht, was mit ihnen los ist; aber irgend jemand muß sich doch um sie kümmern. Und wenn ich's nicht tue, wer tut es dann?«

Und jetzt war eben Laura an der Reihe.

Der Anblick ihres friedlich schlafenden Mannes verdroß sie noch mehr. Sie konnte sich kaum zurückhalten, ihn aufzuwecken und zu sagen: »Guy hat angerufen!« Dann kehrte ihr Humor zurück, und sie dachte: Ein Segen, daß sich wenigstens einer von uns nicht von den »Waisenkindern« tyrannisieren läßt! Damit sank sie ins Bett und schlief sofort ein.

Es wurde eine kurze Nacht. Lautes Miauen und eine wahre Gebell-Salve vor ihrer Zimmertür weckten Laura bald nach dem Morgengrauen. Etwas besänftigt wurde sie durch ihren Mann; er brachte ihr eine Tasse Tee, der in die Untertasse überschwappte. In den frühen Morgenstunden war er stets bester Stimmung. Er sagte: »Chris ist tatsächlich schon auf und bei der Arbeit. Aber ich habe mir gedacht, ich wollte dir deinen Tee selbst bringen. Hat Guy angerufen?«

»Ja, während ich im Bad war. Natürlich ging niemand ans Telefon, deshalb mußte ich aus der Wanne raus und mit diesem Idioten reden.« Sie war gereizt, denn sie teilte nicht ihres Mannes Vorliebe für die morgendliche Frühe.

Er sah aus, als ob es ihm leid täte, aber das konnte sie auch nicht umstimmen. Deshalb sagte er rasch: »Wie gut! Jetzt wird bald alles vorbei sein. Er wird bestimmt sofort kommen, und dann werden sie bald abfahren. Chris wird mächtig triumphieren. Du siehst müde aus. Diese verdammten ›Waisenkinder‹!«

Er ging, um Chris mitzuteilen, daß sie Guy jeden Augenblick erwarten könne.

Guy traf um sieben Uhr ein; seine Augen glichen mehr denn

je denen eines Spaniels. Es folgte eine Szene so recht nach Christines Geschmack, mit einer Lautstärke, daß es Hugh und Laura aus ihren Zimmern trieb.

»Du siehst todmüde aus«, begrüßte Hugh sie. »Warum machen sie die Tür nicht zu, wenn sie sich streiten?«

Derek hielt sich diskret zurück, aber in der Küche sagte er zu seiner Frau: »Man sollte es nicht für möglich halten, daß er einer der fähigsten Rechtsanwälte in der ganzen Stadt ist. Da sieht man, was eine Frau aus einem Mann machen kann.« Worauf Laura gereizt antwortete: »Wenn er gern vor ihr auf dem Bauch kriecht, ist es seine eigene Schuld.«

»Das Dumme ist nur, daß alles so gut geklappt hat. Da werden wir das gleiche Theater bald wieder haben«, meinte Hugh, der den Papagei in eine Ecke trieb und ihn gerade noch packte, ehe er sich auf seinem Kopf niederließ. »Was Chris im Grunde braucht, ist ein Herr und Meister aus dem Viktorianischen Zeitalter.«

»Ach, seid doch still, ihr beiden! Seid nicht so selbstgefällig! Helft mir lieber, die Tiere zusammenzutreiben.«

Ihre Worte hatten die gewünschte Wirkung. Sie war selten so schlechter Laune, und Derek war richtig froh, daß nun endlich doch einmal ein »Waisenkind« ihren Zorn erregte. Christine und Guy waren inzwischen im Garten verschwunden. Als Hugh bei der Verfolgung eines Kätzchens unter den Tisch kriechen mußte, sagte er bissig: »Wo sind diese Idioten eigentlich?«

»Ich nehme an, sie spielen Versöhnung im Rosengarten«, meinte Laura, die um so heiterer wurde, je mißmutiger die Männer dreinblickten, als sie den Katzen nachrannten.

»Eine haben wir wenigstens schon«, sagte Derek. »Eine schöne Beschäftigung für einen Farmer, der sich eigentlich mit seinen Schafen befassen sollte!«

»Berufliche Zwischenfälle des Lebens auf Brookside«, lachte Laura und steckte die Katze in ihren Korb, während Hugh nach der zweiten unter dem Fernseh-Tisch suchte.

Schließlich waren alle Katzen wohlverwahrt im Auto. Der Papagei war Christine und Guy gefolgt und lauschte nun sicherlich ihrem Liebesgeflüster, während sich Toss knurrend in der Einfahrt herumtrieb. Laura, die sich besser auf ihn verstand als die Männer, lockte ihn auf den Vordersitz und blickte erleichtert um sich. »Jetzt fehlen nur noch Chris, der Papagei und Dora. Aber wo ist Dora eigentlich?«

Plötzlich entdeckte sie, daß die Ziege, die ihnen höhnisch vom Dach der Hundehütte aus zugesehen hatte, verschwunden war. An der Hütte baumelte ein durchgebissener Strick; aber von Dora selbst war nichts zu sehen.

»Laß das Biest doch laufen«, meinte Hugh. »So sind wir es endlich los.« Aber Laura fühlte sich verantwortlich.

»Das können wir doch nicht tun. Vielleicht rennt sie auf die Straße und wird überfahren. Außerdem wird Chris wahnsinnig, wenn sie weg ist.«

Das war nur allzu wahr. Als Christine aus dem Garten kam, beschimpfte sie Hugh, weil er nicht eine Kette benutzt hatte. Sie bestand darauf, daß alle den Garten und die nahen Pferdekoppeln absuchten. Nach zehn Minuten und etlichen weiteren Vorwürfen seiner Schwester bekam Hugh es satt und ging verstimmt ins Haus. Er murmelte, Chris solle doch ihre verdammte Geis selbst suchen; er wünsche, sie läge tot auf der Straße. Darüber war Laura entsetzt, denn so etwas paßte gar nicht zu dem Jungen. Aber sie sagte nichts; denn die allgemeine Stimmung war wieder mal am Siedepunkt angelangt. In diesem kritischen Moment hörte man Hugh schreien. »Hier ist sie, im Eßzimmer, und hat einen Mordsspaß!«

Alle kamen gelaufen, als Dora gerade von dem Mahagonitisch heruntersprang. Laura hatte dort eine Schale mit Orangen hingestellt, die sie am Tag zuvor recht teuer eingekauft hatte. Einige klägliche Reste lagen auf der polierten Tischplatte, und Dora leckte sich wohlgefällig ihren Bart, von dem der Orangensaft auf den Boden tropfte. Guy war dieser Zwischenfall sichtlich peinlich, Derek fluchte leise, und Hugh unterdrückte grimmig seine Randbemerkungen; nur Christine war tief bekümmert: »Ach, Laura, wie leichtsinnig von dir, das Fenster offen zu lassen! Weiß einer von euch, ob Ziegen von Orangen Magenschmerzen kriegen?«

Laura wußte es nicht. Aber wieder einmal konnte sie Christine nicht böse sein, die so töricht und so lästig war. Als schließlich die beiden Autos verschwunden waren, sagte sie zu Hugh: »Man kann nicht anders, man muß sie doch gern haben, findest du nicht auch?«

»Ich kann schon anders«, erwiderte der Junge kurz angebunden, und Dereks Lachen bewies, daß er mit ihm einer Meinung war.

Als Hugh zum Haus zurückging, sprach er laut mit sich selbst. »Zu welch einem Narren wird ein Mann, wenn er eine Frau heiratet, der er restlos verfallen ist. Der Himmel bewahre mich davor.« Aber im stillen fügte er wohl hinzu: Leider wird er mich nicht davor bewahren.

Doch wenn der Junge unglücklich war, so zeigte er es nicht. Er stürzte sich in die Landarbeit und ritt jeden Tag mit dem Pferd seines Bruders aus. Er wollte sich später einen Job suchen, um seine Finanzen aufzubessern, bis das Semester begann. Leider machte ihn sein Großonkel so nervös, daß er manchmal die Beherrschung verlor. Es gab ständig Reibereien mit dem alten Herrn

Onkel Joseph war allerdings schwierig. Trotz seiner Kairoer Erinnerungen fiel es ihm sauer, einen pikanten Roman zu schreiben. Die Sätze kamen ihm nur langsam und hatten leider einen viktorianischen Beigeschmack. »Keine echte Leidenschaft«, murrte er, wenn er sich an das mühselige Geschäft des Tippens machte. Er arbeitete elegant mit zwei Fingern; dabei erfüllte ihn ein tiefes Mißtrauen gegen die Technik der Maschine. In seiner Unruhe suchte er immer wieder das alte Haus auf, nicht nur zu den Mahlzeiten, sondern auch zu den ungewöhnlichsten Tageszeiten. Hugh stolperte dauernd über ihn, und Joseph stolperte dauernd über Tim, und das hob bei keinem die Stimmung.

Laura war natürlich auf Hughs Seite, aber der alte Mann tat ihr leid. Er hatte sich eine Aufgabe gestellt, die für ihn zu schwer war. Sie war deshalb immer freundlich und teilnahmsvoll, und so gestand er ihr eines Tages, daß sein Manuskript zurückgekommen sei.

Freundlich meinte sie: »Aber das ist doch nicht so schlimm! Man hört doch immer wieder von Bestsellern, die zuerst abgelehnt wurden. Schick es doch an einen anderen Verlag!«

Doch Josephs Stolz war zu tief verletzt; er haßte die ganze Verlegerbande. »Heutzutage erkennt eben niemand eine ehrliche Arbeit an. Das Manuskript mag ich nicht mehr anrühren.« Das klang sehr eindrucksvoll.

Derek ging dem vergrämten Autor möglichst aus dem Wege; aber eines Tages platzte er heraus: »Können wir denn nie allein sein? Jetzt sind wir fast ein Jahr verheiratet. Ehepaare haben doch auch ein Privatleben.«

»Ja, aber dann langweilen sie sich auf einmal, und einer von ihnen nimmt sich beim Frühstück die Zeitung vor. Dazu haben wir wenigstens noch keine Gelegenheit gehabt.«

Zum erstenmal machte sie ihn nervös. »Sei doch nicht gar so selbstlos! Ich hasse ergebene Dulderinnen. Es ist besser, mal jemandem den Kopf abzureißen.«

Sie war betroffen. Daß er sie tadelte, war neu. Doch sie entgegnete nur: »Ja, die ergebenen Dulderinnen sind langweilig. Demnächst werde ich um mich schlagen, vor allem, wenn ihr, du und Hugh, weiter mit Onkel Joseph streitet. Beim Lunch habt ihr mich fast wahnsinnig gemacht.«

Er lachte und küßte sie auf die Stirn. »Der alte Kerl geht einem auf die Nerven, und ich fürchte, er wird uns noch zwanzig Jahre zur Last fallen.«

»Nicht, wenn erst die Straße verlegt wird. Für eine Tasse Tee wird er keine halbe Meile weit laufen wollen.«

»Das stimmt. Und ich tue, was ich kann, damit sie sich beeilen. Halt uns den Daumen!«

Besänftigt ging er fort. Jedenfalls blieb Laura trotz ihres Anhangs guten Mutes, und im Augenblick schienen sie alle einigermaßen friedlich zu sein. Seit einem Monat hatte es bei Christine keine Aufregung gegeben; Eva war mit ihrem Job und ihren jungen Männern in der Stadt beschäftigt; und Lester hatte mit seinem Buch und seiner angebeteten Janice zu tun. Die weiteren Aussichten schienen günstig.

Weihnachten stand vor der Tür, und Derek dachte: Wenn wir doch nur unser erstes Weihnachtsfest für uns sein könnten! Laura hatte denselben Wunsch. Aber natürlich wurde nichts daraus.

»Zu Weihnachten kommen wir alle heim, wie immer«, erklärte Eva fröhlich, als sie eines Abends anrief. »Wir bringen alle was mit. Ich bringe das Obst für den Salat.«

Die meisten Mitbringsel, zum Beispiel Christines Schinken, mußten erst noch zubereitet werden, so daß Laura mehrere heiße und ermüdende Stunden mit der Vorbereitung für das Festmahl verbrachte. Sie erwachte sehr früh, und es ging ihr durch den Kopf, daß so ein Familien-Weihnachtsfest eigentlich überschätzt würde. Nichts als Strapazen! Sie würde Großmutters Ratschläge und ihre kritischen Anmerkungen vermissen. Sie seufzte so tief, daß Derek sich umdrehte und gleichfalls aufwachte.

»Kein guter Anfang für einen Feiertag«, sagte er. Dann gab er ihr einen Kuß und wünschte ihr fröhliche Weihnachten. Ein wenig schüchtern holte er eine kleine Schachtel unter seinem Kopfkissen hervor. »Es hat ziemlich lange gedauert«, meinte er. »Das ist jetzt endlich dein richtiger Verlobungsring.«

Er war sehr schön, und Laura war überwältigt. »Trotzdem werde ich den anderen auch immer tragen«, sagte sie, als sie ihn über den Finger streifte. »Ach, Derek, ich wünschte . . .«

»Ich weiß. Ich auch . . . Wir wären allein, in unserem eigenen Haus.«

Da lachte sie. »Aber denk doch an die armen ›Waisen‹!« Und sie fügte hinzu: »Bitte, sei lieb heute, Derek, und hilf mir über die Runden.«

Sie sah so jung und entzückend aus, daß er ihr nicht widerstehen konnte. Deshalb half er ihr, wo er nur konnte: er führte das Gespräch bei Tisch in die richtigen Bahnen; er hielt die verschiedenen Tiere auseinander; er goß einen Drink ein, sobald ein

69

Streit heraufzuziehen drohte; er war einfach ein unübertreff-licher Gastgeber. Laura sagte ihm das, als sie schließlich ins Bett krochen. Das Haus war vollbesetzt mit den »Waisenkindern«, die, bis auf Christine, sämtlich entschlossen waren, für einen oder zwei Tage dazubleiben. Derek stellte fest: »Es ist alles ganz gut gegangen, aber jetzt reicht's allmählich. Du kannst nicht für den Rest deines Lebens ein Hotel führen.«

»Das will ich auch nicht. Denk an die Straße! Bald werden wir allein sein.«

Er wollte es ihr nur zu gern glauben.

So gab es ihnen einen Schock, als Laura eine Woche später bei Durchsicht ihrer Post ausrief: »Marie Elder kommt zu Besuch! Himmel, das muß Marie Barton sein! Die hatte ich fast verges-sen! Sie kann jeden Tag eintreffen!«

Derek fragte mit beunruhigender Sanftmut: »Und wer ist Marie Barton?«

Laura antwortete nicht und las weiter. »Ach Gott, ihr letzter Mann ist auch tot. Nach diesem Brief muß es Norman Elder ge-wesen sein. Nun hat sie sich entschlossen, nach Neuseeland zu-rückzukehren und hier zu leben. Sie kommt mit dem Flugzeug und muß schon bald da sein.«

Betont zurückhaltend fragte Derek abermals: »Ich wieder-hole: wer ist diese Marie Elder oder Marie Soundso, und warum kommt sie zu uns zu Besuch?«

Laura ließ den Brief sinken und strich sich verwirrt das Haar aus der Stirn. »Ich kann mich ehrlich gesagt kaum mehr an sie erinnern. Aber sie ist eine Kusine von mir.«

»Zum Teufel, schon wieder eine?«

Sie lachte. »Nicht aus dem Zweig der Familie, zu dem die ›Waisenkinder‹ gehören. Ich glaube, sie war eine Nichte von Großvater. Großmutter hatte sie sehr gern. Sie lebte hier, als ich noch klein war, und ehe sie ihre verschiedenen Männer heira-tete.«

»Welche verschiedenen Männer?«

»Sie hat hier einen geheiratet – Barton hieß er, glaub ich. Un-gefähr ein Jahr später kam er bei einem Jagdunfall ums Leben, und sie kehrte zu Großmutter zurück. Dann heiratete sie einen Engländer, einen sehr vermögenden Mann, und der nahm sie mit nach England. Seinen Namen habe ich vergessen. Er bekam Leukämie und starb nach vier oder fünf Jahren. Danach heiratete sie jemanden namens Norman Elder. Ich erinnere mich, Großmutter sagte, als sie den Brief erhielt: ›Hoffentlich hat sie beim dritten Mal Glück.‹ Und dann sagte sie, daß jeder, der Marie zur Frau bekäme, glücklich sein müßte – aber anscheinend war das bei ihm nicht der Fall; denn vor drei Monaten ist er an einer Lungenentzündung gestorben. Nun hat sie in England alles verkauft und will hierherkommen, um sich umzusehen.«

»Das kommt mir alles verdammt merkwürdig vor. Drei Ehemänner, und alle sind vorzeitig gestorben, und was das schlimmste ist: uns wird noch jemand aufgehalst.«

Betrübt dachte sie: Es ist ihm nicht zum Lachen zumute. Er hat alles gründlich satt. Bald wird er mich auch satt haben. Aber laut sagte sie: »Die wird uns nicht aufgehalst. Ich weiß nicht viel mehr von Marie; aber Großmutter hatte sie sehr gern, und sie schien nicht von der Sorte, die einem zur Last fällt. Sie wird nicht lange bleiben wollen. Sie kann nicht mittellos sein, denn ihr zweiter Mann hinterließ ihr eine Menge Geld. Sie sucht einen Ort, wo sie leben möchte.«

»Wenn es nur nicht zu nahe bei uns ist. Wie sieht sie denn aus? Sie muß doch ziemlich alt sein.«

»Um die fünfzig, nehme ich an. Vor etwa fünfzehn Jahren übersiedelte sie mit ihrem zweiten Mann nach England. Ich weiß, ich ging damals noch zur Schule. Zu der Zeit waren immer so viele Leute hier, daß ich mich nicht mehr sehr gut an sie erinnern kann.«

»Ja, Mrs. Stapleton hat sie alle um sich versammelt und hat uns eine Menge von ihnen vererbt. Wann kommt sie an?«

»Sie schreibt, sie wolle uns von Auckland aus anrufen. Wenn ich mich nur besser auf sie besinnen könnte! Sie war, glaube ich, groß und ein bißchen steif und ziemlich ernst.«

Wie man sich doch so irren kann! dachte sie, als sie einige Tage später Mrs. Elder begrüßte.

Mrs. Elder war eine kleine hübsche Frau, die schnell und gewandt aus dem Auto sprang; sie hatte blaue Augen und silberweißes Haar, eine blendende Figur und war sehr elegant gekleidet. Sie machte kein Hehl aus ihrem Alter und war doch stolz, daß man es ihr nicht ansah. »Obgleich mir in diesem halben Jahrhundert eine ganze Menge aufgeladen wurde«, wie sie am Abend Laura erzählte. Ihre Gastgeberin stellte erleichtert fest, daß Marie eine höchst verständige und praktische Person mit viel Humor war.

»Ich kann mich gut an dich als kleines Kind erinnern, als ich bei Kusine Ada lebte. Aber du wirst kaum mehr eine Erinnerung an mich haben. Eigentlich ist es ein bißchen aufdringlich, daß ich so einfach zu dir komme. Aber ich wollte dich so gern sehen und auch das alte Haus wiedersehen. Ich war hier sehr glücklich; hier habe ich meinen ersten Mann kennengelernt.« Ruhig fuhr sie fort: »Diese Ehe war die glücklichste von meinen drei Ehen. Wir liebten uns sehr, weißt du. Es dauerte nur ein Jahr, und wir hatten nur ganz wenig Geld; aber es war eine sehr glückliche Zeit.«

Laura schloß sie gleich ins Herz und fand sie unterhaltend und sympathisch. Zu ihrer Erleichterung stellte sie fest, daß auch die Männer sie gut leiden konnten. Derek und Hugh freundeten sich schnell mit ihr an, und Joseph begann plötzlich, Wert auf sein Äußeres zu legen.

Es dauerte nicht lange, bis Marie sich ein Urteil über die Situation bildete, und sie hielt mit ihrer Meinung nicht hinterm Berg.

»Du lieber Himmel, du hast hier ja das reinste Hotel! Derek hat mir erzählt, daß die ganze Familie zu euch kommt, wenn es ihr paßt, und daß du anscheinend einen Schuld-Komplex hast, weil du ihr Zuhause geerbt hast. Mit dieser Idee mußt du aufräumen. Ada hat bestimmt nie gewollt, daß du diese Bemerkung in ihrem Testament so ernst nimmst. Sie würde sagen, es ist ein Unfug, daß du dich verpflichtet fühlst, für die ganze Bande zu sorgen. Du mußt ja schön gestöhnt haben, als ich mich auch noch bei euch ansagte! Ich wette, Derek war nicht gerade entzückt davon. Arme Laura und armer Derek!«

»Ach, so schlimm ist es gar nicht. Es wird sich schon von selbst einrenken. Ich freue mich jedenfalls, daß du gekommen bist. Du hast sogar Onkel Joseph aufgemuntert.«

Christine kam, um den neuen Gast zu begutachten. Sie fand Marie »hübsch und sehr schick. Außerdem ist sie witzig, und sie hat Tiere gern. Bleibt sie länger?«

»Wir möchten es gern, aber sie will nicht. Sie möchte sich eine Wohnung in der Stadt suchen und meint, daß wir uns dann sicher öfter sehen. Die Männer finden sie reizend.«

»Sogar der alte Joseph hat sich aufgerappelt. Großartig, wie gut sie mit ihren fünfzig Jahren noch aussieht! Und das nach drei Männern! Ich finde einen schon anstrengend genug.«

Laura hatte wenig Lust, sich mit Christine über deren Schwierigkeiten zu unterhalten, und sagte: »Die beiden letzten Ehen scheinen ihr nicht sehr nahegegangen zu sein. Ich möchte wohl wissen, warum sie noch zweimal geheiratet hat.«

Marie war sehr offen, und nachdem sie einige Tage in Brookside war, stellte sie fest: »Es ist wie eine Rückkehr in die Vergangenheit. Fast könnte ich die beiden Ehen, die dazwischen liegen, vergessen. Aber Jim vermisse ich immer noch sehr. Nicht weit von hier kam er bei der Jagd ums Leben. Das Pferd blieb in einem Draht hängen und stürzte auf ihn. Wir waren gerade ein Jahr verheiratet und dachten daran, eine richtige Familie zu gründen. Es war ein Glück, daß es nicht dazu kam; denn der arme Jim hinterließ mir nur ganz wenig Geld, und ich war froh, daß ich hierher zurückkommen und deiner Großmutter helfen konnte. Dann begegnete ich Jack Martin. Er lebte in guten Verhältnissen, und es schien eine glänzende Idee, ihn zu heiraten und etwas von der Welt zu sehen.«

Laura war überrascht. Marie fuhr fort: »Das klingt ziemlich herzlos, nicht wahr? Aber ich habe niemals jemandem etwas vorgemacht, am wenigsten Jack. Immerhin war ich doch froh, daß ich ihn geheiratet hatte; denn nach einem Jahr erkrankte er plötzlich an Leukämie, und er brauchte jemanden, der ihn versorgte. Wie schrecklich, wenn er diese lange Zeit in einem Krankenhaus hätte zubringen müssen! Wir waren fünf Jahre verheiratet, und vier Jahre lang war er krank. Ich war so froh, daß ich ihn pflegen und ihn so glücklich machen konnte, wie es ging. Aber ich glaube, in gewisser Weise war es doch eine Erlösung, als es zu Ende war. Es war eine lange Zeit gewesen, und ich habe nie das gleiche für ihn empfunden wie für Jim. Aber er war gut zu mir und hinterließ mir eine Menge Geld.«

»Das hast du aber auch verdient!«

»Nun ja, man tut gern, was man kann, für einen Mann. Das ist meine schwache Seite, weißt du. Ich helfe einfach gern.«

»Ich wundere mich, daß du nach dieser langen Pflegezeit noch einmal geheiratet hast. Du warst doch schon . . .« Laura zögerte, und Marie lachte hell auf.

»Ich war schon fünfundvierzig, also alt genug, um es besser zu wissen. Aber der arme Norman Elder war so rührend. Er war sehr charmant und sah glänzend aus; doch er war einer jener erfolglosen Autoren, die mit aller Welt hadern. Deshalb fing er an zu trinken. Als ich ihn kennenlernte, befand er sich in einer tiefen Depression, und da habe ich ihn geheiratet. Schließlich hatte ich Geld genug für uns beide, und ich habe einfach gern einen Mann in meiner Umgebung.«

»Und deshalb hast du ihn geheiratet? Wirklich, Marie . . .«

»Genauso war's. Ich lernte Maschine schreiben, denn das erleichterte die Sache. Weißt du, Norman war so ungeschickt, er konnte nicht einmal ein Farbband auswechseln und geriet schon in Wut, wenn er es nur versuchte. Er hatte sozusagen zwei linke Hände. Seine Sachen waren nicht besonders gut. Aber ab und zu hat er etwas veröffentlicht, und dann war er richtig glücklich. Schade war, daß er soviel trank; aber im ganzen habe ich nie bedauert, daß ich ihn geheiratet habe, genausowenig, wie ich meine Ehe mit dem armen Jack bedauerte.«

»Du bist so praktisch und denkst so nüchtern.«

»Die Ehe ist eine Sache der Praxis, was die Dichter auch darüber sagen mögen. Siehst du, ich hatte meine Romanze mit Jim, und von den andern habe ich mir nichts weiter erwartet. Aber ich glaube, ich habe sie glücklich gemacht.«

»Und du? Bist du glücklich gewesen?«

Marie dachte nach, ruhig und sachlich. »Glücklich? O ja, im ganzen gewiß. Es liegt in der Natur mancher Frauen, daß sie einen Mann umsorgen wollen, und so ist es bei mir. Es ist meine einzige Begabung. Mit Norman war es schwierig; er war eben ein Künstler. Er wollte nicht wahrhaben, daß er älter wurde. Er war fünfzig, als ich ihn heiratete, sah aber immer noch sehr gut aus. Ich konnte ihn nicht dazu bringen, in dem Londoner Nebel einen warmen Mantel und einen Schal zu tragen. Er wollte immer besonders schick aussehen, und dabei störte ein Schal, wie er meinte. Er war immer etwas schwach auf der Brust, und als er sich erkältete, wurde eine Lungenentzündung daraus. Der Arzt und die Krankenschwestern taten ihr möglichstes, aber nun rächte sich seine Trinkerei.«

»Hast du es nicht gehaßt, wenn er trank?«

»Ich mochte es nicht, aber es hat mich auch nicht weiter aufgeregt. Er brauchte eben irgend etwas, und seine Schriftstellerei war kein Erfolg. Man muß nicht zuviel von einem Mann erwarten. Man muß sie nehmen, wie sie sind; Norman war nie unfreundlich, auch nicht, wenn er betrunken war. Er fing dann nur an, ein wenig zu prahlen und aufzuschneiden.«

Natürlich mußte Laura Derek davon erzählen, als sie im Bett lagen. Er war begeistert.

»Sie nimmt sie, wie sie gerade kommen! Das nenne ich eine Philosophie! Ich bin neugierig, ob sie noch mal heiratet!«

»Unsinn! Lach doch nicht so laut! Sie kann dich hören. Marie ist fünfzig und hat drei Männer gehabt. Das langt für eine Frau.«

»Darauf möchte ich nicht schwören. Sie ist das Alleinsein nicht gewöhnt, und sie sieht viel jünger aus, als sie ist. Die Männer finden sie reizend, und sie hat eine Menge Geld. Sie scheint nicht sehr wählerisch gewesen zu sein. Sie könnte auch noch Nummer vier aufgabeln.«

Auch Hugh fand Marie sehr unterhaltsam. »Sie ist eine hübsche kleine Person, und trotzdem so realistisch. Und sie hat viel Humor. Ich möchte wissen, ob sie noch einmal heiratet.«

»Sie sagt, darauf versteht sie sich am besten, und deshalb hat sie es immer wieder getan.«

»Sie ist ausgesprochen attraktiv für ihre Jahre. Wahrscheinlich wird sie noch irgendeinen Kerl angeln. Hast du nicht bemerkt, daß Joseph schon ein Auge auf sie geworfen hat? Vielleicht probiert sie es mit ihm.«

Marie war wirklich eine Errungenschaft für Lauras schwierigen Haushalt. Die »Waisenkinder« kamen, um sie zu inspizieren, und sogar Eva fand sie nett. »Und so elegant!« Lester wollte sich ausschütten vor Lachen, als Laura ihm unter vier Augen erzählte, wie es zu Maries drei Ehen gekommen war.

»Das ist eine echte Lebensaufgabe, einen Mann oder auch drei Männer glücklich zu machen! Eine Frau wie aus dem Bilderbuch! Ich würde sie allerdings nicht haben wollen, außer wenn sie dreißig Jahre jünger wäre.«

Das war ein erstes Anzeichen, daß seine Leidenschaft für seine strohköpfige Göttin abzukühlen begann.

Christine sah den Gast natürlich am häufigsten und war von den Berichten aus ihrem Leben fasziniert.

»Stell dir vor, daß man das alles ohne Schwierigkeiten bewältigt und schließlich doch noch vollkommen zufrieden ist!« Auf einmal wurde sie ernst. »Du, Laura, sie ist ein Geschenk des Himmels! Marie kann uns von unserm Kreuz erlösen.«

»Was im Himmel meinst du?«

»Natürlich Onkel Joseph, der überall herumschnüffelt und stets hungrig und streitsüchtig ist. Wäre das nicht wunderbar, wenn sie uns von ihm erlöste?«

»Daß du soviel unter ihm zu leiden hast, kann man nicht behaupten. Aber welch ein Unsinn! Marie ist nicht dumm, und sie hat nicht den geringsten Anlaß, sich für Onkel Joseph zu interessieren.«

»Aber er ist noch immer ganz stattlich, und er schwänzelt dauernd um sie herum. Und Marie mag zwar einmal sehr schön gewesen sein, aber jetzt ist sie schließlich fünfzig, und da kann man doch nicht mehr soviel erwarten.«

»Gerade da liegst du falsch. Marie hat durchaus noch Chancen. Sie hat ihr Leben damit zugebracht, für ihre drei Männer zu sorgen; sie wird nun keinen vierten betreuen wollen.«

»Ich bin da nicht so sicher. Sie gefällt den Männern. Es gibt solche Frauen. Sogar Derek fragt nicht dauernd, wie lange sie noch bleibt, wie er es tut, wenn wir kommen. Hughs Herz hat sie ohnehin gewonnen. Und dann, denk doch an all das schöne Geld! Sogar Maschine schreiben kann sie. Es paßt alles haargenau.«

»Marie ist viel zu klug.« Laura lachte. »Natürlich interessiert sich Joseph für jede Frau, die drei Männer hatte. Er sagte einmal schwärmerisch, sie müsse ungeheuer viel Erfahrung haben; wenn sie bloß mehr darüber erzählen wollte. Aber sie wird ihn enttäuschen. Sie ist nicht so. Sie ist viel zu normal.«

Christine meinte allerdings, daß keine Frau, die drei Männer gehabt und keinen von ihnen umgebracht habe, normal genannt werden könne.

6

Etwa zehn Tage nach Maries Ankunft kam Joseph zum Lunch. Seine gepflegten Hände, die sonst makellos rein waren, zeigten Spuren von Kohlepapier. Laura lächelte im stillen; am Tag zuvor hatte sie die Augen des alten Mannes aufleuchten sehen, als Marie erwähnte, sie könne gut Maschine schreiben. Sie war deshalb nicht überrascht, als er brummend sagte: »Diese verdammte Schreibmaschine! Ich bin leider nicht geschickt genug und muß das Ding in die Stadt bringen. Das Farbband hat sich verwickelt. Warum kann man so etwas nicht einfacher konstruieren?«

Marie meinte freundlich: »Norman hatte immer viel Ärger mit dem Farbband. Wenn du willst, helfe ich dir.«

77

Er nahm ihr Angebot begeistert an. Laura warf ihrer Kusine einen langen Blick zu. Sie gingen miteinander zu seinem Haus, und es dauerte einige Zeit, bis Marie zurückkam. Sie sagte: »Männer sind doch rührende Geschöpfe. Das Farbband war total verklemmt. Ich kann mir nicht vorstellen, wie er das fertiggebracht hat.«

»Und du hast es für ihn gerichtet?«

»Natürlich. Er war überglücklich und bat mich, ihn Joseph zu nennen.«

Sie lachte. Aber Laura war beunruhigt.

»Marie, du wirst doch nicht... Ich meine, er sieht noch ganz manierlich aus, aber du kannst doch nicht...?«

»Nur keine Aufregung. Joseph ist überhaupt nicht mein Typ. Eine Ehe mit ihm wäre das letzte, schlimmer noch als mit Norman; er ist so egoistisch.«

»Wahrscheinlich will er dir einen Heiratsantrag machen!«

»Vermutlich. Aber damit werde ich leicht fertig. Ich bin auch mit seinem Haus fertiggeworden. Noch nie habe ich solch einen Rummel gesehen.«

»Ich weiß. Aber das ist seine Sache; darin waren sich Großmutter und Derek vollkommen einig. Sie sagten, ich solle ja nicht damit anfangen, bei ihm aufzuräumen. Er hätte hier seine Mahlzeiten, und sonst hätte er nichts weiter zu tun, als sein Haus in Ordnung zu halten. Aber wahrscheinlich tut er das nicht.«

»Bei Gott, nein! Aber halte du dich da raus, Laura, Derek würde platzen. Ein paar Eimer Wasser und genügend Putzmittel haben gereicht. Jetzt sieht's wieder manierlich aus. Er geriet förmlich ins Schwärmen, welch einen Segen eine Frau ins Haus bringt.«

Laura war beruhigt. Marie war viel zu vernünftig, um ein Auge auf Onkel Joseph zu werfen. Das sagte sie zu Christine. Als sie jedoch mit Derek darüber sprach, lachte der.

»Pech für Joseph. Er hat neulich schon so sehnsüchtig geschaut. Aber du hast recht. Es wäre schade um Marie, obwohl es für uns eine gute Lösung wäre.«

Eine Lösung fand Marie selbst, überraschend und vernünftig zugleich. Nach einer Woche, in der die »edle Freundschaft«, wie Hugh das nannte, wuchs und gedieh, kam Marie aus dem Gartenhaus zurück. Sie hatte ein Kapitel von Onkel Josephs Buch abgeschrieben und meinte beiläufig: »So, das hätten wir geschafft.«

»Was habt ihr geschafft? Doch nicht eure Freundschaft?«

»Natürlich nicht. Die ist enger denn je. Joseph ist viel zu praktisch, um auf meine Tipperei und meine Putzerei zu verzichten, nur weil ich ihn nicht heiraten will.«

»Hat er dir wirklich einen Antrag gemacht?«

»Freilich. Ich sah es schon kommen. Ich kenne ja schließlich die Symptome. Deshalb habe ich ihm in aller Freundschaft erklärt, daß ich ihn nicht heiraten würde; er könnte aber mit mir zusammenleben.«

»Was?«

Marie brach in Gelächter aus. »Laura, ausgerechnet du kommst auf anrüchige Gedanken! Natürlich in allen Ehren! Aber wenn ich ein passendes Haus finde und einen Pensionär haben möchte und wenn er auf dem Trocknen sitzt, weil dieses Haus abgerissen wird, dann kann er bei mir unterkriechen. Für einen Augenblick war er beleidigt. Ich glaube, er bildet sich ein, er wäre noch im gefährlichen Alter.«

»Hast du ihm diese Illusion genommen?«

»Schleunigst. Ich sagte ihm in aller Liebe: ›Du und ich, Joseph, wir sind doch viel zu gereift‹ – das ist ein gutes Wort; es klingt besser als alt –, ›um ins Gerede zu kommen. Schließlich bist du in gewisser Weise mein Vetter; es weiß ja niemand, daß wir aus verschiedenen Familien stammen.‹ Er sah wieder ganz normal aus und sagte in seiner netten, altmodischen Art: ›Natürlich. Niemand soll schlecht über uns reden.‹ Und dabei ließen wir's bewenden.«

»Und du hast ihm wirklich Kost und Logis angeboten? Marie, wie konntest du . . .?«

»Reg dich doch nicht auf! Er wird ein guter Pensionsgast sein. Er wird sich nichts herausnehmen, weil er zuviel Angst hat, seine Annehmlichkeiten einzubüßen und in die kalte Welt hinausgestoßen zu werden. Er wird ein angenehmer Mieter sein. Als Ehemann hingegen wäre er bestimmt unausstehlich.«

»Nun, du mußt wissen, was du tust. Ich meinerseits möchte Joseph weder zum Kostgänger noch zum Ehemann haben.«

»Weil er dich ausnützt. Bei mir wird er sich benehmen, wie sich's gehört. Ich kann ziemlich unangenehm werden, weißt du. Im Grunde ist er ganz ordentlich und hält auf sich, was viele alte Männer nicht tun. Er wird wieder ganz normal werden, wenn er sich erst wieder an seine Memoiren setzt. Natürlich muß er diesen albernen modernen Roman aufgeben. In meinem ganzen Leben habe ich nichts so Dürftiges gelesen.«

»Kannst du ihn denn dazu überreden, seine Sex-Geschichten aufzugeben?«

»O ja, er soll nur seine Memoiren weiterschreiben. In Wirklichkeit sind sie gar nicht so schlecht. Sie müssen nur ein bißchen spritziger werden. Nachdem ich Norman soviel geholfen habe, sollte ich ihm das beibringen können.«

»Nun, das hat noch Zeit. Aber es tut mir leid, daß du dir Joseph aufbürdest.«

»Das tu ich ja gar nicht. Er wird sich fügen, denn ich bin eine gute Köchin, und ich werde es ihm schon gemütlich machen. Er wird sich tadellos aufführen, und ein Mann im Haus ist schließlich ganz nützlich.«

»Warum nicht ein junger Mann?«

»Die sind auf die Dauer nicht geeignet. Sie nützen einen aus und meinen, man müsse ihnen dankbar sein, weil man keinen eigenen Sohn hat. Hugh würde ich natürlich sofort nehmen, aber nicht für längere Zeit. Ich würde ihn zu liebgewinnen, was mir mit Joseph nicht passieren kann.«

Dem konnte Laura nur beistimmen, und sie fügte hinzu: »Ich hoffe nur, daß du weißt, was du tust.«

»Glaub mir, ich weiß es. Es ist angenehmer, einen Mann im Haus zu haben, wenn man in der Stadt lebt, und ein Pensionär ist eine Hilfe. Ich werde mir Joseph schon richtig ziehen, obwohl man ihm an der Nasenspitze ansieht, daß er vorhat, mich übers Ohr zu hauen. Nein, ich werde für ihn sorgen, und er wird gelegentlich kleine Arbeiten übernehmen, zum Beispiel Holzhacken und Geschirr abtrocknen. Du wirst ihn nicht mehr wiedererkennen, wenn ich ihn in meiner Schule gehabt habe. Und schließlich bist du ihn dann los.«

»Es klingt zu schön, um wahr zu sein; aber es wird noch einige Zeit dauern.«

»Ja. Es ist auch besser für ihn, wenn er noch ein Weilchen zappeln muß; dann wird er mir wirklich dankbar sein. Oh, ich bin nicht so schwach, wie du denkst, Laura. Ich kenne die Männer.«

Damit war für sie diese Geschichte erledigt. Sie fragte heiter: »Wann kannst du mit mir auf Wohnungssuche gehen?«

»Aber das eilt doch nicht! Wir freuen uns, daß wir dich hier haben.«

Doch Marie blieb fest; sie hatte die alten Bande wieder angeknüpft und suchte nun neue. Sie wollte Laura nicht ausnützen.

»Ich könnte mich sonst zu sehr an euch gewöhnen«, sagte sie.

Die Wohnungssuche war ein Vergnügen; denn Marie wußte, was sie wollte, und suchte, bis sie fand, was ihr gefiel. Das Geld spielte keine Rolle. Ihr zweiter Mann hatte ihr ein schönes Paket guter Neuseeländischer Aktien hinterlassen. »Norman wußte nichts davon, sonst hätte er darauf bestanden, daß ich sie verkaufe, und dann wäre das Geld zum Teufel gewesen.«

Laura nahm an, daß sie trotzdem eine ganze Menge eingebüßt hatte; aber es war noch genug übrig. Marie mochte zwar dazu neigen, manche Männer zu bemitleiden und zu heiraten; aber sie besaß auch einen gesunden Geschäftssinn. Wie sie erzählte, hatte sie es früher schwer gehabt und hatte keineswegs die Absicht, wieder in eine solche Lage zu kommen. So hatte sie Norman, der ziemlich unberechenbar war, liebevoll versorgt, ihm jedoch nie die Verfügungsgewalt über ihr Scheckbuch eingeräumt. Sie hatte ihm noch nicht einmal erzählt, wieviel ihr früherer Mann ihr hinterlassen hatte. »Das wäre dem armen Jack gegenüber nicht anständig gewesen. Er hat oft gesagt, wie glücklich er sei, mich wenigstens gut versorgt zu wissen. Ich solle um Gottes willen die Neuseeland-Aktien nicht verkaufen, mahnte er mich. ›Wahrscheinlich wirst du wieder heiraten‹, meinte er. ›Du gehörst zu den Frauen, die auf Männer wirken. Sicher wird es einer sein, der deine Fürsorge braucht; denn das ist nun einmal deine Schwäche. Aber verschwende nicht mein Geld an ihn.‹ Aus diesem Grund habe ich nie von meinen Geldern erzählt. Ich ließ ihn in dem Glauben, daß nicht allzuviel da sei. Das war vielleicht nicht ganz aufrichtig; aber es ist besser, man ist etwas vorsichtig mit dem, was man einem Mann erzählt.«

»Ein Segen, daß du genug hast, um ein Haus zu kaufen und bequem leben zu können.«

»Ich lebe nicht gerade im Überfluß, aber ich habe, was ich brauche, und Josephs Miete wird mir eine Hilfe sein. Aber soweit sind wir noch nicht. Auch Hugh kann zu mir kommen, wen er mag, bis er etwas auf die Dauer gefunden hat. Nicht zu lange, denn ich würde mich in ihn verlieben, und nichts ist so lächerlich, wie wenn eine ältere Frau für einen jungen Burschen schwärmt. Er hat mir erzählt, daß er mit einigen anderen Studenten zusammen ein Haus mieten wolle, aber erst ab dem zweiten Semester. Wenn ich bei Beginn seines Studiums eine Wohnung habe, kann er so lange zu mir kommen.«

Laura war von Dankbarkeit überwältigt. Wie herrlich, jemanden zu finden, der bereit und willens war, die Verantwortung für die »Waisenkinder« mit ihr zu teilen! Und sicherlich würde Marie mit Hugh besser dran sein als mit Onkel Joseph.

Bargeld erleichtert die Wohnungssuche und weckt die Aufmerksamkeit der Makler. So fand Marie bald ein nettes Haus; es lag nicht allzu nah an der Stadt, hatte aber eine gute Busverbindung.

»Hugh wird einverstanden sein und Joseph auch; denn ich habe nicht die Absicht, den alten Herrn meinen Wagen fahren zu lassen.«

Nur die Möbel mußten noch gekauft werden, und Marie meinte, sie würde schon bald einziehen können. So hätte Hugh Zeit, einen Job zu übernehmen, ehe die Vorlesungen begannen.

Laura war froh, daß Marie noch da war, als es eine neue

Aufregung mit den »Waisenkindern« gab. Seit Maries Ankunft hatten sie sich so friedlich betragen, daß es den Anschein hatte, Laura müsse nicht allzu schwer an ihrer Verantwortung tragen. Nun konnte Marie sich selbst ein Urteil bilden. Und es war jemand da, mit dem man lachen konnte wie mit Derek, jemand, der sich amüsierte und doch Anteil nahm.

Eines Abends rief Eva an. »Ich wollte dir nur sagen, daß ich nächstes Wochenende jemanden mitbringe.« Das war eine Feststellung, keine Anfrage.

»Ich erwarte dich. Und der Jemand ...? Männlein oder Weiblein? Ich meine, wegen der Betten ...«

»Ein Mann. Brian Service. Er ist beim Rundfunk. Du kennst ihn nicht.«

»Ein Neuer«, sagte Laura zu Marie, als sie den Hörer auflegte. »Aber er wird interessant sein und muß Grips haben. Du weißt ja, Eva ist gescheit, und sie hat eine Vorliebe für Intellektuelle. Großmutter wollte, daß sie studiert, aber sie ist nicht so fürs Arbeiten.«

»Aber sie umgibt sich gern mit geistreichen Leuten?«

»Ja. Ich bin froh, daß du da bist. Mit solchen Menschen habe ich nicht viel Glück.«

Am nächsten Morgen kam ein Telegramm von Lester. »Komme übers Wochenende mit Janice.« Marie war ans Telefon gegangen und hatte das Telegramm entgegengenommen. Trocken stellte sie fest: »Vorher anzufragen scheint hier nicht üblich zu sein.«

»Das tun sie nie. Natürlich, hier ist ja ihr Zuhause.« Laura war etwas ärgerlich, weil Marie lachte.

»So kannst du nicht weitermachen. Der Mensch kann allerhand ertragen, aber nur bis einer gewissen Grenze.«

»Ach, es macht mir nicht soviel aus, und es dauert ja auch nicht ewig.«

»Ich meine nicht dich. Ich meine Derek.«

Laura erschrak. »Ich weiß. Für ihn ist es schlimm, aber was soll ich machen?«

»Laß dir nicht alles gefallen. Ich weiß schon, du meinst, seit

Adas Tod ist noch nicht genügend Zeit verstrichen; aber ich möchte wetten, daß ihr diese Anmaßungen wirklich auf die Nerven gingen.«

Laura hatte Marie von Janice erzählt. Sie sagte: »Wahrscheinlich werden sich die beiden inzwischen verlobt haben. Es wird ziemlich schwierig werden. Eva kennt Janice nicht, aber sie wird sie entsetzlich aufziehen. Janice hat zwar überhaupt keinen Verstand, aber sie ist schöner als Eva. Und nun bringt Eva ihren hochgestochenen Liebhaber mit . . .«

»Es wird ein Spaß, solange Derek nicht in die Luft geht.«

Derek ging nicht in die Luft, aber er nahm die Mitteilung von der drohenden Invasion mit so viel bemerkenswerter Geduld auf, daß Laura ganz nervös wurde. Marie hatte recht: sie konnte nicht so weitermachen, ohne ihre Ehe zu gefährden. Aber was sollte sie tun? Sie dachte schon daran, Brookside samt dem Grundbesitz aufzugeben und alles den »Waisenkindern« zu vermachen. Sie und Derek könnten sich dann in ihr eigenes Haus in Frieden zurückziehen. Aber diese Idee ließ sie gleich wieder fallen. Das würde alles über den Haufen werfen, was Großmutter geplant hatte; es wäre eine Mißachtung ihres Testaments. Vielleicht würde es einmal dazu kommen, aber noch war es nicht soweit.

Eva kam am Freitagabend, einen sehr hübschen Jungen im Schlepptau. Zu Lauras Überraschung sah er gar nicht wie ein Intellektueller aus: sein Haar war normal lang, und er trug keinen Bart. Er war konservativ und ordentlich angezogen, und er sprach auch nicht wie ein Rundfunksprecher. Unter vier Augen sagte sie zu Derek: »Er ist ganz anders, als ich erwartet hatte. Er ist wie andere Männer auch und sieht nur besser aus. Ich möchte wissen, was er beim Rundfunk macht. Ich finde, seine Stimme ist nicht sehr geeignet.«

»Wahrscheinlich ist er Beleuchter oder dreht an irgendwelchen Knöpfen. Für etwas anderes scheint er nicht genügend Grips zu haben. Das ist jedenfalls mein Eindruck, nachdem ich mich mit ihm unterhalten habe. Wie lange bleiben sie da?«

»Das mußte ja kommen.« Sie war müde und ärgerlich. »Bis Montagmorgen.«

»Du lieber Gott! Drei Tage!«

»Mußt du eigentlich so ungastlich sein? Schließlich . . .«

»Schließlich hatte Großmutter gesagt: ›Es ist ihre Heimat. Und wenn ich's nicht tue, wer macht es dann?‹ Den Spruch kenne ich.«

»Eine große Hilfe bist du nicht.«

Er sah sie an und sagte entschieden: »Schau, Laura, ich tue mein Bestes. Ich bin doch höflich, nicht wahr? Aber schließlich sind es nicht meine Verwandten. Es sind deine Verwandten. Leider!«

Sie entgegnete nichts mehr. Erschrocken merkte sie, daß sie anfingen, sich zu streiten. Marie hatte recht. Die menschliche Geduld hatte ihre Grenzen. Sie konnte nur hoffen, daß die Grenze an diesem Wochenende nicht überschritten wurde.

Lester und Janice kamen am Samstagmorgen an. Laura sagte zu Marie: »Es wird furchtbar werden. Sie werden sich nie vertragen. Brian und Eva werden über Janice herziehen, und Lester wird toben.«

»Das bezweifle ich. Kann Brian eine solche Schönheit mißachten? Ist er wirklich so intelligent? Bis jetzt war nichts davon zu merken. Wenn er etwas sagt, redet er nur in Gemeinplätzen. Eva kennt ihn noch nicht lange genug, um festzustellen, daß er nur ein schönes Bild ist.«

»Das ist Janice auch.«

Marie lachte und sagte: »Das wäre ein Witz, wenn die beiden schönen Bilder verschwänden und die großen Geister in ihrem Jammer zurückließen!«

Und so geschah es, obwohl es Laura in diesem Augenblick gar nicht so witzig vorkam. Marie war beeindruckt von Janices Schönheit, entsetzt über ihre Sprache und amüsiert von ihrer Torheit. In der Küche sagte sie zu Laura: »Hab keine Sorge, daß Brian sie verachten könnte. Er starrt sie schon ganz entzückt an, was mich nicht wundert. Es ist unglaublich – dieses Haar, dieser Teint, und in dieser Hülle ein solcher Geist.«

Sie hatte recht. Es begann damit, daß Brian seine Blicke nicht von Janice wenden konnte und Evas Schönheit daneben völlig verblich. Der einzige, den ihre Konversation zu langweilen schien, war drolligerweise Lester. Er kam in die Küche, wo Laura sich mit dem Essen für all die Gäste abmühte, und lachte schallend, als sie ihn fragte: »Na, muß ich dir schon gratulieren?«

»Wozu? Du denkst doch nicht etwa an eine Hochzeit? Meine liebe Laura, manchmal bist du wirklich altmodisch. Nichts davon. Manchmal denke ich . . .« Er hielt inne.

»Du denkst, es könnte dich langweilen«, wagte sich Laura vor.

»Sind nicht die meisten Ehen langweilig?« fragte er ausweichend. »Ich selbst bin nicht davon überzeugt, aber wenn man still dasitzt und Janice anschaut . . .«

Aber gerade das war jetzt nicht möglich. Die Anwesenheit des schönen Brian beflügelte Janice offensichtlich, und seine Verehrung gab ihr Auftrieb. Die Konversation war nur so gespickt mit ihrem »würklich« und »ooh Gooott!« Laura und Marie wurden schon ganz verlegen, und Lester wurde ungeduldig. Aber Brian hing in freudiger Erwartung dieser Kommentare an ihren Lippen. Er schien Eva kaum zu beachten, die ihrerseits zunächst gelangweilt und dann entschieden belustigt dreinsah.

Nach dem Mittagessen ging die Familie in den Garten. Nachdem sie einen Augenblick vergebens auf Brian gewartet hatte, zuckte Eva die Schultern und ging mit Laura voraus. Der hübsche junge Mann blieb zurück und plauderte eifrig mit Marie. Worüber? Laura war sehr neugierig darauf. Alle plauderten gern mit Marie, aber Brian hatte seit seiner Ankunft kaum den Mund aufgemacht, außer um Janices nichtssagenden Kommentaren zuzustimmen.

Später kam Marie in Lauras Schlafzimmer und setzte sich, erschöpft von unterdrücktem Lachen, aufs Bett. Laura sah sie ärgerlich an. »Es freut mich, daß du soviel Spaß hast. Mir ist das alles höchst fatal. Worüber hatte Brian denn mit dir zu schwatzen?«

»Der arme Junge hat mir sein Herz ausgeschüttet.«

»Wie jeder, der dich sieht. Ein teilnehmendes Herz ist doch viel wert!«

»Jedem sein Vergnügen. Meines besteht darin, daß ich den Männern gut zuhören mag. Laura, der junge Mann ist, seit sie hier sind, von Eva schrecklich enttäuscht.«

»Was hat sie ihm denn getan?«

»Sie ist so gescheit, und er haßt gescheite Frauen. Er sagte ganz naiv, er hätte erst, als sie sich mit Lester unterhielt, festgestellt, wie intelligent Eva sei. Und das hat ihm einen Schock versetzt.«

»Weil viele Leute nicht glauben, daß ein hübsches Modell auch intelligent sein kann?«

»Ja. Und Brian hat etwas gegen intelligente Leute. Er hat immer unter ihnen gelitten. Er ist nicht besonders gescheit, fast so dumm wie Janice, aber viel empfindlicher als sie.«

»Aber ich habe gedacht, er wäre beim Rundfunk, obwohl ich mich darüber schon gewundert habe?«

»Er ist Techniker und geniert sich deshalb gewaltig. Er geniert sich wegen allem, nur nicht wegen seines Aussehens. Das ist alles, was er besitzt, außer seinem furchtbaren Minderwertigkeitskomplex. Das schlimme ist, daß er aus einer hochbegabten Familie stammt. Sie haben alle mit Erfolg studiert und sind trotzdem ganz normal, wie er mir erzählte. Ich nehme an, daß er auch studieren wollte und überall durchgefallen ist. Er war froh, als er diesen Job bekam, wo er mit Schaltern und Röhren und solchem Zeug zu tun hat. Aber das hat er Eva nicht erzählt, weil er sich schämte. Er hielt sie für ebenso dumm. Nun hat ihm seine Entdeckung einen Schlag versetzt.«

»Aber wenn er ein einfaches Gemüt ist, muß sie das doch wissen?«

»Nein, denn sie kennen sich erst seit vierzehn Tagen, und er war so schlau, meist den Mund zu halten. Er sagt, er hätte nicht geahnt, daß Eva ›eine von den Gescheiten‹ ist, und das bedrückt ihn jetzt sehr.«

Sie lachten; dann meinte Laura: »Ich hoffe, Eva verliebt sich nicht in ihm. Sie würde es nicht lange mit ihm aushalten, und das würde ihn tief verletzen.«

»Sie wird es gar nicht mit ihm aushalten müssen. Es wird an diesem Wochenende von selbst aus sein. Bestimmt!«

»Du hast einen scharfen Blick für Menschen, Marie.«

»Ich bin fünfzig, und ich kenne das Leben. Ich kenne solche Männer wie Brian. Es belastet ihn schrecklich, daß er in seiner Familie so aus dem Rahmen fällt. Er braucht ein Mädchen, das ihn vergöttert und keine geistigen Ansprüche an ihn stellt. Ich glaube übrigens, er hat es schon gefunden.«

»Wenn nur diese Entdeckung nicht gerade hier stattgefunden hätte!«

»Sei froh! Denk daran, wie sehr Derek sich freuen wird.«

Alles gut und schön, aber sie, Laura, hatte den Sturm auszuhalten. Derek konnte dringende Arbeiten auf der Farm vorschützen, wenn das auch nicht immer der Wahrheit entsprach. Sie mußte dableiben und die Gemüter beruhigen. Ein Segen, daß Marie da war! Diese kluge Frau sah alles, hörte alles und sagte wenig, und im stillen amüsierte sie sich. Sogar als die Affäre am Sonntagnachmittag ihren Höhepunkt erreichte.

Sie unterhielten sich über ein neues Buch, das gerade großes Aufsehen erregte. Janice hatte offensichtlich nie davon gehört und schwieg wohlweislich still. Brian hatte es sicher auch nicht gelesen und äußerte unbedacht eine Ansicht, die unmöglich von ihm stammen konnte. Seine Bemerkung machte einzig auf Janice Eindruck. Sie hob ihre schönen Augen zu ihm und sagte: »Wie klug Sie sind! Ooh Gooott! wer kommt bloß auf solche Gedanken! Sie sind wirklich fabelhaft!«

Die Wirkung dieser Worte war gewaltig. Brian sah sie an mit dem Stolz und der Dankbarkeit eines Menschen, der nie zuvor für klug gehalten worden ist. Sogar Laura merkte, daß sich hier zwei verwandte Seelen getroffen hatten. Auch Lester sah es; er lächelte mühsam und sagte: »Deine Zustimmung freut mich, Janice, besonders da Brian meine Buchbesprechung zitiert hat.«

Eva wurde rot, und dann lachte sie. Laura und Marie blickten sich hilflos an. Es war eine peinliche Situation. Eva würde doch sicherlich ihren unglückseligen Jüngling verteidigen wollen? Aber sie sagte nur sanft: »Ja, ich habe das Zitat erkannt. Brian, du solltest vorsichtiger sein, wenn du anderer Leute Gedanken ausleihst.«

Tiefes Schweigen folgte auf diese unfreundliche Bemerkung. Dann erhob, zu Lauras Überraschung, Janice ihre Stimme. Sie klang noch unangenehmer als sonst. Dennoch freute sich Laura beinah, daß sie den Kampf aufnahm.

»Ich hasse Menschen, die andere lächerlich machen und nur zeigen wollen, wie klug sie selbst sind. *Würklich*, was ist schon dabei, daß Lester das in seiner albernen Besprechung geschrieben hat? Er ist nicht der einzige, der was Gescheites sagt. Er bildet sich nur ein, daß er der einzige ist!«

Ein Riesenkrach bahnte sich an. Lester begehrte auf. »Was weißt du überhaupt von meinen Kritiken? Du liest ja nur die Modetips!« Und Eva erklärte eisig: »Und ich verachte Menschen, die gescheit sein wollen und nicht zugeben, daß sie andere zitieren.«

Alle redeten jetzt durcheinander und bildeten zwei feindliche Lager. Vielleicht zum erstenmal in ihrem Leben fanden sich Bruder und Schwester, die beide so angegriffen wurden, auf der gleichen Seite. Brian ging zum Gegner über und setzte sich auf die Armlehne von Janices Stuhl, und zwischen den beiden kämpfenden Truppen versuchten Laura und Marie mit schwachen Kräften Frieden zu stiften. Eine historische Auseinandersetzung bahnte sich an, gegen die die vielen Streitigkeiten der »Waisenkinder« unbedeutend schienen.

Schließlich rettete Marie die Situation. Sie stellte sachlich fest: »Ich finde eine Diskussion höchst anregend, vorausgesetzt, daß jeder die Ruhe behält. Das war das Elend mit Normans Freunden; die meisten waren Schriftsteller wie Lester, und sie ereiferten sich immer so, wenn sie sich stritten. Das ist doch albern; denn eigentlich lohnt es sich doch gar nicht.«

Diese ketzerische Bemerkung von Marie, deren Intelligenz sie alle anerkannten, überraschte Eva und Lester und entzückte Laura. Laura beendete die Auseinandersetzung schließlich und sagte energisch: »Es gibt bestimmt eine Menge andere Probleme, über die sich zu unterhalten viel lohnender wäre.«

Lester und Eva sahen sie wütend an, aber Janice sagte mit ihrem süßesten Lächeln: »Gerade das meine ich auch immer. Ooh Gooott! was für ein albernes Getue, wo doch andere Sachen viel wichtiger sind, zum Beispiel gute Manieren.«

Marie und Laura waren sich später einig, daß im ganzen die Armen im Geiste den Ruhm davongetragen hatten. Beglückt unternahmen die zwei einen weiten Spaziergang.

Das war das Ende für die beiden Paare, die nicht zueinander paßten. Lester unternahm aus Wut einen wilden Ritt. Eva dagegen ertrug ihre Enttäuschung mit mehr Gleichmut; sie meinte, es sei sehr töricht, jemanden, den man erst seit vierzehn Tagen kenne, mit zu sich nach Hause zu nehmen. Es folgte ein ungemütlicher Abend, an dem sich fünf Personen an ein armseliges Fernseh-Programm klammerten, um so eine Unterhaltung zu vermeiden. Dann wünschte man sich gute Nacht.

Am nächsten Morgen fuhren Bruder und Schwester ausnahmsweise zusammen in die Stadt. Ein wenig später verabschiedete sich Brian Service sehr herzlich von Mrs. Elder und ein wenig kühler von der Gastgeberin, die ihm sehr eng mit ihren Verwandten verbunden schien.

Janice erschien so lieblich wie immer im Lichte des Morgens; sie küßte Laura herzlich und sagte: »Vielen Dank für ihre Güte, aber *würklich,* irgendwie . . .« Und dabei ließ sie es.

Das war, wie Marie feststellte, eine treffende Zusammenfassung all dessen, was sich zugetragen hatte, und zugleich Janices scharfsinnigste Bemerkung.

7

Anfang Februar übernahm Hugh in der Stadt einen Job als Lastwagenfahrer, bis zum Beginn der Vorlesungen. Marie verließ Brookside höchst ungern.

»Ich werde euch sehr vermissen. Ihr wart rührend zu mir, und ich fühle mich richtig zu Hause bei euch. Aber ich möchte doch, daß sich Hugh gut eingewöhnt hat, wenn das Semester beginnt. Im nächsten Semester wird er mit den andern Studenten zusammenziehen, aber seine jetzige Bude ist scheußlich.«

»Es eilt ja nicht so. Ich wollte, du bliebst noch ein bißchen hier.«

»Eigentlich täte ich das auch gern, Laura, aber um es ehrlich zu sagen: Ehemänner möchten ihre Frauen für sich haben. Meine drei waren in dieser Hinsicht alle sehr empfindlich.«

»Aber wegen der ›Waisenkinder‹ kann ich nichts machen. Schließlich habe ich ja ihren Grund und Boden geerbt.«

»Quatsch. Er gehörte nicht ihnen. Er gehörte Ada, und sie hatte das Recht, ihr Eigentum zu vererben, wem sie wollte. Ganz bestimmt lag es nicht in ihrer Absicht, daß du soviel Trödel damit hast. Es geht einfach nicht, daß sie hier nach Belieben hereinbrechen, wie neulich Christine.«

Das bezog sich auf einen neuen Zwischenfall. Christine war wütend hergekommen, weil Guy sich entschieden gegen eine weitere Vermehrung ihres Tierbestandes durch einen Wolfshund zur Wehr gesetzt hatte. Es folgten ein paar schwierige Stunden, bis Derek sie energisch in ihr Auto setzte (zum Glück hatte sie dieses Mal nur Toss bei sich); er sagte, sie solle gefälligst verschwinden und versuchen, endlich vernünftig zu werden.

Er hatte verhindert, daß Laura ihren Tränen und Temperamentsausbrüchen allzuviel Aufmerksamkeit schenkte. Zum Schluß aber kam der Knalleffekt: »Großmutter hätte mich hier behalten. Aber jetzt hat Laura mir alles genommen, sogar meine letzte Zuflucht.«

Da wurde Derek grob. »Mrs. Stapleton hätte dich ohne viel Federlesens nach Haus geschickt und hätte dir noch dazu gründlich ihre Meinung gesagt. Laura soll dir alles genommen haben? Das zeigt gerade, was für ein undankbares Biest du bist. Deine Großmutter hat ihren Besitz nach ihren eigenen Wünschen vererbt. Seither hat Laura sich geplagt, euch für etwas zu entschädigen, worauf ihr überhaupt keinen Anspruch habt.«

Es war eine sehr unangenehme Szene gewesen, doch am nächsten Tag kam Christine wieder, dieses Mal voller Liebe und Reue. Mit Guy hatte sie sich ausgesöhnt. Natürlich hatte Laura gesagt: »Es ist schon gut. Ich weiß schon, daß du es nicht böse gemeint hast.« Und sie war froh gewesen, daß der noch immer wütende Derek nicht daheim gewesen war.

Jetzt sagte sie zu Marie: »Aber es muß doch einer für sie sorgen. Sie sind doch Waisen.«

»Was für ein Unsinn! Niemand muß für sie sorgen. Sie sind alt genug, um für sich selbst zu sorgen, außer Hugh, und der macht niemandem Kummer. Aber mit dir kann man nicht streiten. Du hast ein überdimensionales Gewissen. Ich wünschte . . .«

»Was wünschst du?«

»Ich wünschte, du wärst fünfzig und wärst dreimal verheiratet gewesen.«

Da mußten sie beide lachen.

Dann wurde Marie ernst. »Dann wäre dir klar, daß man die Langmut eines Mannes überfordern kann. Die Männer sind so ungerecht, daß sie keine Wohltäterin zur Frau haben wollen – außer, wenn sie selbst diese Wohltaten empfangen.«

Laura wurde abermals schwer ums Herz, denn Marie wußte zweifellos, wovon sie sprach. War sie im Begriff, Derek zu überfordern?

Marie machte die schönsten Pläne, wie sie für Hugh während der drei oder vier Monate sorgen würde, bis er in das Studentenheim ziehen konnte. Er hatte viel Freude an seinem Ferienjob und sparte sein Geld für das Semester auf. Laura hatte ihm zwar erklärt, daß das nicht nötig wäre. Dank Großmutters Testament brauchte er nicht so sparsam zu sein. Aber Mr. Gilbert hatte recht gehabt: Hugh wollte unabhängig sein von allen Zuwendungen, die die ihm zugedachten achthundert Dollar jährlich überstiegen. Er war auch sehr ehrgeizig. Er wollte nicht durchs Examen fallen. Er wollte sein Studium in möglichst kurzer Zeit hinter sich bringen, um dann, wie sein Direktor gesagt hatte, ›sein eigenes Leben zu leben‹.

Laura war froh über das Abkommen mit Marie. Sie würde ihm ein richtiges Heim schaffen, das völlig verschieden war von dem in einer trostlosen Pension. Einstweilen sollte Tim in Brookside bleiben. Vielleicht würden die jungen Leute ihn später als Wachhund in ihrem Haus haben wollen; aber fürs erste blieb er in seiner gewohnten Umgebung.

Marie würde Hugh bei der Arbeit unterstützen. Sie sagte: »Ich bin daran gewöhnt, daß ein Mann ruhig und ungestört arbeiten will. Norman war sehr reizbar, wenn er schrieb, und konnte keinen Lärm vertragen. Er mochte es nicht einmal, daß ich sein Zimmer sauber machte.«

»Das muß ziemlich schwierig gewesen sein.«

»Das war es auch. Anfangs war mir nicht klar, daß er in seinem Zimmer einen Flaschenschrank hatte. Deshalb fand ich ihn so oft schlafend, wenn er angeblich arbeitete. Aber es hatte keinen Sinn, etwas zu sagen. Ich wußte ja, daß er nicht allzuviel Geld für Alkohol hatte; denn er verdiente ja nicht genug. Wenn manchmal etwas von ihm gedruckt wurde, war das ein Glücksfall, und es wurde natürlich gebührend gefeiert. Aber schließlich hat jeder seine Schwächen. Man muß eben tolerant sein.«

Laura bezweifelte, daß sie selbst so tolerant sein könnte; aber schließlich gehörte Marie zu jenen Ausnahmewesen, die von anderen sehr wenig erwarten. Derek sagte, als ihr Gast sie verlassen hatte: »Mir scheint, sie möchte nur eins: einen Mann verwöhnen und ihm helfen. Hoffentlich setzt sich nicht ein Dauergast in ihr zweites Fremdenzimmer.«

»Das glaube ich kaum. Hugh wird ihr genügen, und sie wird für ihn sorgen. Er ist ein Glückspilz. Und wenn er sich seine eigene Behausung einrichtet, wird Joseph kommen.«

»Und dann werden wir zwei endlich unsern Frieden haben. Ich freue mich für Hugh. Er verdient es. Er ist der einzige der ›Waisenkinder‹, der mal an andere denkt. Ich hoffe nur, er

93

bleibt auch während seines Studiums der alte. Die Studenten sind so ein leichtfertiges Volk.«

Wie alle Außenseiter, hielt Derek nicht allzuviel von Studenten. Er ließ sich von den Zeitungsberichten über ihre Eskapaden beeinflussen.

»Ach, Hugh ist in Ordnung. Er wird so eifrig studieren, daß er für Dummheiten keine Zeit hat. Außerdem ist er viel zu vernünftig.«

Derek grinste. »Vielleicht möchte er mehr vom Leben haben, statt von Anfang an zu büffeln. Ich weiß allerdings, daß er gerade jetzt sehr hohen Idealen nachhängt.« Damit meinte er Hughs Verehrung für Anne Gilbert.

Zuversichtlich fuhr er fort: »Die großen Stürme scheinen sich gelegt zu haben. Ich glaube, wir können an unsere Reise denken. Neulich hörte ich von einem Mann, Carter, der hier vielleicht die Verwaltung übernehmen könnte, wenn wir fort sind. Er ist in einigen Monaten frei.«

Ihre Augen leuchteten; dennoch hatte sie Bedenken. »Können wir denn jetzt verreisen? Weißt du, seit Großmutters Tod ist noch kein halbes Jahr vergangen, und sie haben ihren Dreh noch nicht gefunden.«

Er brauste auf, daß sie es mit der Angst bekam. »Sie haben ihren Dreh gefunden, soweit sie ihn überhaupt finden können, wenigstens die beiden Ältesten. Chris scheint jetzt auch vernünftig zu sein. Um Hugh mache ich mir keine Sorgen. Es wird Zeit, daß wir an uns selbst denken.«

»Natürlich, das wollen wir auch. Aber wenn wir ans Ende der Welt fahren und das Haus zuschließen, könnte doch einem von ihnen etwas zustoßen.«

»So? Was denn? Um Himmels willen, Laura, hör doch damit auf! Sie sind erwachsen. Lester ist zwei Jahre älter als du, und Eva ist genauso alt wie du. Was wird denn aus uns? Was wird, bitte schön, aus mir? Seit fast einem Jahr sind wir verheiratet, und wir haben noch keinen Tag ein normales Leben geführt. Ich habe dich nicht geheiratet, um zuzuschauen, wie du dich in eine Art Kindertante für eine Schar von unzurechnungsfähigen jungen Idioten verwandelst. Ich habe dich geheiratet, weil ich eine Frau haben wollte – und Kinder.«

Bei den letzten Worten zitterte seine Stimme, und Laura erschrak im Innersten. So hatte Derek noch nie zu ihr gesprochen. Daß er sich Kinder wünschte, hatte er stets nur flüchtig und mehr nebenbei erwähnt. Sie mußte zugeben, es war ein ganz natürlicher Wunsch, und sie wollte das gleiche. Aber seit Großmutters Tod und auch die drei Monate zuvor hatte es soviel Aufregungen gegeben, daß für solche Gedanken gar keine Gelegenheit gewesen war. Marie hatte recht. Sie war töricht gewesen. Sie hatte nicht erkannt, was wirklich wichtig war. Das sagte sie ihm jetzt, und dabei schaute sie ihn so bittend an, daß er sie auf der Stelle in seine Arme nahm. Sein Ärger war verflogen.

Liebevoll sagte er: »Es war schlimm, ich weiß. All diese Aufregungen! Wir haben in einem fürchterlichen Durcheinander gelebt, in einem richtigen Strudel. Aber jetzt sind die Dinge anscheinend ins Lot gekommen. Chris und Guy haben seit vierzehn Tagen keinen Streit gehabt, Lester ist glücklich mit seinem Buch und scheint Janice vergessen zu haben, und Eva kann selbst auf sich aufpassen. Also können wir jetzt Pläne schmieden.«

»Ja, das wollen wir. Und ich will beten, daß sie in Erfüllung gehen.«

»Das tu nur. Aber zuerst machen wir ein Programm. Wenn wir das nicht haben, könnte etwas schiefgehen. Der Mann von der Bezirksverwaltung sagt, daß die Straße bestimmt weitergebaut wird. Ich schlage also vor, daß wir eine Reise ins Auge fassen und daß ich an Carter herantrete, damit er hier die Verwaltung übernimmt. Er kann so lange in unserm Haus wohnen, bis wir für ihn ein eigenes kleines Haus bauen.«

»Wann können wir in unser eigenes Haus ziehen?«

»Das hängt von der Bezirksverwaltung ab. Diese Dinge brauchen Zeit; aber wir müssen uns darauf einrichten. Vielleicht geht es ganz schnell. Eines ist sicher: dieses Haus hier wird abgerissen. Und wenn es soweit ist, packen wir unsere Sachen und ziehen in das andere.«

»Das bedeutet, daß Onkel Joseph in Kürze hier auf dem Trockenen sitzt.«

»Zum Teufel mit Onkel Joseph. Wie Marie ganz richtig sagt, wird es ihm ganz guttun, wenn er einmal für sich selbst sorgen muß. Dann wird er sehr kleinlaut sein, wenn er zu ihr kommt, und sie hat keinen Ärger mit ihm. Er wird alles tun, was sie will, aus Angst, er wird rausgeschmissen.«

»Hoffentlich wird er ihr nicht allzu lästig.«

»Marie weiß, woran sie ist. Sie ist stets obenauf. Das war sie immer und wird es immer bleiben. Sie unternimmt die verrücktesten Dinge; sie heiratet zum Beispiel diesen Elder, und alle denken, sie hat einen großen Fehler gemacht. In Wirklichkeit hatte sie es ganz gut getroffen. Hör endlich auf, von Pflichten zu reden, oder denke zur Abwechslung mal an deine Pflichten gegenüber deinem Mann.«

»Ach, das tu ich ja. Ich wollte ja gar nicht so sein; aber es war Großmutters Wunsch . . .«

»Ich weiß schon. ›Wenn ich's nicht tue, wer tut es dann?‹ Die alte Leier. Das ist dein idiotisches Gewissen. Man könnte meinen, es ist entzündet wie ein Blinddarm. Schade, daß man's nicht herausnehmen kann.«

Beide lachten, dann sagte sie nachdenklich: »Meinst du, ich wäre dann eine bessere Ehefrau?«

»Nicht besser, aber vielleicht lustiger.«

Mit einem Ruck machte sie sich von ihm los. Das war's, was Marie gesagt hatte: Männer wollen keine Wohltäterin zur Frau haben. Sie sagte schroff: »Morgen muß ich in die Stadt. Hugh braucht ganz dringend ein paar Bücher. Er hat deshalb angerufen.«

»Und ich brauche jemand, der mir beim Aussondern der Schafe hilft.«

Sie machte ein unglückliches Gesicht. Es war schon schrecklich lange her, seit sie ihm auf der Farm geholfen hatte. Nach Großmutters Tod war es ihm gelungen, eine Aushilfe zu engagieren. Aber jetzt hatte ihn der Mann im Stich gelassen und eine Stellung in der Mühle im Ort angenommen. Rasch sagte sie: »Das machen wir zusammen. Das ist wichtig. Wir stehen ganz früh auf, treiben die Schafe zusammen und sortieren sie. Ich kann auch später in die Stadt fahren.«

Als sie am frühen Morgen über die Schafweiden ritten, dachte sie: So sollte es immer sein. Derek hat recht. Ich verliere den Sinn für das, was wichtig ist. Als ich ihn heiratete, wollte ich eine Farmer-Frau sein und keine Waisenmutter. Als sie die Weidezäune öffnete und die alten Mutterschafe aussortierte, war sie richtig glücklich. Allerdings mußte sie dann in zügigem Tempo in die Stadt fahren, um rechtzeitig für Hughs Abendvorlesungen dort zu sein. Sie traf Marie glücklich beim Einrichten ihrer neuen Wohnung. Hugh war zur Arbeit.

»Es ist herrlich. Ich kann alles nach meinem Geschmack einrichten und brauche auf niemanden Rücksicht zu nehmen. Höchstens auf Hugh. Ich glaube, er ist glücklich. Allmählich hat er seinen Kummer überwunden. In diesem Alter haben die meisten jungen Kerle Liebesaffären.«

Laura war überrascht. »Hat er dir davon erzählt? Zu mir hat er nie ein Wort darüber verloren.«

»Zu mir auch nicht. Das würde er nie tun. Aber ich merkte, daß da jemand sein mußte. Neulich sah ich, wie er eine Fotografie in einer Zeitung betrachtete. Es war seine bezaubernde Schule, und die ebenso bezaubernde Frau des Direktors stand auf der Treppe. Armer Hugh! Es war nicht schwer zu erraten, was ihn bewegte. Ich ließ also die Zeitung liegen, und die Seite verschwand. Ich fand sie im Papierkorb; das Foto war herausgeschnitten. Typisch für sein Alter und völlig harmlos.«

»Sicherlich. Anne hätte dieser Sache auch nie Vorschub geleistet. Sie ist genauso gut, wie sie schön ist.«

»Es ist gut, daß die erste Leidenschaft des Jungen ihr galt. Es hätte genausogut irgendein hübsches Mädchen sein können, das er auf einer Party kennengelernt hätte. Eine von denen, die meinen, Drinks und Sex seien die einzigen Dinge, auf die es ankommt. Hugh ist zwar nicht der Mensch, der leicht auf so etwas hereinfällt. Er ist wählerisch. Aber jetzt hat er ein Ideal, an dem er die anderen Mädchen messen wird, wenigstens für eine Weile.«

Laura genoß diese Stunde. Sie tranken einen vorzüglichen Kaffee. Marie war reich an Erfahrungen; trotzdem war sie nicht zynisch. Ihr Erscheinen bedeutete ein Geschenk des Himmels für die schwierige Brookside-Familie.

Auch Onkel Joseph hatte sich mit seinem Schicksal abgefunden. Über die Straße brauchte er nun nicht mehr zu jammern. Zufrieden erklärte er Laura, er werde es genießen, der Zivilisation näher zu rücken. Diese Äußerung ärgerte freilich Derek, der, wie alle Farmer, das Landleben für das einzig mögliche hielt. Der alte Herr rechnete schon die Miete aus, die er für sein Landhäuschen bekommen würde. Eines Tages kam er geschäftig an und berichtete: ein Wagen sei vorgefahren, und ein Mann habe ihn gefragt, ob man etwas Ähnliches in der Nähe mieten könne.

»Ein Farmer, der sich zur Ruhe gesetzt hat und nicht in der Stadt leben mag. Du weißt ja, wie engstirnig diese Kerle sind«, sagte er zu Derek.

»Natürlich glaubt er, aus so einem armen Schlucker genug herausschlagen zu können, um Marie zu bezahlen«, sagte Derek später gereizt zu Laura.

»Das wird er wohl kaum deichseln können. Marie wird sich von ihm nicht übertölpeln lassen. Sie sagte, sie würde von ihm fast doppelt soviel verlangen wie von Hugh.«

»So ist's recht. Er kann sich's leisten.«

»Natürlich kann er das. Und wie sie sagt, gehört er zu den Menschen, die nur das schätzen, wofür sie ordentlich bezahlen müssen. Von Hugh verlangt sie natürlich viel zu wenig.«

»Sie ist eine merkwürdige Mischung. Großzügig und sparsam zugleich. Wenn Joseph verschwindet, wird es richtig friedlich sein. Allmählich kommt alles in die Reihe.«

Einige Tage später dachte Laura, sie hätte doch noch länger die Daumen drücken sollen; denn da war der Friede schon wieder gestört.

Diesmal war Eva schuld. Unangemeldet fuhr sie eines Abends in ihrem kleinen Auto vor. Wie üblich war ihr Auftritt hochdramatisch. So waren alle »Waisenkinder«, was Großmutter stets bedauert und im geheimen zugleich genossen hatte. Eva sah abgespannt aus und hatte dunkle Schatten unter den Augen. Sie antwortete nur kurz auf Lauras Fragen nach ihrem Befinden und ihrem Beruf.

»Mit dem Beruf ist alles in Ordnung. Da brauche ich keine Sorge zu haben, solange ich meine Figur und mein Aussehen behalte.«

Also was sonst? Weshalb dieser unheilschwangere Ton? Plante Eva etwas Neues? Es überraschte Laura nicht, daß ihre Kusine ihr in die Küche folgte. »Laura, ich muß mit dir reden«, begann sie. »Mach dir keine Arbeit mit dem Essen. Ich habe unterwegs eine Tasse Kaffee getrunken und ein Sandwich gegessen. Ich bin weiß Gott nicht hungrig.«

Das klang wenig vielversprechend. Eva folgte ihr entschlossen ins Schlafzimmer. Derek machte ein spöttisches Gesicht; er wußte schon, daß Laura ein unwillkommenes Geständnis bevorstand. Sein Mienenspiel sagte: Hier gibt's einen neuen Verdruß, und wie üblich läßt Laura sich hineinziehen. Das war nicht nett von ihm; denn im Grunde wollte ja auch sie nur ihre Ruhe und ihren Frieden.

Es gab wirklich Ärger. Eva warf sich aufs Bett und sagte: »Laura, ich habe mich entschlossen, mein Schicksal mit dem von Kenneth Everton zu vereinen.«

»Kenneth Everton?« Laura überlegte. Sie konnte sich nicht erinnern, diesen Namen je gehört zu haben.

Eva fuhr ungeduldig fort: »Ach, du kennst ihn nicht. Ich habe ihn natürlich nicht mit hierhergebracht.«

Wieso natürlich? Für Eva war es weit natürlicher, ihre Anbeter mit nach Brookside zu bringen.

»Du hast dich also entschlossen . . .« Aber etwas an dem Ausdruck »Schicksal vereinen« beunruhigte Laura.

»Ich kenne ihn seit zwei Jahren, und seit einiger Zeit lieben wir uns.«

Seit einiger Zeit? Es war noch nicht sehr lange her, seit sie den hübschen jungen Dummkopf mit nach Brookside gebracht hatte. Das war ein rascher Verschleiß, obgleich sie das wohl nicht wahrhaben wollte.

Eva fuhr fort: »Das dumme ist nur, daß er sich nicht entschließen kann, seine Frau zu verlassen.«

»Seine Frau?« Das war allerdings eine Überraschung. Eva runzelte die Stirn, als sie Lauras Gesichtsausdruck sah.

»Ja, seine Frau. Ach, Laura, sei doch nicht so streng und altmodisch. Alle Tage verlassen Männer ihre Frauen oder umgekehrt. Du weißt doch, heutzutage ist das nichts Besonderes. Niemand macht mehr viel Aufhebens wegen einer Ehe. Warum auch, wenn sie einander lieben?«

»Und du, liebst du ihn?«

»Ja. Er paßt zu mir. Er besitzt alles, auch Verstand. Nicht wie der Trottel, den ich neulich mitbrachte. Übrigens, hast du schon gehört, daß er sich mit dieser dämlichen Janice verlobt hat? Die passen gut zueinander. Sie werden die schönsten Kinder von der Welt haben, und sie werden nie merken, wie schwachsinnig jedes ist.«

Bei dieser boshaften Bemerkung konnte Laura ein Lächeln nicht unterdrücken. Aber sie wurde gleich wieder ernst und sagte zögernd: »Bist du deiner Sache auch sicher, Eva? Wirklich sicher, denn ...«

»Denn was?«

»Also, ich weiß schon, daß eine Scheidung heute nichts Besonderes ist. Trotzdem ist es ein entscheidender Schritt. Und du bist nicht so erzogen, so etwas auf die leichte Schulter zu nehmen.«

»Ach, hör doch auf! Was bedeuten heute noch Erziehung oder Kinderstube oder Lebensart oder Religion? Das haben wir überwunden. Jeder lebt, wie er es für richtig hält.«

»Ja, ich weiß, manche tun das. Aber bist du auch überzeugt, daß es für dich das Richtige ist?«

»Warum, in aller Welt, nicht?«

Großmutter fiel ihr ein, wie sie nach einer besonders heiklen

Affäre von Eva gesagt hatte: »Eva ist unverdorben. Von Grund auf unverdorben. Sie ist eitel und frivol, aber nur an der Oberfläche. Ich gebe zu, daß ich sie verwöhnt habe. Ich liebe hübsche Menschen, und sie war immer schön, schon als kleines Kind. Um sie habe ich eigentlich keine Angst. Sie wird immer ihre Anfälle haben, aber das geht vorüber. Sie hat doch ihre Grundsätze und einen gesunden Menschenverstand.«

Das alles rief sich Laura ins Gedächtnis und hoffte, Eva würde sich beruhigen. Aber das junge Mädchen sagte ungeduldig: »Ich wußte schon, daß du Großmutter zitieren würdest. All dieses veraltete Zeug. Wie schön für sie, daß sie so dachte. Aber ich bin froh, daß sie tot ist; so brauche ich sie nicht zu enttäuschen. Sei doch einmal sachlich, Laura. Großmutter war eine wunderbare Frau; aber wie gesagt, sie ist tot. Es hat doch keinen Zweck, so wie du in ihrem Sinn weiterzuleben. Solange sie lebte, haben wir uns nach ihr gerichtet. Jetzt ist sie tot, und ich lebe und du auch. Nur bist du dir nicht klar darüber. Und Ken bedeutet mein Leben.«

»Ach, Eva, bist du davon wirklich überzeugt? Überlege es dir genau.«

»Das will ich auch. Deshalb habe ich vierzehn Tage Urlaub genommen, um hier in Ruhe über diese Dinge nachzudenken. Den Urlaub habe ich noch gut, und ich kann ihn geradesogut jetzt nehmen; denn wenn ich mit Ken fortgehe, bedeutet das sowieso das Ende meiner Karriere.«

»Fortgehen? Willst du denn fort von hier?«

»Ja. Ken ist in Australien eine sehr gute Stellung angeboten worden. Wenn alles gut geht, sind wir in drei Wochen über alle Berge. In Australien ist alles viel einfacher. Da ist keiner, der mich schief ansehen kann. Eine große Stadt und ein neues Leben.«

»Das kann ich mir vorstellen. Und was wird aus seiner Frau?«

Eva zuckte zusammen. Sie lag lang ausgestreckt auf dem Bett, ihr schöner Körper war entspannt, und sie war ganz gelöst. Man hätte meinen können, sie spräche von wildfremden

101

Menschen. Aber jetzt setzte sie sich auf. »Seine Frau? Ja, ich kenne sie. Sie ist freundlich, aber so still. Nicht wie Ken. Nicht geistig oder musisch begabt.«

»Ist sie hübsch?«

»Nicht besonders. Ich glaube, sie war es einmal, aber sie macht nichts aus sich. Du kennst diese Art. Kein Typ für Männer.«

Ja, Laura kannte diese Art. Eine Frau wie sie selbst. Weder so energisch noch so blendend wie die »Waisenkinder«. Ruhig sagte sie: »Hat sie ihn lieb?«

»Ich nehme an. Sie zeigt es nicht sehr, und sie interessiert sich nicht für die Dinge, die Ken Spaß machen.«

»Welche Dinge? Was macht er?«

»Er ist Dozent an der Uni, und seine Leidenschaft ist das Theater. Dadurch habe ich ihn auch kennengelernt. Ich hatte eine kleine Rolle in einem Stück, das er inszeniert hat.«

»Und seine Frau nimmt keinen Anteil an seinem Leben?«

»Kaum. Ich weiß nicht viel von ihr. Er spricht nicht über sie, und wenn ich ihn nach ihr frage, gibt er keine Antwort. Er möchte ihr nicht wehtun. Aus diesem Grunde zögert er immer noch, und deshalb bin ich meiner Sache auch noch nicht ganz so sicher. Ich weiß, dir gegenüber war ich immer eine Egoistin, Laura, aber du hast das geradezu herausgefordert. Doch im Grunde bin ich nicht scharf darauf, andere Leute zu verletzen. Und dann sind ja auch noch die Kinder da.«

»Kinder?« Laura erschrak so heftig, daß sie unwillkürlich lauter redete. »Sie haben Kinder?«

»Das ist doch nichts Ungewöhnliches.« Evas Stimme klang gereizt, als wollte sie sich verteidigen. »Zwei. Und auch noch in einem schwierigen Alter. Einen Jungen und ein Mädchen.«

»Ich meine, daß jedes Alter schwierig ist, wenn einen der Vater verlassen will. Wie alt sind sie denn?«

»Der Junge ist elf und das Mädchen sieben.«

»Dann muß ihr Vater ziemlich viel älter sein als du.«

Eva erwiderte kühl: »Ken ist siebenunddreißig. Knapp vor

dem Greisenalter. Außerdem habe ich immer ältere Männer vorgezogen.«

Laura unterdrückte den Wunsch, Eva an ihre letzten vier Verehrer zu erinnern, die alle noch sehr jung gewesen waren. Gedehnt sagte sie: »Da muß er dich wohl sehr liebhaben, Eva, wenn er seiner Frau wehtun will, die ihn gern hat und die er wahrscheinlich auch noch gern hat, und zwei Kindern, die alt genug sind, um alles zu verstehen. Ja, er muß dich wirklich lieben oder wenigstens glauben, daß er dich liebt.«

»Glauben? Was meinst du damit?« Evas Stimme klang schrill, doch Laura ließ sich nicht einschüchtern.

»Ich glaube, daß solche Sachen selten von Dauer sind. Ein Mann, auch ein anständiger Mann, kann bezaubert sein von einer jungen, schönen Frau. Aber nach einiger Zeit wird die Erinnerung übermächtig, und dann wird der Zauber vergehen.«

»Und dann?«

»Und dann wird es für alle Beteiligten schlimm sein.«

Damit stand Laura auf. Sie schob ihren Stuhl zurück. Sie hatte das Gefühl, genug gesagt zu haben. Freundlich schloß sie: »Es hat keinen Sinn, heute abend noch weiter darüber zu reden. Du bist ja eine ganze Zeit hier, lang genug, um alles zu überdenken. Wir können ein andermal weitersprechen.«

Aber ihr liebevolles Herz gewann die Oberhand. »Du mußt nicht glauben, daß ich dich verurteile, Eva«, sagte sie weich. »Ich weiß, daß so etwas passieren kann. Nur – ich möchte, daß du deiner Sache ganz sicher bist und daß du wirklich glücklich wirst.«

»Danke, Laura. Das ist mehr, als ich von dir erwartet habe.«

»Von mir, die ich unter Großmutters Einfluß gelebt habe? Ich bin schließlich zweiundzwanzig und besitze etwas Einfühlungsvermögen.« Sie öffnete die Tür.

»Jetzt muß ich gehen. Derek wird sich alles mögliche denken, wenn ich noch länger bleibe.«

Eva setzte sich auf und sagte nachdrücklich: »Derek?«

Es war, als wäre ihr gerade erst eingefallen, daß da einer der Herr im Hause war.

»Erzähl Derek nichts davon, Laura. Sag ihm nur, ich wäre hier, um Urlaub zu machen. Derek würde mich sicherlich tadeln, und ich habe keine Lust, mir seine Predigten anzuhören.«

Laura nickte. Tadeln war ein viel zu mildes Wort. Im Augenblick war sie froh, ihrem Mann nichts über die neueste Krise erzählen zu müssen.

8

Laura verbrachte eine unruhige Nacht. Beim Frühstück war sie still und geistesabwesend. Eva war nicht erschienen, und zum erstenmal fand Laura es schwierig, mit ihrem Mann allein zu sein.

»Kopf hoch, Liebes! Genieße das Frühstück zu zweien. Es sieht so aus, als müßten wir die übrigen Mahlzeiten unweigerlich zu viert einnehmen. Nein, du brauchst dich nicht zu verteidigen. Ich will dich nicht fragen, wie lange Eva hierbleibt, und warum du heute nacht so unruhig warst. Es liegt irgend etwas in der Luft, aber ich will nicht wissen was. Und das ist auch gut so, denn offensichtlich hast du nicht die Absicht, es mir zu erzählen.«

»Du tust so, als ob ich es nicht wollte. Aber wenn Eva sagt . . .«

».. . erzähl Derek nichts davon‹, und wenn sie es mit besonderem Nachdruck sagt, da seufzt du erleichtert auf. Jedenfalls hätte sie ihre Tür zumachen sollen. Es ist schon recht. Mir ist klar, daß bei dir das unglückliche ›Waisenkind‹ an erster Stelle steht. Ich kann's ertragen, wenn ich in diese albernen Geschichten nicht hineingezogen werde.«

Sie konnte ihm seine Erbitterung nicht verübeln. Sie vermochte nur zu sagen: »Hast du nicht irgendeine Arbeit für mich auf der Farm? Ich möchte so gern heute morgen mit dir zusammen fortgehen.«

Sofort war er besänftigt.

»Ich hole dein Pony, und dann können wir zusammen das Vieh auf die hinteren Weiden treiben. Eva soll den Haushalt machen. Sie wird schon gelegentlich aufstehen.«

»Ach ja. Ich will nur abräumen und ihr sagen, daß ich fortgehe.«

Eva machte ein leidendes Gesicht, erklärte sich aber mit der Hausarbeit einverstanden.

»Es eilt doch nicht? Ich habe eine furchtbare Nacht hinter mir.«

»Es tut auch nicht gut, so dazuliegen und zu grübeln. Es wäre besser, du ziehst dich an und gehst in den Garten. Es ist nicht viel zu tun. Aber du kannst es auch sein lassen, wenn du keine Lust hast.«

Laura verlebte einen glücklichen Vormittag. Es war herrlich, mit Derek über die Farm zu reiten und Eva samt ihren Problemen zu vergessen. Derek kam mit keinem Wort auf die Sache zurück, sondern plauderte vergnügt über seine landwirtschaftlichen Pläne und über den Umzug in ihr eigenes Haus. Er verlor auch nicht die Geduld, als seine Frau ängstlich fragte: »Sollten wir das Haus nicht vergrößern? Es hat nur ein einziges Gästezimmer.«

»Ein für allemal: nein! Die ›Waisen‹ müssen es sich abgewöhnen, alle auf einmal daherzukommen. Sonst müssen sie Zelte mitbringen. Oder noch besser, sie können bei Chris übernachten. Die hat genug Zimmer. Wenn wir anbauen, dann nur ein Kinderzimmer.«

Das war ein herrliches Thema. Die ›Waisenkinder‹ und ihr Familiensinn waren vergessen. Statt dessen überlegten sie, wann wohl das alte Haus abgerissen werden würde.

»Es ist an sich ziemlich herzlos, sich darauf zu freuen. Aber schließlich wissen wir es ja schon lange, und auch Großmutter hat immer damit gerechnet. Seit ihrem Tod macht uns das Haus immer größeres Kopfzerbrechen. Es wären eine Menge Reparaturen fällig.«

»Nur nichts überstürzen! Noch hält das Dach den Regen ab,

und die Wände fallen auch noch nicht zusammen. Wir können es getrost abwarten, bis mit dem Abbruch begonnen wird.«

Voller Glück lag die Zukunft vor ihnen. An diesem strahlend sonnigen Morgen schmiedeten sie Pläne über Pläne. Laura fühlte sich beruhigt und getröstet. Diese Stimmung dauerte an, bis sie vom Pferd stieg und zum Haus ging. Von der Veranda her hörte sie laute Stimmen – unverkennbar lagen sich zwei »Waisen« in den Haaren. Sie seufzte tief auf. Konnten sie denn nie beisammen sein, ohne sich zu streiten? Im Innern war sie überzeugt, daß sie einander wirklich liebhatten, daß sie einem gemeinsamen Feind gegenüber zusammenhalten würden. Leider gab es keinen solchen Gegner, und so mußten sie ihre Aggressionen untereinander abreagieren.

»Du bist die Richtige, um über die Unantastbarkeit der Ehe zu reden! Dauernd streitest du dich mit Guy und läufst ihm davon. Da wäre ich lieber gar nicht verheiratet, statt wie Hund und Katze mit einem Mann zusammenzuleben.«

Christine schrie zurück: »Was verstehst du denn schon davon? Das jedenfalls brächte ich nie fertig: einer andern Frau den Mann wegzunehmen und den Kindern den Vater.«

Hier mußte man vermitteln, und Laura betrat das Wohnzimmer. Eva hatte den Staubsauger mitten im Zimmer stehen lassen, um besser mit ihrer Schwester streiten zu können. Freundlich sagte Laura: »Hallo, Chris! Ist das nicht eine Überraschung, daß Eva hier ist? Jetzt können wir zusammen Kaffee trinken.«

Es war ein göttlicher Anblick, wie entrüstet die beiden Streithähne sie anstarrten.

»Laura, ich glaube wirklich, du würdest den Leuten noch eine Tasse Kaffee anbieten, wenn eine Atombombe fällt«, sagte Chris giftig. Laura zuckte die Achseln.

»Da würde man wohl auch nichts anderes machen können. Ich bin weit geritten und möchte jetzt einen Kaffee. Hilfst du mir beim Kaffeekochen, Chris?«

Sie ging, mitsamt dem Staubsauger, der heute wohl kaum mehr gebraucht wurde.

Christine folgte ihr nicht. Der Anreiz, sich weiter mit ihrer Schwester zu streiten, war zu groß. Als Laura die Tür schloß, hörte sie noch, wie ihre jüngere Kusine sagte: »Wie kannst du so ruhig dasitzen und sagen ...«

Was Eva ruhig sagte, wollte Laura gar nicht wissen. Sie sah in diesem Augenblick keineswegs ruhig aus, und Laura kannte diese Szenen zur Genüge. Als sie mit dem Kaffee hereinkam, sagte Eva gerade: »Du bist bestimmt kein Vorbild. Kaum ein Beispiel für eine glückliche Ehe. Ich meine, du solltest ...«

Aber Laura hatte genug. Sie dachte an ihre Arbeit, an den schönen Morgen mit Derek und sagte: »Es hat doch keinen Zweck, euch zu beschimpfen. Chris, augenscheinlich hat dir Eva erzählt, daß sie vorhat, mit jenem Mann nach Sidney zu gehen. Ich kenne ihn nicht, deshalb kann ich auch nichts dazu sagen. Sie ist alt genug, um zu wissen, was sie tut. Kein Grund zur Aufregung.«

Christine sah sie überrascht an. »Aber Laura, ich dachte, du würdest die erste sein, die für die Unverletzlichkeit der Ehe eintritt, für die Rechte der Kinder und das alles! Du hast doch immer auf Großmutters Grundsätzen bestanden. Was meinst du, was sie von Evas jetzigem Seitensprung gehalten hätte?«

»Zieh Großmutter nicht hinein«, antwortete Laura scharf. »Eva hat es gestern abend schon gesagt: Sie ist nicht mehr bei uns.«

Ihre Stimme zitterte ein wenig.

»Das ist ja eine famose Einstellung«, erwiderte Christine selbstgefällig. »Ich kann mir vorstellen ...«

»Wenn du mit dem Spruch kommen möchtest, sie würde sich im Grabe umdrehen«, schnitt Eva ihr das Wort ab, »dann halt den Mund. Wenn jemand ihre Ruhe stört, dann höchstens du. Dauernd hast du Streit mit deinem Mann, dauernd rennst du hierher wie ein verlassenes Kind, dauernd ...«

Christines Gesicht verfärbte sich, und plötzlich redete Laura sehr laut: »Ich wünsche, daß ihr alle beide den Mund haltet und euern Kaffee trinkt. Hört endlich damit auf, euch zu beschimpfen und Großmutter mit hineinzuziehen. Ich weiß ganz genau, was sie gesagt hätte, und Eva weiß es auch. Sie hätte nicht gewollt, daß man mit ihr gedroht hätte, und ich will das auch nicht haben.«

»Du willst das nicht?«

Auf einmal sprachen beide Schwestern gleichzeitig.

»Nein. Und noch etwas: ich erinnere euch zwar nicht gern daran, aber das hier ist mein Haus. Und wenn ihr euch nicht anständig benehmen könnt, dann ist es besser, ihr geht und tragt eure Auseinandersetzung woanders aus.«

Sie waren so überrascht, daß im ersten Augenblick keine etwas sagte. Laura warf sie hinaus! Laura erinnerte sie daran, daß Brookside nicht mehr ihre Heimat war! Das war so unglaublich, daß ihnen die Worte fehlten. Laura war selbst überrascht. Sie hatte tatsächlich den »Waisenkindern« die Meinung gesagt! Mehr noch, sie hatte sie daran erinnert, daß das alte Haus nicht mehr ihr Zuhause war. Es war *ihr* Haus, und sie hatten sich darin anständig aufzuführen! Eigentlich bedauerte sie nichts. Es war höchste Zeit, daß ihnen das einmal klargemacht wurde. Sie bedauerte nur, daß Derek nicht dabei war.

Beide Schwestern waren wie vor den Kopf geschlagen. Gehorsam nahmen sie ihren Kaffee entgegen. Sie betrachteten Laura befremdet und mit neuem Respekt. Sie hatten nicht gedacht, daß Laura so energisch werden konnte, und sie litten unter diesem Schock. Daß sie das fertigbrachte: einfach zu sagen, das sei *ihr* Haus! Brookside, ihr Zuhause!

Sie ließen sich sogar herbei, von anderen Dingen zu reden. Sie fragten, ob die Farmarbeit Fortschritte mache, wie es Hugh auf der Universität gefalle und was Marie für ein Mensch sei.

»Ich kann sie nicht verstehen. Dreimal verheiratet! Und dabei scheint sie so sensibel zu sein.«

Laura lächelte. »Sie ist äußerst sensibel und gleichzeitig sehr klug, sogar was ihre Ehen betrifft. Sie mag Männer gern, und die Männer mögen sie; und sie ist altmodisch genug, um zu glauben, daß man in der Ehe glücklich sein kann.«

Diesen kleinen Seitenhieb konnte sie sich nicht verkneifen. »Lester würde sagen: Auf diese Art findet sie ihre Selbstbestätigung. Deshalb heiratet sie immer wieder. Und aus jeder ihrer Ehen macht sie etwas. Das zeigt doch zur Genüge, daß sie etwas davon versteht.«

Sie lachten höflich, und für kurze Zeit entspannte sich die Atmosphäre. Aber Christine konnte es nicht dabei lassen. Sie fragte Eva, wie lang sie in Brookside zu bleiben gedenke. Wie gewöhnlich fragte Eva ihre Gastgeberin nicht um ihr Einverständnis; sie erklärte, sie habe jetzt vierzehn Tage Urlaub, und dann . . . Sie vollendete den Satz nicht. Laura kam einer scharfen Bemerkung von Christine zuvor und sagte lebhaft: »Inzwischen bitte keine weiteren Diskussionen! Wenigstens nicht in diesem Haus.«

Da hatte sie ihnen wahrhaftig ihr Eigentumsrecht schon wieder unter die Nase gerieben! Sie genierte sich ein wenig, aber es wirkte. Christine sagte: »So, jetzt muß ich heim. Ich habe heute nachmittag Gäste und habe noch nichts vorbereitet. Laura, du hast wohl nicht zufällig einen Kuchen in der Gefriertruhe übrig?«

Der Alltag hatte sie wieder. Christine entschwand mit einer Sandtorte, die eigentlich für Lauras Nachmittagstee bestimmt war. Als sie schon an der Haustür war, meinte Eva kopfschüttelnd: »Das paßt zu ihr! Ob sie wohl jemals etwas selbst kocht?«

Sofort wandte sich Christine um und sagte zuckersüß: »Vielen Dank, liebste Laura! Morgen backe ich ein paar Kuchen und bringe dir eine Bananentorte. Es ist schlimm genug, daß du immer jemanden da hast, der dir die Haare vom Kopf frißt.«

Mit diesen Worten stieg sie in ihren Wagen, winkte triumphierend, und fort war sie.

Als sie allein waren, begann Eva: »Versuche doch bitte, mich in dieser Sache zu verstehen, Laura!« Aber von neuem Mut erfüllt, erwiderte ihre Kusine schnell: »Ich meine, was ich sage, Eva. Wir wollen nicht endlos darüber reden. Ich kann dir nicht helfen. Du bist genauso alt wie ich und hast wahrscheinlich viel mehr Erfahrung. Ich habe immer nur hier bei Großmutter gelebt; dann habe ich mich in Derek verliebt und ihn geheiratet, und nun lebe ich weiter hier. Du hast viel mehr von der Welt gesehen. Wie kann ich dir einen Rat geben? Wie kann das im übrigen überhaupt jemand tun? Du mußt das selbst entscheiden.«

»Aber du meinst, wir tun etwas Unrechtes?«

»Ja. Aber ich kenne diesen Mann nicht. Und seine Frau auch nicht. Ich weiß nicht, was sie empfinden.«

»Aber du weißt, was ich empfinde.«

»Was du in diesem Augenblick zu empfinden glaubst. Sei nicht böse, Eva, aber das genügt nicht. Es handelt sich um drei Menschen, sogar um fünf, wenn du die Kinder mitzählst. Ich müßte viel genauer Bescheid wissen, ehe ich wirklich etwas sagen könnte.«

»Aber du *kannst* mir helfen, trotzdem, wenn du nur willst!«

In Evas Stimme schwang ein Unterton mit, der Laura zur Zurückhaltung mahnte. Sie wollte sich nicht einfach in diese Sache hineinziehen lassen.

»Wir wollen das alles in Ruhe überdenken«, meinte sie deshalb. »Das ist besser für uns beide. Und noch etwas: da ich Derek nichts erzählen soll, ist es gescheiter, so wenig wie möglich darüber zu reden. Ich war überrascht, daß du Chris davon erzählt hast. Ich glaubte, du wolltest die Geschichte geheimhalten.«

»Ich habe ihr nichts erzählt. Sie hat mich gefragt. Sie hat etwas läuten hören.«

Laura seufzte. Man redete also schon darüber. Und was dachte die Frau, der Mensch, den es am meisten anging, über das alles? Sie mochte nicht fragen und sagte nur: »Also, Derek soll nichts davon erfahren; das wollen wir beide nicht. Wenigstens du nicht, und ich bin auch nicht scharf darauf, ihn mit deinen Problemen zu behelligen. Aber wenn wir uns weiter wie bisher benehmen, wenn wir sofort verstummen, sobald er das Haus betritt, wird er todsicher etwas merken. Wir wollen deshalb jetzt die ganze Angelegenheit ruhen lassen. Trotzdem, zum wiederholten Male: die Entscheidung liegt ausschließlich bei dir.«

Sie ging aus dem Zimmer und ließ ihre enttäuschte Kusine mit ihren Gedanken allein.

Aber die Atmosphäre im Hause war bedrückend. Beim Lunch war nichts mehr von der fröhlichen Stimmung des Vormittags zu spüren. Derek merkte, daß sich wieder einmal eine ernste Krise anbahnte. Und diesmal konnte Laura ihm nichts anvertrauen. Das war kein angenehmer Gedanke. Die Mahlzeit verlief in völligem Schweigen; nur Onkel Joseph klagte über seine Schwierigkeiten bei der Arbeit und über die Mühsal des Tippens. Eva raffte sich zu einer Frage auf. »Und wie geht's mit deinem Roman, Onkel?«

Er wich aus. »Langsam, langsam. Man braucht eben Hilfe. Man braucht jemanden, der Anteil nimmt. Es ist schlimm für einen alten Mann, so allein zu sein.«

Da er regelmäßig zu zwei Mahlzeiten im Hause war und auch sonst zu jeder beliebigen Tageszeit aufkreuzte, mußten diese Worte Laura verletzen; aber sie sagte nichts. Sie hatte nicht die Absicht, ihm bei seinem Roman zu helfen. Natürlich vermißte er Marie, die ihm zuhörte und auch für ihn tippte. Brummend zog er von dannen.

Derek sagte gereizt: »Weshalb hast du soviel Geduld mit dem alten Ekel? Ich hätte gute Lust, ihm die Meinung zu sagen.«

»Ach, das lohnt sich nicht. Ich höre gar nicht hin. Ich habe mir angewöhnt, ja oder nein zu sagen, ohne ihm zuzuhören. Das ist die beste Methode, besonders, da es nicht mehr lange dauert . . .«

Dann berichtete sie Eva, daß Joseph bei Marie wohnen sollte, wenn Brookside nicht mehr existierte. Aber Eva interessierte sich nicht dafür. Sie dachte nur an ihre eigene Affäre. Laura hatte das unangenehme Gefühl, Eva warte nur auf eine Möglichkeit, sie um die geheimnisvolle Hilfe zu bitten. Sie hatte aber nicht die geringste Absicht, ihr unter die Arme zu greifen.

Inzwischen schien sie dauernd auf das Telefon zu horchen. Zuletzt wurde Laura ungeduldig und fragte unverblümt, ob sie einen Anruf von Ken erwarte. Eva verneinte. Sie hätten verabredet, eine Woche lang keine Verbindung aufzunehmen.

»Auf diese Weise hat Ken die Möglichkeit mit seiner Frau zu sprechen und dann zu sehen, was sie tun will.«

»Das wird ziemlich schwierig sein«, meinte Laura trocken. Eva erwiderte vorwurfsvoll, manche Menschen hätten eben kein Gefühl und keine Phantasie. Sie lebten ordentlich und selbstgefällig dahin und versuchten gar nicht, sich vorzustellen, was andere Leute fühlten im... im... Sie zögerte. Laura ergänzte gereizt: »Im Kampf mit einer großen Leidenschaft? Nein, ich verstehe es nicht und will es auch nicht verstehen. Mir scheint, das macht die Menschen vollkommen blind und selbstsüchtig. Aber...«

In diesem Augenblick läutete zum Glück das Telefon. Eine Männerstimme fragte nach Eva.

»Hier ist deine große Leidenschaft«, sagte Laura boshaft und reichte ihrer Kusine den Hörer. Dann ging sie und machte die Tür fest zu.

Als sie zurückkam, war Eva aufgeregt und feuerrot. »Er kommt hierher!« rief sie und vergaß dabei völlig Lauras gefühllose Bemerkungen. »Er kommt hierher! Er sagte, er muß mich sehen! Seine Stimme klang furchtbar erregt. Irgend etwas muß passiert sein. Er sagte, er könne es nicht erwarten, mich wiederzusehen.«

»Sehr erfreulich. Hoffentlich läßt ihn seine Passion nicht allzu sehr auf den Gashebel treten«, meinte Laura ärgerlich. Aber am Ende wäre das sogar ein Segen, dachte sie boshaft. Doch rasch verdrängte sie diesen Gedanken wieder. Sie wurde ja richtig schlecht! Einem andern den Tod zu wünschen! Wo geriet sie hin?

Aber praktisch gesehen: Wie sollten sie diesen Besuch vor Derek verheimlichen und wie ihm verschweigen, daß der Mann verheiratet war und zwei Kinder hatte? Nun, das war Evas Angelegenheit. Laura wollte ihren Mann nicht hintergehen.

Binnen einer Stunde war Kenneth da. Als Laura den Wagen in der Einfahrt erblickte, verließ sie fluchtartig das Haus. Im Fortgehen rief sie Eva zu: »Bringt in Gottes Namen die Sache hinter euch, und schick ihn fort, bevor Derek heimkommt. Oder noch besser, ihr geht auswärts essen und bleibt ganz lange fort. Ich mag nicht lügen, und ich darf nichts sagen; also verzieht euch irgendwohin.«

Als sie zurückkam, waren sie verschwunden. Das Auto war weg, und Eva auch. Für einen Augenblick wurde Laura von Unruhe gepackt: Hatte sie das Mädchen zu einem Schritt veranlaßt, der sich nicht wiedergutmachen ließ? Hatte sie ihr den Schutz ihres Hauses verweigert und sie zum Äußersten getrieben?

Mit gemischten Gefühlen sah sie kurz nach zehn Uhr die Lichter des Wagens auftauchen. Sie hatte gehofft, daß Derek zeitig ins Bett gehen würde. Er hatte das aber nicht getan. Sie hatten friedlich am offenen Fenster gesessen, als sie das Auto hörten. Da stand Derek schnell auf und sagte grinsend: »Eva und ihr geheimnisvoller Verehrer. Reg dich nicht auf. Ich habe nicht die Absicht, ihm zu begegnen. Ich habe schon zu viele ihrer verflossenen jungen Männer kennengelernt, und sie haben mich alle gelangweilt. Sag ihm, die Farmer wären wie die Hühner und gingen bald zu Bett. Da er sicher ein Stadtfrack ist, wird er dir wahrscheinlich glauben.«

Wider ihre bessere Einsicht sagte Laura: »Bitte, geh nicht weg! Laß mich nicht allein. Es ist so – so schwierig. Bleib da und hilf mir!«

»Auf keinen Fall. Wenn du dich mit anderer Leute Angelegenheiten befassen willst, mußt du's auf deine eigene Kappe nehmen.« Und mit entwaffnender Liebenswürdigkeit verließ er sie.

Selbstverständlich ahnte er etwas; ganz sicher war er nicht einverstanden. Sie hatten einen so friedlichen Abend verbracht. Zum Teufel mit Eva und ihrem erbärmlichen Verehrer! Einen Augenblick lang wünschte sie, die beiden wären durchgebrannt und ließen sie in Ruhe. Sie haßte Derek, weil er glaubte, sie steckte ihre Nase in Sachen, die sie nichts angingen.

Sie kamen herein, und Eva legte gleich los: »Laura, Gott sei Dank ist Derek im Bett und du noch nicht! Das ist Kenneth.

Wir sind in einer schrecklichen Situation. Du mußt uns einfach helfen.«

Kenneth Everton war ungefähr so, wie Laura ihn sich vorgestellt hatte; er sah sogar noch besser aus. Er war groß und hatte ein sympathisches, feingeschnittenes Gesicht. Das Haar war nach Lauras Meinung etwas zu lang – aber zum Glück hat er keinen Bart, dachte sie schnell. Obwohl er gut aussah, waren seine Züge etwas zu weich; für seine Jahre war er zu unsicher, und sein Mund war zu sensibel; und seine Augen blickten traurig. Er war genau der Mann, fuhr es Laura durch den Kopf, um sich in Eva zu verlieben, mit ihr davonzulaufen, eine gute Frau im Stich zu lassen und dann für den Rest seines Lebens jammervoll zu klagen. Eva schien seine Weichheit nicht zu bemerken; sie war seinem Charme restlos verfallen. Ihre schnippische Art, die Hugh »typisch Fotomodell« nannte, hatte sie abgelegt; sie war von Kopf bis Fuß verliebt und schien Ken beschützen zu wollen.

Mr. Everton nahm Lauras Hand und sagte: »Verzeihen Sie, daß ich hier so hereinbreche.« Seine Stimme war, wie Laura erwartet hatte, tief, musikalisch und voller Charme.

»Das macht nichts«, antwortete sie. »Darf ich Ihnen eine Tasse Kaffee anbieten, oder haben Sie schon welchen getrunken?«

Lächelnd fügte sie hinzu: »Chris behauptet, ich würde den Leuten noch Kaffee anbieten, wenn Atombomben fallen.«

Auch er lächelte. »Das scheint mir höchst vernünftig zu sein. Nein danke, wir haben schon Kaffee getrunken. Ich fürchte, diese ganze Sache kommt Ihnen auch wie eine Atomexplosion vor.«

»Nun«, sagte Laura stockend, »das kommt darauf an...«

»Es kommt auf die Menschen an, die davon betroffen sind. Das meinen Sie doch?«

Er war wenigstens ehrlich, und sein Gesicht war zwar weich, aber freundlich. Sie antwortete genauso ehrlich: »Ja... Weiß Ihre Frau von Eva?«

»Das ist ja das Problem«, fuhr Eva dazwischen. »Sie weiß

nichts. Wir sind überzeugt, daß sie keine Ahnung hat. Deshalb ist es so unverständlich, daß sie einfach verschwunden ist. Sie hat die Kinder zu ihrer Mutter geschickt und ist auf und davon. Das paßt nicht im geringsten zu dem, was Ken mir von ihr erzählt hat.«

»Wieso paßt es nicht?« fragte Laura. Im selben Augenblick war ihr klar, daß sie keine Fragen hätte stellen dürfen. Sie hätte es strikt ablehnen müssen, sich mit der Sache zu befassen, und mit einem würdevollen gute Nacht das Zimmer verlassen sollen. Statt dessen hatte sie die Schleusen der Geständnisse geöffnet.

Eva ergriff das Wort. »Es ist wahnsinnig komisch, wie sie sich aufführt. Sie hat alles arrangiert, aber zu Ken hat sie kein Wort gesagt. Sie hat ihm nur ausrichten lassen, daß er eine Zeitlang allein auskommen müßte, weil sie nicht da sei.«

»Vielleicht hat sie auch einen anderen Partner gefunden«, meinte Laura ironisch.

Eva war pikiert. »Das würde sie niemals tun. Sie hängt an Ken und den Kindern. Sie würde nie ihre eigenen Wege gehen.«

Evas Selbstsicherheit ärgerte Laura, und sie wurde richtig spitz. »Warum nicht? Das passiert oft genug. Euch beiden brauche ich das doch nicht zu erzählen.«

Everton war überrascht. Das war nicht die sanftmütige, kleine Kusine, die er erwartet hatte. Er sagte: »Nein, sie ist allein fortgefahren. Sie hat nur zu ihrer Mutter gesagt, sie habe ein Problem, das sie überdenken müsse, und sie wolle mich nicht sehen. Mrs. Wells hat mir das erzählt. Ohne weitere Erklärung. Sie sei sehr ruhig und bestimmt gewesen. Ihre Mutter hat sie wenigstens überredet, für den Notfall ihre Adresse zu hinterlassen. Sie hat es nur unter der Bedingung getan, daß ich keinen Versuch machen würde, sie zu sehen. Das mußte ich Mrs. Wells versprechen.«

Eva unterbrach ihn. »Es ist einfach verrückt. Ken wollte ihr an diesem Wochenende alles erzählen. Dann hätten wir gewußt, woran wir sind, und hätten uns darauf eingestellt.«

Die Gefühllosigkeit dieser Bemerkung widerte Laura an. Die Empfindungen der Frau spielten überhaupt keine Rolle. Eva dachte nur an sich und ihre eigene Zukunft. Gott sei Dank versuchte Ken zu vermitteln.

»Das alles klingt sehr kaltschnäuzig, Mrs. Howard. Doch Sie können mir glauben: ich habe meine Frau sehr gern.«

Am liebsten hätte Laura ihm eine Ohrfeige gegeben. Statt dessen sagte sie nur: »Es sieht nicht gerade so aus.«

»Vielleicht nicht, aber es ist doch so. Wir sind seit zwölf Jahren verheiratet, und es waren glückliche Jahre.«

Eva rutschte unruhig hin und her. Er sah zu ihr hin.

»Es war natürlich eine andere Liebe wie die zu Eva. Trotzdem war es eine gute Ehe.«

»Und sie hat zwölf Jahre gedauert. Das ist das Schlimme daran«, sagte Laura bitter.

Er erwiderte: »Ich sehe das ein. Ich sehe alles ein, was Sie sagen. Es muß Ihnen so vorkommen, aber – ich weiß auch nicht, was geschehen ist. Plötzlich scheint alles schal und langweilig. Ich kann an nichts anderes mehr denken als an Eva.«

Laura dachte: Eva hat dich eingefangen, und jetzt hast du den Verstand verloren. Du bist nett, aber schrecklich schlapp. Wie konnte Eva das nur tun?

Laut sagte sie: »Was man so gewöhnlich als Langeweile bezeichnet, passiert häufig, wenn Männer in das sogenannte gefährliche Alter kommen.«

Eva wollte ärgerlich protestieren, aber er hielt sie zurück.

»Deine Kusine muß so denken. Und vielleicht hat sie recht. Ich war sehr glücklich mit Anna. Was ist nun verkehrt?«

»Wie ich schon sagte – die zwölf Ehejahre. Man behauptet, da langweilten sich die Männer.« Sie dachte an Marie und ihre heimliche Warnung.

»Das klingt richtig gemein!«

»Nicht wahr? Aber es ist Ihre und Evas Angelegenheit. Niemand kann Ihnen helfen.«

Sie wandte sich zum Gehen; aber Eva hielt sie zurück.

»Aber *du* kannst uns helfen, Laura. Du bist der einzige Mensch, dem ich vertraue. Wir haben beide eine Menge

Freunde, aber Freunde taugen in solchen Zeiten nichts. Da kann man nur auf die Familie bauen.«

Laura befiel eine düstere Ahnung. »Das ist Unsinn. Was kann ich schon tun?«

»Wir müssen wissen, ob sie es auf eine Scheidung anlegt«, sagte Eva unverblümt. Kenneth zuckte zusammen.

Laura dachte: Wie brutal sie ist! In einem halben Jahr wird er sie hassen!

Eva sah ihn unsicher an und sagte eine Spur freundlicher: »Wir müssen doch irgend etwas unternehmen. In drei Wochen geht Ken nach Australien.«

»Nicht nur das«, warf er ein. »Ich muß ihr das doch auch erklären. Ich kann sie doch nicht so kränken.«

Im Grunde ist er anständig, dachte Laura, viel anständiger als Eva, was immer auch Großmutter von ihr halten mochte. Wenn die Frau geschickt ist, wird nichts passieren. Das ermutigte sie zu der Frage: »Aber was habe ich damit zu schaffen? Ich kann nichts tun.«

Everton sagte: »Mrs. Howard, würden Sie mit meiner Frau reden? Ich habe ihre Adresse, aber ich habe versprochen, sie nicht aufzusuchen. Ich glaube, wenn sie Sie kennt, könnten Sie sie dazu bewegen, mit mir zu sprechen. Stellen Sie fest, was sie weiß, und warum sie fort ist. Bringen Sie sie zur Vernunft.«

Jetzt wurde Laura sehr böse. »Vernunft? Nennen Sie das, was Sie und Eva vorhaben, vernünftig? Ich will Ihnen nicht behilflich sein, wenn Sie Ihre Frau kränken. Außerdem mag ich mich nicht hinauswerfen lassen, was sie sicherlich tun wird. Und sie hätte vollkommen recht damit.«

Er entgegnete ruhig: »Anna würde nie jemanden hinauswerfen. Sie beide würden einander verstehen.«

»Ihre Frau könnte ich bestimmt verstehen. Wen ich nicht verstehe, das sind Sie und Eva. Wenn ihr das angenommen habt, habt ihr euch gründlich geirrt.«

9

Später mußte Laura feststellen, daß Irrtümer ansteckend sind und daß sie außerdem ein hoffnungsloser Schwächling war. Wie konnte sie sich nur zu so einem Wahnsinnsunternehmen beschwatzen lassen? Was auch immer der Grund sein mochte, um zwei Uhr früh stand sie müde von ihrem Stuhl auf und sagte: »Gut. Hört auf mit eurem Gerede. Ich fahre, aber ich kann nicht versprechen, daß ich mit ihr rede. Sicherlich tue ich nichts Gutes damit, aber gebt mir die Adresse und laßt mich ins Bett.«

Am nächsten Nachmittag um drei Uhr parkte sie ihren Wagen in der Straße des verschlafenen Küstendorfes und wünschte, sie wäre tot. Es war ein trübseliges Nest; die meisten der kleinen Häuser waren jetzt, nach der Saison, geschlossen; aber das Meer war blau und schön. Plötzlich faßte sie einen Entschluß. Sie wollte ein wenig umhergehen, sich am Strand hinsetzen und dann heimfahren. Sie konnte unmöglich Anna Everton aufsuchen.

Sie ließ sich am Ufer nieder. Es war ganz einsam dort; nur eine andere Frau saß da, ein Stück entfernt, und blickte still auf die See hinaus, ohne sie zu bemerken. Auf einmal wurde Laura unruhig; sie beschloß, einen Spaziergang zu machen, ehe sie sich wieder ans Steuer setzte. Sie band ihren Schal um den Kopf, denn der Wind hatte sich plötzlich erhoben und wirbelte den Sand auf. Es war schön, dagegen anzugehen; aber da wehte ihr eine kleine Sandwolke ins Gesicht. Sie taumelte, stolperte über einen Stein und saß auf einmal beinah auf den Knien der einsamen Träumerin. Sie stand schnell wieder auf, lachte und entschuldigte sich. Die Fremde sagte in freundlichem, angenehmem Ton: »Das macht doch nichts. Das sind die lustigen kleinen Böen. Der Sand blendet einen beinahe; aber ich mag es.«

Laura setzte sich neben sie und seufzte tief auf.

»Das ist ein seltsames Nest. Ich war noch nie hier. Es scheint ein gottverlassenes Dorf zu sein.«

»Ja, jetzt schon. Aber es ist der richtige Ort, um sich zurückzuziehen und nachzudenken.«

Ohne äußeren Anlaß war Laura plötzlich davon überzeugt, daß sie mit Anna Everton redete. Sie musterte die Frau noch einmal. Sie war nicht mehr jung, aber keineswegs die farblose Hausfrau, wie Eva sie geschildert hatte. Anna Everton sah jünger aus als ihr Mann. Sie war nicht ausgesprochen hübsch, aber schlank und anmutig; sie hatte dunkle Augen und dunkles Haar und eine freundliche, ruhige Art. Plötzlich packte Laura die Angst, und sie wollte schon aufstehen. Die andere sagte: »Wohnen Sie hier? Ich glaube, ich habe Sie noch nie gesehen.«

Laura hatte einen tollen Einfall. Sie sagte: »Nein. Ich kam hierher, um jemanden zu suchen. Jetzt aber kriege ich's mit der Angst und möchte lieber nach Hause.«

Anna lächelte. »Warum haben Sie Angst? Ich glaube nicht, daß Ihnen irgend jemand etwas tun würde.«

»Diese Frau vielleicht doch – denn ich habe kein Recht, hier zu sein.«

Dann faßte sie einen Entschluß. Schließlich konnte Mrs. Everton höchstens aufstehen und sie hier sitzen lassen. Sie sah nicht so aus, als ob sie handgreiflich werden würde. Mit leicht zitternder Stimme sagte sie: »Ich suche eine gewisse Mrs. Everton.«

Die andere sah sie groß an. »Das ist ein seltsamer Zufall. Ich bin Anna Everton. Was wollten Sie von mir, und weshalb haben Sie Angst?«

»Es ist eine solche Unverfrorenheit. Ich verstehe es selbst nicht mehr, wie Eva mich dazu bringen konnte, hierherzufahren.«

Bei der Erwähnung des Namens Eva erstarrte Anna. Sie fragte sehr kühl: »Eva? Wie heißt sie weiter?«

»Eva Stapleton, meine Kusine. Bitte, Mrs. Everton, verzeihen Sie mir! Aber sie haben geredet und geredet, Eva und Ihr Mann. Sie haben mich überredet, hierherzufahren und Sie zu bitten, Sie möchten ihn empfangen. Er ist – er ist sehr unglücklich Ihretwegen.«

Mrs. Everton machte eine leichte Bewegung, und Laura dachte schon, sie würde aufstehen und fortgehen. Aber sie wandte sich Laura zu und lächelte gequält. »Armes Ding! Kein Wunder, daß Ihnen das peinlich ist. Es war halt Pech, daß Sie mir gerade in die Arme gelaufen sind. Aber da das nun einmal geschehen ist, wäre es besser, Sie erzählen mir, warum Sie hergekommen sind.«

»Ich soll Sie bitten, mit ihm zu sprechen. Er ist schrecklich aufgeregt.«

Anna sagte nichts, und Laura dachte, daß Menschen, die die Ruhe bewahren, weit im Vorteil sind. Sie ihrerseits redete viel zuviel, wenn sie verlegen war. Manchmal hörte sie sich selbst immer weiterplappern. Während der nächsten Minuten blieb Mrs. Everton ganz still und in sich gekehrt. Dann sagte sie: »Ihre Kusine ist sehr hübsch. Wahrscheinlich haben Sie sie sehr gern.«

»O nein!« rief Laura. »Sie ist zwar meine Kusine und ein Waisenkind. Das sind sie freilich alle, und ich fühle mich für sie verantwortlich. Himmel, ich rede lauter Unsinn, verzeihen Sie bitte! Ich werde Ihnen alles erklären und dann gehen.«

Voller Eifer gab sie eine leidenschaftliche, wenn auch verworrene Darstellung der Situation in Brookside. Zum Schluß sagte sie: »Mit Eva habe ich am wenigsten von ihnen allen gemein.« Gleich danach dachte sie, sie wäre feige und ließe ihre Kusine im Stich.

Mrs. Everton sprach noch immer mit seltsamer Gelassenheit: »Und jetzt will sie mit meinem Mann davonlaufen. Wird sie das erreichen?«

»Ich weiß es nicht. Ich weiß nur, daß er sehr unglücklich ist, und ich bin überzeugt, er wäre elend dran, wenn Sie sich von ihm scheiden ließen und er Eva heiraten müßte.«

»Warum denn?«

»Ich weiß nicht. Ich glaube, so etwas tun die Männer manchmal. Es heißt, so etwas passiert nach einigen Jahren, sogar in einer glücklichen Ehe wie der Ihren.«

»Eine glückliche Ehe und zwei Kinder. Hat Kenneth Ihnen erzählt, daß wir Kinder haben?«

»O ja. Mrs. Everton, wie lange wußten Sie schon davon?«

»Vor einiger Zeit habe ich gemerkt, daß ihn irgend etwas zu fesseln schien. Es heißt, die Ehefrau ist die letzte, die etwas erfährt; aber das ist Unsinn. Ich wußte nur nicht, wer es war. Ich hatte auch nicht den Eindruck, daß es so ernst wäre, bis eine liebe Freundin kam, um mir alles zu erzählen.«

»Schrecklich. Die sogenannten pflichtbewußten Frauen. Den Typ kenne ich.«

»Ja. Ich weiß nicht, woher sie es erfahren hat. Aber ihre Tochter ist auch ein Fotomodell und arbeitet manchmal mit Ihrer Kusine zusammen. Sie hörte, daß Eva fort wollte, mit einem Mann. Der Rest war leicht zu erraten.«

»Deshalb sind Sie fort?«

»Ja. Wenigstens für eine Zeitlang. Ziemlich feige, gewiß. Aber ich spürte, daß ich Kenneth nicht ruhig in die Augen sehen oder mit jemandem darüber reden konnte. Ich brauchte erst einmal Zeit, um mich an den Gedanken zu gewöhnen. Kein angenehmer Vorgang!«

»Und nun bin ich da hineingeplatzt! Ich muß Ihnen richtig unverschämt vorkommen. Es tut mir furchtbar leid! Ich wußte wohl, daß es verrückt von mir war, da mitzumachen, und daß mein Mann wütend sein würde. Aber Eva bohrte und bohrte, und leider bin ich wohl ziemlich leicht zu beeinflussen. Derek findet das jedenfalls auch. Jetzt will ich gehen. Ich danke Ihnen sehr, daß Sie nicht böse auf mich sind.«

»Gehen Sie noch nicht fort. Sie haben einen weiten Weg gemacht. Was hat Ihre Kusine von Ihnen erwartet?«

»Ich habe nicht getan, was Eva wollte. Ich habe mich dagegen gesträubt, denn ich bin wütend auf sie. Aber Ihr Mann ist so verzweifelt. Er möchte Sie unbedingt sehen, um zu erklären . . .«

»Sicherlich. Das weiß ich. Kenneth beredet gern alles. Wahrscheinlich, weil er ein Verstandesmensch ist. Diese Leute nennen das ›rationalisieren‹, und sie tun es mit Vorliebe. Aber ich bin nicht so geistreich, und ich rede nicht gern darüber, obwohl ich das gerade mit Ihnen tue.« Mrs. Everton lächelte leise.

Das gab Laura Mut.

»Mrs. Everton, lassen Sie es nicht zu! Sie können es verhindern. Jetzt hat er Evas wegen den Kopf verloren. Sie ist hübsch und jung, und sie bildet sich ein, zu den Intellektuellen zu gehören. Sie hat sich immer ein wenig geniert, daß sie Fotomodell geworden ist, statt zu studieren. Nun unternimmt sie verzweifelte Anstrengungen, ihre Intelligenz zu beweisen. In gewisser Hinsicht mag sie gescheit sein; aber trotzdem ist sie töricht und könnte Ihren Mann niemals glücklich machen. Er würde ihrer bald überdrüssig sein und sich Ihret- und der Kinder wegen stets die bittersten Vorwürfe machen.«

Anna seufzte. »Ja, Kenneth neigt zu Selbstvorwürfen. Ich weiß auch nicht, ob er glücklich wird, wenn er uns verläßt. Aber gerade jetzt weiß ich auch nicht, was ich tun könnte.«

Laura hatte all ihre Hemmungen abgelegt und sagte kühn: »Lassen Sie es auf einen Kampf ankommen. Er mag weich und unklug sein; aber er ist es wert, daß man um ihn kämpft.«

Mrs. Everton seufzte. »Ich weiß, daß das richtig wäre; aber ich bin keine kämpferische Natur. Gerade jetzt habe ich einen besonderen Grund, still zu halten. Ich hätte genügend wirksame Mittel, aber die will ich nicht einsetzen.«

»Aber sicher wäre jetzt jedes Mittel . . .«

»Nicht, wenn es ein Kind ist.«

Laura war so überrascht, daß sie nach Luft schnappte. »Ein Kind? Wie meinen Sie das?«

»Ich bekomme noch ein Kind.«

»Ach, wie schön für Sie!« Laura sagte es ganz rasch und ein wenig neidisch.

»Schön? In der gegenwärtigen Situation? Wir hatten uns wohl noch ein drittes Kind gewünscht; aber nicht gerade jetzt. Ich bin dreiunddreißig; das ist zwar nicht zu alt, um noch ein Kind zu bekommen. Es kommt nur höchst ungelegen.«

Laura sagte kleinlaut: »Es klingt albern, aber mein Mann und ich möchten so gern Kinder haben.«

»Und warum nicht? Sie sind glücklich verheiratet und im richtigen Alter.«

»Wir haben einfach keine Zeit. Zuerst war Großmutter

krank, und ich brauchte all meine Zeit, um sie zu pflegen. Nach ihrem Tod gab es immer neue Unruhe mit den ›Waisenkindern‹. Es ist so schwierig: Sie kommen und gehen, bringen immer neue Probleme mit, und ich lasse mich dummerweise überall hineinziehen und versuche auszugleichen. Derek hängt das alles zum Hals heraus.«

Laura war den Tränen nahe.

Anna legte die Hand auf ihren Arm. »Das ist schlimm. Aber darf man sich mit den Schwierigkeiten der anderen so sehr belasten? Lassen Sie das nicht so weitergehen. Sie müssen an sich selbst denken – und an Ihren Mann, ehe es zu spät ist.

Ich war genauso dumm«, fuhr sie fort. »Immer kamen für mich Kenneth und die Kinder an erster Stelle. Wie Sie sehen, zahlt sich das nicht aus. Eine Portion gesunder Selbstsucht ist viel besser.«

Sie verstummte und blickte still auf das Meer hinaus.

»Sie sind zwanzigmal soviel wert wie Eva!« platzte Laura heraus. »Ich dachte, Sie wären ganz anders, sehr unglücklich und beleidigt. Es war mir nicht klar, daß Sie die Stärkere sind. Wie konnte er bloß auf Eva hereinfallen, da er doch Sie hatte?«

Anna lächelte. »Sie wollen mich trösten. Aber Sie erkennen doch meine Schwierigkeit. Ich kann dieses Kind nicht als Waffe einsetzen. Ich kann Kenneth nicht einmal davon erzählen.«

»Er weiß es nicht?«

Natürlich konnte er es nicht wissen. So gemein war er denn doch nicht.

»Nein. Und er soll es auch nicht wissen, ehe wir miteinander im klaren sind. Das ist der Grund, weshalb ich von daheim fort bin. Ein prosaischer Grund; denn tatsächlich fühle ich mich nicht recht wohl und hatte Angst, er würde etwas merken.«

»Aber – würde er sich denn nicht freuen?«

»Doch. Bevor ihn diese – diese Leidenschaft packte, wünschten wir uns noch ein Kind. Ich habe mir immer ausgemalt, wie sehr er sich freuen würde. Vielleicht nicht gleich, denn wir sind nicht mehr die Jüngsten. Aber es hätte ihm bestimmt neuen

Auftrieb gegeben; es wäre wie ein neuer Anfang gewesen. Wie man eben immer wieder neu anfängt.«

Zum erstenmal wurde ihr Ton bitter.

»Aber natürlich können Sie das!« Laura rief es ganz laut. »Natürlich werden Sie das. Sie müssen es ihm erzählen. Das wird ihn sofort zur Besinnung bringen!«

Anna schüttelte entschlossen den Kopf. »Das ist gerade das, was ich nicht will. Das Kind soll nicht den Ausschlag geben. Ich bin beinahe überzeugt, diese Tatsache würde Kenneth umstimmen. Aber später könnte er mir das vorwerfen; er könnte sogar glauben, ich hätte es absichtlich getan. Nein, er muß aus freien Stücken entscheiden, wohin er geht, ohne daß ihm jemand die Verantwortung abnimmt. Das habe ich nur zu oft getan. Jetzt ist er an der Reihe.«

Verwirrt, aber fest entschlossen fuhr Laura nach Brookside zurück. Dieser Wahnsinn mußte ein Ende haben. Wie konnte Eva nur eine so falsche Vorstellung von ihrer Rivalin haben? Da war wohl der Wunsch der Vater des Gedankens, nahm Laura an. Oder ließ sie sich von der äußeren Ruhe dieser Frau so täuschen? Anna Everton war ein großartiger Mensch. Charakterlich konnte ihr Eva nicht das Wasser reichen. Sie besaß jene natürliche Ausgeglichenheit, die Eva so mühsam anstrebte. Wenn Anna sich zu einem Kampf entschließen würde, gäbe es keinen Zweifel, wer Sieger bliebe.

Aber gerade das lehnte sie ja ab. Nach ihrem Treffen war es Laura klar, daß Anna immer die Stärkere gewesen war; die stille Kraft im Hintergrund; und das wollte sie bleiben. Möglicherweise hatte Everton unbewußt gegen diese ruhige Stärke rebelliert. Laura hatte zu Anna – mit schlechtem Gewissen – geäußert, Eva sei ein »Leichtgewicht«. Diese Leichtigkeit hatte Everton fasziniert. Eva mochte Everton wohl faszinieren, aber sie konnte ihn nicht halten.

Was sollte Laura jetzt tun? Mrs. Everton war nicht der Mensch, anderen ein Versprechen abzuzwingen; sie hatte es Laura selbst überlassen, was sie tun oder sagen wollte. Aber natürlich konnte sie unmöglich Annas Geheimnis verraten, so stark die Versuchung auch sein mochte. Wenn sie ihm verraten würde: Ihre Frau ist sehr unglücklich; sie erwartet noch ein Kind, würde er sofort zu ihr eilen. Er würde Buße tun und jeden Gedanken an Eva für alle Zeiten verbannen wollen. Aber stets würde seine Frau das Gefühl haben, ihre Schwangerschaft sei der Grund, daß er zu ihr zurückgekehrt sei. So gern sie auch sein Gesicht bei dieser Überraschung gesehen hätte, konnte sie das doch keinesfalls tun.

Was hatte sie nun durch ihren peinlichen Besuch erreicht? Ehrlich gesagt: gar nichts. Allerdings hatten sie Annas Worte beim Abschied etwas getröstet: »Armes Ding! Wie sehr müssen die Sie beschwatzt haben! Wie ungern sind Sie hierhergefahren! Aber es braucht Ihnen doch nicht leid zu tun. Vielleicht war es gut für mich, einmal mit jemandem darüber zu sprechen. Stets die Ruhe zu behalten kann auch sehr anstrengend sein.«

Sie war trotz der unpassenden Zudringlichkeit sehr freundlich zu Laura gewesen. Aber was war nun der Erfolg? Laura hatte nur ein Gefühl der Erschöpfung und inneren Leere. Auf Eva und Kenneth war sie so wütend wie nie zuvor, und sie hatte Angst vor dem Zusammentreffen mit Derek. Sie wollte ihm ihren Ausflug erklären – oder, noch schlimmer, nicht erklären, wenn er darauf beharrte, die ganze Angelegenheit zu ignorieren. »Wenn du darauf bestehst, deine Nase in anderer Leute Sachen zu stecken, dann laß mich aus dem Spiel.«

Das war seine Einstellung in der vorhergehenden Nacht gewesen. Sie war überzeugt, daß er nur so getan hatte, als ob er schliefe, als sie schließlich ins Bett gekrochen war. Er hatte sich nicht gerührt. Sonst hätte sie bestimmt Evas Wunsch nach Stillschweigen ignoriert. Sie wäre mit der ganzen erbärmlichen Geschichte herausgeplatzt und hätte von ihrem albernen Versprechen erzählt, Mrs. Everton besuchen zu wollen. Er aber hatte nur gegrunzt, sich vom Licht weggedreht und war scheinbar gleich wieder fest eingeschlafen.

So verhielt er sich auch, als sie jetzt ziemlich spät heimkam. Zu ihrer Erleichterung stellte sie fest, daß Eva wenigstens das Essen vorbereitet hatte. Joseph lungerte herum, und Derek wartete betont geduldig auf ihr Erscheinen. Sie übersah die bange Frage in Evas Gesicht und sagte kurz: »Die Seeluft macht hungrig! Fein, daß es etwas zu essen gibt! Vielen Dank, Eva!«

Dann wurde ihr bewußt, daß sie, nach allem, was sie mitgemacht hatte, gar nichts essen konnte. Statt dessen redete sie zuviel und zu lebhaft; sie bemerkte die spöttischen Blicke ihres Mannes und seine gewollt höfliche Aufmerksamkeit, während sie immer weiterplapperte. Sie wünschte, sie hätte Anna Evertons Haltung und besäße ihre Fähigkeit, Gefühle hinter einer Fassade aus Würde und guter Haltung zu verbergen.

Endlich erwischte Eva ihre Kusine allein. Sie packte sie am Arm und flüsterte: »Wie war's? Ich hätte dich schon vorher sprechen wollen, Laura. Nun erzähl schnell. Hat sie schon was gewußt? Was hat sie gesagt? Wird sie sich von Kenneth scheiden lassen?«

Laura nahm sich gewaltig zusammen und sprach ganz ruhig. Sie wollte Eva gehörig Bescheid sagen, ihr ihre eigensüchtige Dummheit vorwerfen; sie wollte ihr den Unterschied zwischen ihr und Anna klarmachen. Aber sie brachte nur kraftlos heraus: »Ja, ich habe sie gesehen. Sie weiß alles.«

»Und? Sie hat doch hoffentlich genügend Stolz, um ihn gehen zu lassen?«

In eiskaltem Ton erwiderte Laura: »Sie besitzt sehr viel Stolz. Viel zuviel, als daß sie einen Mann festhielte, der frei sein möchte.«

»Dann ist ja alles gut.«

»Meinst du? Ich sagte, der frei sein *möchte*.«

Ihre Kusine blickte sie wütend an, aber Laura fuhr ruhig fort: »Das muß erst noch festgestellt werden, nicht wahr?«

»Blödsinn! Du verstehst überhaupt nichts. Sag doch, hat sie zugestimmt?«

»Mir scheint, du hast deine fünf Sinne nicht beisammen. Glaubst du wirklich, Mrs. Everton würde mir, einer Fremden, ein Versprechen geben? Kennst du sie überhaupt? Wie konntest du dir nur ein so falsches Bild von ihr machen?«

»Ach, ich habe sie ein- oder zweimal gesehen. Die kann jeder beurteilen. Sie ist jener ruhige, langweilige Typ, der sich an einen Mann hängt. Es ist nichts an ihr dran; sie ist nur Hausfrau und Mutter.«

Laura war müde und verlor die Beherrschung. »Nichts an ihr dran! An ihr ist viel mehr dran als an dir, und Kenneth weiß das ganz genau. Nach ihr kannst du ihm niemals genügen. Du hast ihm den Kopf verdreht, denn du bist jung und hübsch. Nach drei Monaten hat er dich satt und sehnt sich nach der Frau, die ihn immer verstanden und die ihm in den letzten zwölf Jahren Halt gegeben hat. Du bist verrückt, Eva! Schlimmer, du stiehlst und betrügst. Du hängst mir zum Hals heraus mitsamt deiner albernen Romanze! Es ist mir egal, was du tust, wenn du mich nur von jetzt ab in Ruhe läßt. Aber das muß ich dir sagen: Du wirst die Hölle auf Erden haben, wenn du so weitermachst. Der Mann ist geistreich und charmant, aber er hat einen zu weichen Charakter. Seine Frau hat ihm die ganze Zeit den Rücken gestärkt. Ohne sie ist er nichts.«

Laura verlor den letzten Rest ihrer Selbstbeherrschung und fügte hinzu: »Ich war blöde, daß ich dort hingefahren bin, um sie zu sehen. Sie war wie ein Engel. Und euch beide hasse ich, weil ihr mich in diese Situation gebracht habt!«

Sie ging nach oben in ihr Zimmer.

Aus diesem Zufluchtsort wurde sie eine halbe Stunde später durch Eva aufgestört; Eva war sichtlich nervös. Sie stand mit ängstlich flehendem Gesicht in der Tür.

»Laura, entschuldige bitte, aber Ken ist hier. Er will dich unbedingt sprechen. Könntest du – könntest du vielleicht für zehn Minuten runterkommen?«

Das klang demütig und rührend; aber Laura antwortete nicht. Sie stieß einen sehr wenig damenhaften Fluch aus und ging widerwillig hinunter. Als sie an der geschlossenen Tür des Arbeitszimmers vorbeiging, dachte sie: Derek versteht es wirklich meisterhaft, es so einzurichten, daß er an solchen Abenden wie heute immer etwas ganz Dringendes erledigen muß. Die Männer waren doch fein dran. Ihre große Wut war vergangen, aber die Vorsicht blieb. Sie mußte sehr auf der Hut sein, um Anna Evertons Geständnis nicht zu verraten.

Kenneth stand am Fenster und blickte in den dunklen Garten hinaus. Als sich die Tür öffnete, wandte er sich um; Laura war überrascht und angenehm berührt, als sie sah, wie unglücklich und verhärmt er aussah. Er war unruhig, und Laura schloß daraus, daß Eva ihm ihren Ausbruch geschildert hatte.

»Mrs. Howard, ich weiß, Sie verwünschen mich, und Sie haben alles Recht dazu. Aber könnten Sie mir nicht noch mehr von meiner Frau berichten? Wie geht es ihr? Eva sagte, daß sie von unserer Geschichte gehört hat. Wie hat sie es aufgenommen?«

Laura fühlte eine tiefe Entrüstung in sich aufsteigen. Sie ärgerte sich nicht über diesen Mann, wie sie sich über Eva geärgert hatte. Sie war nur ungeduldig und zornig und hatte plötzlich die ganze Sache satt. Sie antwortete ihm trocken: »Wenn Sie sie wirklich kennen, müßten Sie das wissen. Ich kannte sie vorher nicht. Für mich war unsere Begegnung höchst überraschend.«

»Wie meinen Sie das?«

»Nun, ich habe selten so einen Menschen getroffen, so sympathisch, so gefaßt und gelassen. Sie ist die Liebenswürdigkeit in Person, sonst wäre sie aufgestanden und davongegangen, als ich es wagte, das Gespräch auf Ihre Angelegenheit zu bringen. Ich glaube, sie war sehr aufgebracht, aber sie würde sich das nie anmerken lassen. Sie hat einen tiefen Eindruck auf mich gemacht. Ich denke, jeder, der sie kennenlernt, muß von ihr angetan sein.«

Eva starrte sie bestürzt an. Angetan? Man konnte ihr vom Gesicht ablesen: Aber sie hat doch überhaupt nichts, womit sie Eindruck machen könnte!

Laura beobachtete Kenneth Everton mit kühl abwägendem Blick und merkte, wie er zurückwich.

Langsam sagte er: »Ja, ich weiß, was Sie meinen. So ist Anna. Sie würde nie etwas von sich preisgeben.«

»Und sicherlich auch niemals irgend jemanden anders preisgeben.«

Das war deutlich genug; aber er faßte sich und sagte: »Hat sie Ihnen eine Andeutung über ihre Pläne gemacht? Hat sie zugestimmt, daß ich mit ihr sprechen darf?«

»Sie hat nichts davon gesagt.«

Eva fuhr dazwischen. »Und du hast sie nicht gefragt? Wozu war dann deine Fahrt gut?«

Laura blickte sie verächtlich an. »Zu gar nichts. Ich fuhr hin, weil ich eine dumme Gans bin. Aber sie ließ es mich nicht merken, daß sie das ebenfalls fand.«

Everton konnte anscheinend nicht aufhören zu fragen. »Wie sah sie aus? Ist sie gesund?«

Laura zögerte und sagte dann: »Niemand kann unter diesen Umständen mit seiner Gesundheit protzen.«

»Sie meinen, sie macht sich Sorgen?«

Lauras Selbstbeherrschung ging zu Ende. »Sorgen? Wo haben Sie eigentlich Ihren Verstand? Was erwarten Sie von ihr? Daß sie vergnügt wäre? Oder erleichtert? Ich, an ihrer Stelle, wäre bestimmt beides! Oh, das war hart, verzeihen Sie. Wir wollen nicht mehr darüber reden. Wir sprechen wohl verschiedene Sprachen. Sie sind offenbar tatsächlich überrascht, daß dieser alberne Blödsinn, den Sie da treiben, Ihrer Frau Kummer macht.«

Nun wurde Eva wild. »Blödsinn! Wie kannst du das Blödsinn nennen! Das ist es nicht! Vielleicht ist es verkehrt, aber es ist echt und es ist ernst.«

Damit war der Krieg erklärt. Laura wandte sich zu ihrer Kusine. »Ich rede, wie es mir paßt. Ich wiederhole, dieses ist mein Haus. Wenn du darauf bestehst, deine albernen kleinen Affären hierherzubringen, mußt du hinnehmen, was ich sage. Und das ist folgendes: Ich glaube, ihr beide versündigt euch, wenn ihr daran denkt, eine Familie zu zerstören, nur weil ihr euch einbildet, in größter Liebe entbrannt zu sein. Ihr versündigt euch nicht nur, ihr seid dumm. Binnen eines halben Jahres oder noch eher wird dein Kenneth feststellen, wie töricht er war, eine Frau wie Anna Everton um deinetwillen im Stich gelassen zu haben. Dann wird er auf dem Bauch zu ihr zurückkriechen. Natürlich wird sie Ihnen verzeihen, Kenneth. Ich täte es nicht, aber sie ist ein viel besserer Mensch, als ich es je sein werde. Das beste für Sie wäre, wenn Sie gleich zu ihr zurückgingen. Ignorieren Sie ihren Wunsch nach Alleinsein. Gehen Sie zu ihr, und fallen Sie vor ihr auf die Knie – und bleiben Sie dort!«

»Wie kannst du so etwas sagen?« Eva schrie es beinah. »Hast du den Verstand verloren, Laura? Wie kannst du dich unterstehen, Ken Vorschriften zu machen? Was geht dich das alles an?«

Laura war nahe daran, zu explodieren, und ihre Stimme war leider fast ebenso laut wie die Evas. »Ihr habt euch in meinem Hause breitgemacht und alles mit eurer ekelhaften Geschichte durcheinandergebracht; ihr habt mich so lange beschwatzt, bis ich mich lächerlich gemacht habe und zu einer Frau hingegangen bin, die zu gut und zu vornehm war, um mich rauszuwerfen. Und deshalb darf ich sagen, was mir paßt. Und wenn ihr das nicht hören wollt, dann packt eure Sachen und macht eure Liebeshändel woanders aus. Gute Nacht. Ich gehe ins Bett.«

Zum Schlafengehen war es aber noch zu früh. Sie spürte, wie sie nach dieser schrecklichen Szene am ganzen Leibe zitterte. Sie wußte nicht, was geschah, nachdem sie aus dem Zimmer gelaufen war; aber wenig später hörte sie, wie ein Auto startete, und dann war es ganz still im Haus. Sie stahl sich hinunter und fand dort Derek; der war aus seiner Höhle hervorgekommen, saß friedlich rauchend da und las die Zeitung. »Bist du noch nicht müde?« fragte er. »Es läuft gerade ein netter Film im Fernsehen; wollen wir ihn anschauen?«

Seine Ruhe irritierte sie; sie überhörte seine Frage und sagte: »Wo ist Eva?«

»Sie ist weg mit dem jungen Mann – übrigens ist er gar nicht so jung. Sie hat dir einen Brief dagelassen.«

Sie riß ihn auf und las:

»Da ich hier nicht erwünscht bin, gehe ich heute abend weg. Ich bedaure, daß ich hierher gekommen bin; aber schließlich war ich ja hier zu Hause.«

Betroffen gab sie den Brief ihrem Mann; der las ihn, lachte laut und warf ihn in den Papierkorb. »Dumme kleine Gans. Hoffentlich hat sich's damit.«

»Aber ich habe sie vertrieben.«

»Eine Zeitlang schon. So ein Haus voller Tragödien widert mich an, und wie Eva sagen würde: ich bin hier gleichfalls zu Hause.«

»Aber Großmutter gegenüber habe ich meine Pflichten versäumt. Du weißt ja, was sie sagte.«

»Liebes Kind, wie könnte ich das vergessen, auch nur einen Tag? Ich wünsche mir oft, die alte Dame könnte dich hören. Wie böse wäre sie auf dich!«

»Auf mich?«

»Ja, weil du auch nicht das kleinste bißchen gesunden Menschenverstand hast, nicht ein bißchen. Weil du diesen unmöglichen ›Waisen‹ nicht wirklich hilfst.«

»Aber ich habe doch nur versucht, Eva zu helfen – und hatte einen furchtbaren Tag.«

»Dein eigener Fehler. Siehst du denn nicht ein: die einzige Art, ihr, und ihnen allen, zu helfen, ist, daß man sie zwingt, endlich auf eigenen Füßen zu stehen? Du solltest nicht so viel Aufhebens um sie machen und dich nicht so weit tyrannisieren lassen, daß du dich in ihre Angelegenheiten einmischst. Das war doch der Grund deiner Abwesenheit, wie ich vermute?«

»Sei doch nicht so ekelhaft. Jede Minute dieses Tages war entsetzlich.«

»Und das Ergebnis: ein prima Streit, den man durch das ganze Haus hörte. Oh, Laura, wann wirst du endlich vernünftig?«

Für einen kurzen Augenblick stieg Ärger in ihr auf, dann lag sie plötzlich an seiner Schulter und weinte sich alle Kränkungen von der Seele. Zuerst ließ er sie sich ausweinen, dann sagte er: »Na, jetzt reicht's. Das ist der Zeitpunkt für Entschlüsse und nicht für Tränen.«

»Und für Geständnisse.«

»Wenn du unbedingt willst. Ich meinerseits bin überhaupt

nicht neugierig auf die Affären der ›Waisen‹. Aber ich möchte doch gern wissen, was meine Frau vorhin veranlaßt hat, sich wie ein Marktweib zu benehmen.«

»Ein Marktweib? Das ist gemein von dir. Aber du hättest dich auch so benommen, wenn . . .« Und dann kam alles heraus, zum Schluß noch ihr törichter Besuch bei Anna Everton.

»Du kleiner Dummkopf. Du solltest dich schämen. Ein Wunder, daß sie dich nicht hinausgeworfen hat.«

Laura hatte sich im geheimen zwar für dumm, aber doch auch für edel gehalten und sagte nun kläglich: »Aber sie haben gebohrt und gebohrt. Ich war so müde, und es war schon zwei Uhr nachts.«

»Warum hast du sie da nicht zum Teufel gewünscht und bist ins Bett gegangen?«

»Ich kann so schlecht streiten – wenigstens bis heute nacht konnte ich's nicht. Und jetzt hab ich alles falsch gemacht. Sie ist mit dem Mann auf und davon gegangen, und es ist zu spät.«

»Sei doch nicht so dramatisch. Das hast du von den ›Waisen‹ gelernt!«

Er lachte.

»Du bist gefühllos. Ich werde mir immer Vorwürfe machen.«

»Und Großmutters Spruch zitieren. Jetzt wollen wir erst einmal abwarten. Von der Frau hängt alles ab. Nach dem, was du von ihr erzählt hast, wird sie gewinnen. Ich möchte wetten, daß er schleunigst zu ihr gefahren ist.«

»Glaubst du wirklich? Wenn er das tut, wird ihm klarwerden, was für ein Narr er war. Sie ist eine wirklich großartige Frau. Er hatte sich nur zu sehr an sie gewöhnt.«

»Er ist glücklicher dran als ich. Niemand kann behaupten, daß ich mich an meine Frau zu sehr gewöhnen könnte.«

Laura fand diese geheimnisvolle Bemerkung ermutigend; in letzter Zeit hatte sie nämlich den Eindruck, daß Derek nicht mehr danach fragte oder überhaupt merkte, was sie tat. Doch sie sagte reumütig: »Großmutter hätte das alles in Ordnung gebracht. Ich habe alles verpatzt – habe die Beherrschung verloren und Eva fortgeschickt.«

»Um weiterhin mit dem Kerl zusammenzuleben? Keine Spur! Dazu ist sie viel zu schlau. Dem Himmel sei Dank, daß du deine Beherrschung verloren hast. Das solltest du öfter tun. Einstweilen wollen wir, wie ich schon sagte, abwarten.«

10

Es folgten einige unruhige Tage. Laura erwartete täglich einen Brief ihrer Kusine oder, schlimmer noch, deren Besuch. Aber nichts dergleichen geschah, und ihre anfängliche Angst schlug in Reue um.

»Mir ist ganz elend zumute, weil ich sie so angeschrien habe«, klagte sie dem gereizten Derek. »Wo verbringt sie jetzt ihre Ferien? Es ist doch schrecklich, daß ich sie von ihrem Zuhause vertrieben habe.«

»Schrecklich! Eine heimatlose ›Waise‹ mit einem Gehalt, einer Wohnung und achthundert Dollar im Jahr. Jetzt wollen wir hören, was Großmutter gesagt hätte.«

»Ich glaube nicht, daß dich das im geringsten interessiert.«

»Stimmt. Ich bin immer noch so froh, daß du ihr endlich die Meinung gesagt hast – und zwar eine vernünftige Meinung. Mit Eva habe ich kein Mitleid, aber ich möchte wohl wissen, wie es Kens Frau geht.«

»Ich nehme an, daß sie in die Scheidung gewilligt hat. Und dann sind die beiden fort nach Sidney.«

»Hoffentlich bekommst du einen Abschiedsbrief vom Flughafen aus. Jetzt denk mal an was anderes und komm mit zum Reiten.«

Wie gewöhnlich brachte ihr das Erleichterung. Niedergeschlagen stellte Laura fest, daß sie zu den oberflächlichen Menschen gehörte, die sich nie lange über etwas Sorgen machen. Es tat ihr gut, einmal frei zu sein und mit Derek zu reiten und zu wissen, daß sie bei ihrer Rückkehr nur den brummigen alten Joseph vorfinden würde. Seine Klagelieder nahm sie kaum noch wahr, und an seine Gegenwart bei den beiden Mahlzeiten hatte sie sich nun gewöhnt.

»Na, ich habe mich noch nicht daran gewöhnt«, antwortete ihr Mann. »Die Sache mit der Straße geht vorwärts. Ein Segen, daß ich mit den beiden Burschen aus der Kreisverwaltung in die Schule gegangen bin.«

Er genierte sich gar nicht, der Drahtzieher zu sein; er wünschte offen das Ende von Brookside herbei und war fest entschlossen, auch nicht einen Raum an sein eigenes Haus anzubauen, »wenigstens nicht gleich«.

Am Ende der Woche steckte sein Optimismus Laura an; sie dachte nicht mehr an Eva und versuchte sogar, Anna Everton zu vergessen. Es versetzte ihr deshalb einen Schlag, als ein Brief mit einer unbekannten Handschrift und dem Absender Kenneth Everton ankam. Sie hielt ihn nervös auf Armeslänge von sich ab.

»Oh, Derek, das ist der Abschiedsbrief!«

»Dann lies ihn. Es hat keinen Sinn, ihn weit wegzuhalten, als ob er dich beißen könnte. Hier, gib her, wenn du nicht den Mut dazu hast.«

Er überflog ihn und lachte. »Hör zu und freu dich:

Liebe Mrs. Howard,
ich schulde Ihnen meinen Dank und die Bitte um Verzeihung. Obwohl Sie wenig sagten, machten Sie mich doch unsicher, und ehrlich gestanden, Sie beschämten mich. Ich fuhr umgehend zu meiner Frau, und Sie werden verstehen, daß ich nun nicht mehr im Zweifel darüber bin, wo ich hingehöre. Ich werde niemals begreifen, was mich überfiel – ich glaube, ein vorübergehender Wahnsinn. Eva werde ich stets eine tiefe Zuneigung bewahren, aber wir werden einander nicht mehr sehen. In einer Woche reisen wir nach Australien. Meine Frau legt einen Brief bei. Ich verbleibe

Ihr ergebener Kenneth E. Everton.

Na, ich will jetzt nicht behaupten: Das habe ich doch gleich gesagt!«

»Bitte nicht! Und den anderen Brief lies nicht. Gib ihn mir. Ach, Derek, wie gut!«

Der Brief war kurz:

Sie waren treu und verschwiegen, und Kenneth hat die wahre Sachlage noch nicht entdeckt. Er faßte seinen Entschluß, ohne davon zu wissen, und er scheint davon überzeugt, daß wir glücklich sein werden. Ich glaube, daß diese Verirrung nur vorübergehend war. Und ich? Was ist Glück? Vielleicht liegt es in der Zukunft; und wenn das so ist, habe ich einen Großteil Ihnen zu verdanken. Sie waren so lieb und so einsichtig – und wie unangenehm war es Ihnen doch!

Anna Everton

Laura vergoß einige Tränen, als sie den Brief zusammenfaltete. Dann aber sagte sie herausfordernd: »Sie schreibt, ich wäre lieb und einsichtig. Nicht jeder hält mich für dumm. Du warst im Unrecht, als du mir vorwarfst, ich hätte falsch gehandelt.«

»Ich hatte recht. Du bist sicherlich lieb – aber einsichtig? Jetzt schau nicht so selbstgefällig drein und laß dir dieses Lob nicht zu sehr zu Kopfe steigen. Überlaß die ›Waisen‹ ihrem Schicksal, wie immer es auch sein mag.«

»Du bist schrecklich. Du magst keinen von ihnen außer Hugh.«

»Hugh ist eben anders. Der macht einem keinen Kummer.«

»Du bist so selbstherrlich. Von Eva werde ich wohl nie wieder etwas hören.«

»Sei doch nicht albern. Aus einem Sturm im Wasserglas machst du eine Tragödie. Und was das Nimmer-Wiedersehen betrifft – sie wird auftauchen, sowie sie etwas braucht.«

»Du kannst sie nicht ausstehen.«

»Das ist übertrieben, aber ich halte sie für selbstsüchtig und hartherzig, und sie besitzt keinen Funken Humor. Wenn sie dir schreibt, tut sie das sicher mit gebrochenem Herzen, und alsbald wird sie einen anderen erwischen, der diesmal nicht verheiratet ist. Dann wirst du als nächstes einen großen Wirbel um ihre

Hochzeit machen und sagen, was Großmutter immer sagte: ›Wenn ich's nicht tue, wer tut's dann?‹«

Mit dem Brief hatte er recht. Er war kurz und deutlich.

Liebe Laura!

Du hast gesiegt. Hoffentlich bist Du froh, daß Du zwei Menschen das Herz gebrochen hast. Wahrscheinlich platzt Du vor Stolz, weil Du eine Ehe gerettet hast. Ich verreise bis zum Ende meines Urlaubs und werde für längere Zeit nicht nach Brookside kommen. Ich nehme an, daß Dich das sehr erleichtert.

Das klang so übertrieben, daß Laura zu ihrer eigenen Überraschung lachen mußte. Sie gab Derek den Brief und sagte: »Ich gönne es ihr, daß sie so überzeugt ist, Kenneth' Herz sei gebrochen. Eines weiß ich bestimmt: er ist froh, daß er wieder bei seiner verständigen Frau ist, und bildet sich mächtig viel auf das Baby ein.«

»Gut. Wir wollen nicht mehr daran denken. Zur Zeit scheint es mit den ›Waisen‹ eine Schnaufpause zu geben. Das wollen wir genießen.«

Die Schnaufpause wurde von der Person unterbrochen, von der sie es nie erwartet hätten. Eines späten Abends rief Marie Elder bei Laura an und sagte entschuldigend: »Verzeih den Anruf mitten in der Nacht, aber es ist etwas Unangenehmes passiert.«

»Doch nicht etwas mit Hugh? Hat er einen Unfall gehabt?«

»Nicht gerade das. Aber er hat sich wohl ziemlich dumm benommen.«

Sie stockte, und Laura schaute sich verzweifelt nach einem Stuhl um. Hoffentlich hatte sich Hugh nicht nach Art der »Waisen« in die falsche Person verliebt! Aber was wirklich passiert war, darauf wäre sie nie gekommen: »Die Wahrheit ist, Hugh sitzt im Loch!«

»Waaas?«

»Ich fürchtete schon, du würdest dich aufregen. Aber ich meinte, ich sollte es dich doch gleich wissen lassen.«

»Um Himmels willen, erzähl doch! Was hat er denn getan? Es ist doch sicher ein Irrtum.«

»Leider nicht. Er hat gestanden, daß er einem Polizisten den Helm vom Kopf geworfen hat. Oh, sicher ist er provoziert worden. Ohne einen triftigen Grund würde Hugh niemals ausfallend werden.«

»Aber warum? Gab es eine Schlägerei?«

»Es endete in einer Schlägerei, aber angefangen hat es mit einer Protestkundgebung, wie sie die Studenten jetzt häufig veranstalten.«

»Ist das alles?«

Laura seufzte erleichtert auf. Sie hatte ihren jungen Vetter schon in einen Straßenkampf verwickelt gesehen. Protestkundgebungen gehörten zum täglichen Brot des Universitätslebens. »Aber es paßt gar nicht zu Hugh«, sagte sie nachdenklich.

»Wirklich nicht, aber er interessierte sich wohl für diese Demonstration und meinte, er könnte auch einmal mitmarschieren. Es gab ein großes Durcheinander, und einige von den Polizisten müssen wohl ziemlich handgreiflich geworden sein. Ein paar Mädchen setzten sich auf die Straße – du weißt ja, wie sie das machen – und wollten nicht weitergehen. Ein Polizist zerrte das eine Mädchen beiseite. Hugh wollte ihn aufhalten und stieß ihm den Helm vom Kopf. Bestimmt hat der Mann das verdient. Es ist nur ziemlich fatal, denn an der Universität wird man es nicht gern sehen, daß Hugh im Kittchen sitzt.«

In ihrer Erleichterung mußte Laura beinah lachen. Zu solch einer ritterlichen Tat war Hugh fähig; aber das war doch kein Verbrechen! Sie war ihrer Sache nicht sicher. Polizisten sind manchmal eigen. Sie konnte jetzt nichts unternehmen; sie sagte nur: »Nun, heute nacht muß er schon dort bleiben. Ich komme morgen in aller Frühe und werde sehen, was ich machen kann. Derek? Ich glaube nicht, daß er kommen kann. Er will morgen die schlachtreifen Lämmer aussuchen; und du weißt ja, wie schwierig es ist, in den Tiefkühlhäusern einen Platz zu kriegen. Aber ich komme ganz früh. Reg dich nicht auf. Heute nacht wird ihm schon nichts passieren.«

»Hoffentlich hat er ein richtiges Bett. Er hat keinen sehr guten Schlaf. Ich gebe ihm immer meine beste Matratze.«

»Ich fürchte, einmal wird er auch ohne die auskommen müssen. Das wird ihm nichts schaden. Er hat sich ja wirklich sehr dumm benommen. Es tut mir leid, Marie, daß du soviel Aufregung hast. Ich hätte das nicht gedacht. Derek sagt immer, er ist der einzige von den ›Waisen‹, auf den man bauen kann. Aber diesmal hat er falsch gedacht. Das werde ich ihm unter die Nase reiben.«

»Ich fürchte, morgen wirst du für ihn einstehen müssen, Laura«, sagte Marie. Lauras Ruhe hatte sie angesteckt, und sie hatte ihre gute Laune wiedergefunden. »Er wird wohl eine saftige Geldstrafe bekommen.«

»Da kann man nichts machen. Es macht mir auch nichts aus, für Hugh Geld auszugeben, obwohl ich's lieber für einen besseren Zweck gäbe. Wichtig ist nur, daß sein Name nicht in die Zeitung kommt und daß man an der Universität die Sache nicht allzu tragisch nimmt. Gute Nacht, Marie, ich muß jetzt aufhören und mit Derek sprechen. Ich muß ihm zeigen, daß er sich auch mal irren kann.«

Derek lag im Bett und war schon am Einschlafen. Laura seufzte, als sie nach oben ging. Er würde überrascht und zornig sein. Er hatte immer das allerbeste von Hugh gehalten; wie alle Nicht-Akademiker hatte er nicht das geringste Verständnis für Studentenstreiche. Am besten war es, gleich mit der Tür ins Haus zu fallen.

»Na, jetzt hast du auch mal Unrecht. Diesmal ist Hugh dran. Er sitzt im Kittchen.«

»Guter Gott, was hat er denn ausgefressen?« Und ehe sie etwas erklären konnte, sagte dieser schreckliche Mensch: »Das war sicher so eine Studentengeschichte. Ich möchte wetten, es war eine Demonstration, und unser Hugh ist mit einem Polizisten handgreiflich geworden.«

»Genauso war's. Und das ist natürlich Widerstand gegen die Staatsgewalt.«

Zu ihrem Erstaunen lachte Derek laut. »Das ist gesund! Ach, Laura, reg dich nicht auf! Daraus kannst nicht einmal du ein Drama machen. Überall in der ganzen Welt führen sich Studenten so auf. Da kommt er schon durch. Morgen früh sausen wir los, bezahlen seine Geldstrafe und laden ihn dann zum Lunch ein.« Nach diesen Worten schien er tatsächlich einschlafen zu wollen.

Laura schnappte nach Luft. »Aber du kannst morgen früh nicht fort. Du mußt doch die Lämmer aussuchen.«

»Ach, pfeif drauf. Ich rufe morgen den Agenten an und sag ihm ab.«

»Aber du warst doch so scharf auf einen Platz im Gefrierhaus. Den verlierst du vielleicht.«

»Na, das bringt uns auch nicht um. Das ist ein Sonderfall. Hugh ist das erste ›Waisenkind‹, das im Kittchen sitzt. Das müssen wir feiern.«

Laura war ärgerlich. Er hatte nicht das Recht, mit Eva so streng ins Gericht zu gehen und dann diese Angelegenheit so leichtzunehmen. Leicht? Das wohl kaum, da er sein Arbeitsprogramm umstieß und die Chance preisgab, seine Lämmer unterzubringen. Nein, das hätte sie nie für möglich gehalten. Die Männer waren doch seltsam. Es schien ihn nicht zu kümmern, daß Hugh das Gesetz verletzt hatte und im Gefängnis saß. Als sie ihn am Arm packte und ihm das sagte, lachte er und meinte: »Na, ich glaube, die Zellen dort sind ganz bequem. Ich verstehe nicht, warum du dich aufregst. Daß du dich bei mir über Evas Seitensprung ausgeweint hast, hat mir nichts ausgemacht. Aber daß du dich so aufregst, weil Hugh einen Bobby verprügelt hat, begreife ich nicht.«

Ehe er endgültig einschlief, sagte er noch: »Bin neugierig, ob sie die Protestkundgebung morgen im Fernsehen bringen. Ich möchte doch unsern Hugh und den Polizisten sehen.« Und zum Mißfallen seiner Frau bewiesen seine ruhigen Atemzüge, daß er binnen drei Minuten eingeschlafen war.

Sie lag noch lange wach und dachte an ihren geliebten Hugh in der Gefängniszelle. Was hätte Großmutter gesagt? Widerwillig gab sie sich selbst die Antwort: die alte Dame hätte wahrscheinlich gelacht und gemeint: »Das schadet ihm nichts.«

Aber sie hoffte doch, daß er nicht mit einem betrunkenen Kerl zusammengesperrt war, der sich vielleicht rüpelhaft aufführte, so daß die Nacht für ihn noch scheußlicher wurde, woraus hervorgeht, daß Laura über die Zustände in einem Gefängnis völlig im dunkeln tappte. Bei dem Gedanken, wie peinlich ihm die Geschichte sein mußte, wurde sie ganz niedergeschlagen. Sie malte sich aus, wie er am nächsten Morgen vor Gericht erscheinen würde, mit seinem hübschen Gesicht unter lauter verkommenen Ganoven. Er würde so anders aussehen, eben ein junger Mann aus gutem Hause. Der Richter würde seinen Fall bestimmt mit Nachsicht behandeln. Dann sah sie zu ihrem Mann hinüber. Wie heiter der das aufgenommen hatte! Unfaßbar! Er wollte tatsächlich die Lämmerauswahl absagen! Sie bedachte nachdenklich, daß sie ihn eigentlich doch nicht richtig kannte. Aber das Bewußtsein, ihn morgen dabeizuhaben, war tröstlich, und auf einmal schlief sie ein.

Sonst konnte Derek es kaum ertragen, auch nur einen Tag von der Farm abwesend zu sein (»vertrödeln« nannte er das). Aber heute war er früh auf und schien sich entschieden auf die Expedition zu freuen. Als sie ihn noch einmal an die Lämmer erinnerte, sagte er obenhin: »Ach, ich habe Watson schon angerufen. Er war ein wenig ärgerlich, aber ich sagte, ich müßte in die Stadt und für einen deiner Verwandten bürgen, der im Kittschen säße. Das schien ihn zu erheitern.«

Laura lachte und sagte: »Es wäre mir lieber, du nähmest das nicht so leicht. Und dann hättest du ihm sagen sollen, daß Hugh wegen einer Demonstration ins Gefängnis kam und nicht wegen eines Raubüberfalls oder dergleichen.«

Zuerst fuhren sie zu Marie, um sie zu beruhigen. Ihr größter Kummer schien zu sein, daß sie Hugh nicht sein Rasierzeug hatte schicken können. »Er haßt es so, unrasiert herumzulaufen. Ich fragte gestern abend den Schutzmann, ob ich es ihm bringen dürfte, und der lachte nur ganz freundlich. Nein, ich komme nicht mit. Ich warte lieber hier, um den Jungen recht nett willkommen zu heißen.«

Wirklich, dachte Laura, sie alle beurteilen die Sache falsch: Derek mit seiner »Feier« und Marie mit ihrem »Willkommen«. Sie taten so, als wäre er ein Held. Sie nahm an, es würde ihr überlassen bleiben, Hugh den Standpunkt klarzumachen.

Das war aber nicht so. Denn als sie zu dem Gerichtsgebäude kamen, sahen sie gleich die hohe Gestalt von James Gilbert zwischen einigen Studenten, die sich vor den geschlossenen Türen drängten. Sein Charakterkopf und seine gute Erscheinung stachen vorteilhaft von den jungen Leuten ab, die auf den Einlaß warteten. Im gleichen Augenblick entdeckte Gilbert sie und kam durch die Menge auf sie zu. Sie begrüßten einander herzlich.

»Sie, Mr. Gilbert? Daß ausgerechnet Sie hier sind! Ist Anne auch da?«

»Nein. Wir fanden, daß das keine Frauensache sei. Das betrifft natürlich nicht die Kusinen.«

»Sie kommen also wegen Hugh? Woher wußten Sie es?«

»Ich habe einen Freund bei der Polizei. Nicht den unglückseligen jungen Mann, den Hugh attackiert hat, sondern einen höheren Offizier. Er hatte zufällig einen Sohn zur gleichen Zeit wie Hugh an unserer Schule. Der hat mich netterweise angerufen.«

»Und Sie haben alles stehen und liegen lassen und sind hierhergekommen?«

»Selbstverständlich. Es könnte unter Umständen Ärger mit den Behörden geben. Man spricht davon, ein Exempel statuieren zu wollen. Ich kann es ihnen nicht verübeln, wenn sie diese ewigen Demonstrationen leid sind. Natürlich wird Hugh eine saftige Geldstrafe bekommen, und ohne lange Ermahnungen wird es auch nicht abgehen. Wir möchten aber, daß sein Name nicht in der Zeitung erscheint. Es sind eine ganze Menge angeklagt; vermutlich werden sie sie nicht alle namentlich aufführen. Der Chefreporter der Abendzeitung ist außerdem einer unserer Kolleg-Väter. Ich dachte mir, ich könnte zudem mit den Universitätsbehörden sprechen. Ich nehme zwar nicht an, daß sie die Studenten relegieren werden; aber wenn sie sich zu strengen Maßnahmen entschließen, will ich mein Bestes tun.«

»Ein Segen, daß Sie da sind! Es war mir nicht klar, daß es so ernst sein könnte. Derek schien das Ganze eher für einen Scherz zu halten.« Sie wandte sich vorwurfsvoll zu ihrem unschuldig dreinblickenden Mann. »Du weißt doch, du hast gelacht, Derek, und jetzt wollen sie ihn vielleicht von der Uni verweisen.«

Über Lauras Kopf hinweg tauschten Derek und James Gilbert ein Lächeln.

»Ich hielt es nicht wirklich für einen Scherz, aber es ist doch wenigstens etwas Normales, nichts Ehrenrühriges und besser als . . . Ich meine, man soll die Sache nicht hochspielen.«

»Das nicht. Aber es ist schade, und Hugh soll es sich nur zu Herzen nehmen. Das wird er wohl auch. Der Haken ist nur, daß einige ganz Wilde versuchen könnten, ihn zum Helden zu machen. Zum Glück liegt das Hugh nicht. Trotzdem müssen wir auf ihn aufpassen.«

»Und Sie wollen wirklich die Leute von der Universität aufsuchen? Sie glauben doch nicht, daß sie ihm eine drastische Strafe verpassen?«

»Ich bin dessen nicht so sicher, denn man hat diese Dinge allmählich satt. Aber es gibt keinen Grund dafür, ausgerechnet an Hugh ein Exempel zu statuieren. Es sind noch genug andere betroffen. Was ich möchte, ist, sie davon zu überzeugen, daß der Junge ein ordentlicher Kerl ist und nur einmal danebengehauen hat. Er wird dieses Theater nicht noch einmal veranstalten, darauf können wir uns verlassen. Ich kenne verschiedene Professoren ganz gut. Ich denke, sie werden mir vertrauen.«

In diesem Augenblick wurden die Türen geöffnet, und die Menge drängte hinein. Laura war noch nie in einem Gerichtssaal gewesen, und plötzlich lief es ihr kalt über den Rücken. Hier waltete die Macht des Gesetzes, das Hugh verletzt hatte. Was würde geschehen, wenn nicht nur die Universität, sondern auch die Richter beschlossen, einen zum Sündenbock zu machen, und wenn dieser eine Hugh wäre? Wenn sie ihn ins Gefängnis

steckten? Sie hatte gerade Zeit, das alles aufgeregt Derek zuzu-
flüstern, als schon die Richter erschienen und es still wurde.

Ein Dutzend junger Männer und Frauen waren angeklagt.
Ihre äußere Erscheinung machte auf Laura keinen günstigen
Eindruck. Wie sie erwartet hatte, hielt sich Hugh etwas abseits.
Wie er so in der Anklagebank stand, blickte sie mit aus Stolz
und Ärger gemischten Gefühlen zu ihm hin. Er mußte doch bestimmt einen guten Eindruck auf das Gericht machen! Sie mußten doch einfach sehen, daß er ganz anders war als die anderen!
Zu ihrer Enttäuschung blickte der Vorsitzende keineswegs
wohlwollend auf Hugh. Vielmehr sah er ihn gereizt an und
hielt ihm eine ernste Strafpredigt über das Vergehen, die Polizei
an der Ausübung ihrer Pflichten zu hindern. Dann entließ er
ihn mit einer hohen Geldstrafe. Allerdings ordnete er an, sein
Name solle, wie der vieler anderer auch, in der Öffentlichkeit
nicht genannt werden, um nicht ihre Zukunftsaussichten zu be-
einträchtigen.

Der junge Mann sah keineswegs selbstzufrieden aus, als er die
Stufen hinabstieg; das befriedigte sowohl James Gilbert wie
Laura. Anscheinend hatte er sie zwischen den Zuschauern ent-
deckt, und wenig später trafen sie sich draußen. Seine ersten
Worte waren charakteristisch.

»Es tut mir leid, Laura, daß du hierherkommen mußtest,
weil ich mich so verrückt aufgeführt habe.«

Als er sich seinem früheren Direktor zuwandte, wurde er
dunkelrot. »Wie nett von Ihnen hierherzukommen, Sir! Ich
fürchte, ich habe Sie ziemlich enttäuscht.«

Gilbert sprach offen und sachlich mit ihm. »Es ist schade, daß
das passiert ist, aber jeder rutscht mal aus. Das ist der Nachteil
solcher Demonstrationen. Ich finde sie gut, solange sie sich im
Rahmen des Gesetzes bewegen. Leider ist das nicht immer so. Es
gibt viele Menschen, mit denen das Temperament durchgeht; so
ist es ganz gut möglich, daß dein Polizist zu grob war. Aber
man kann es ihnen nicht übelnehmen, wenn sie die Studenten
nicht leiden können. Im ganzen ist es besser, sich von diesen

Dingen fernzuhalten. Es war doch eine dumme Sache, Hugh. Ich war überrascht.«

Hugh sah ihn dankbar, wenn auch kleinlaut an. »Ich werde mich bestimmt von ihnen absetzen. Eine weitere Kraftprobe könnte gefährlich werden, nicht wahr?«

»Ganz bestimmt«, erwiderte Gilbert kurz. »Das hieße Entlassung, nehme ich an. Ja es wäre klüger, die andern protestieren zu lassen, wenn sie das wollen, und selbst bei der Arbeit zu bleiben, deretwegen du hier bist.«

Aber das war schon die ganze Standpauke, die er seinem früheren Primus hielt. Er erwähnte auch nicht die Unannehmlichkeiten, die ihm Hughs Abenteuer verschafft hatte. Statt dessen fuhr er ganz sachlich fort: »Die Frage ist, was das Rektorat zu tun gedenkt. Bisher hat man solche Demonstrationen mehr oder weniger geduldet, weil man der Jugend freien Lauf lassen will. Aber so ein Streit mit einem Polizisten ist doch eine ernstere Sache. Es ist wohl am besten, wenn ich ein paar Worte mit dem Mann spreche, der vermutlich über diese Angelegenheit entscheidet.«

Laura fühlte sich als Gastgeberin; sie sagte: »Aber zuerst müssen Sie mit uns kommen und eine Tasse Kaffee trinken. Wir sind alle so weit gefahren. Dann kann Hugh heim zu Marie gehen und ein Bad nehmen, wonach ihn bestimmt verlangt.«

Derek hatte noch kaum etwas gesagt; er meinte: »Eine gute Idee. Der Kaffee wird den Beigeschmack dieses Ortes vertreiben. Aber, Hugh, sag doch, warum staffieren sich manche Studenten so komisch aus?«

Hugh war noch immer viel zu deprimiert, um über diese naive Frage lächeln zu können. Er sagte: »Ich weiß nicht. Wahrscheinlich, um aufzufallen. Ich selbst bin nicht scharf auf so einen Aufzug, aber manchen steht es ganz gut.«

James Gilbert bemerkte großzügig: »Da werden sie schon noch rauswachsen. Ich bin aber froh, daß du diese Mode nicht mitmachst, Hugh. Es ist schon besser, sich ein wenig konventionell zu geben, wenigstens eine Zeitlang, bis diese Sache vergessen ist. Ich will nicht noch weiterpredigen, aber dir ist doch

klar, daß du jetzt aufpassen mußt. Dazu mußt du dich durch-
ringen.«

Hugh sah ein wenig traurig aus, aber er nickte und sagte:
»Das werde ich bestimmt tun.«

Jetzt konnte Derek nicht mehr an sich halten. »Was machte
denn der Bobby, daß du so in Fahrt kamst, Hugh?« fragte er.

»Er war verdammt grob; er zog das Mädchen über das Pflaster und verdrehte ihr den Arm.«

»Und du hast seinen Helm runtergeschmissen?«

»Ich war ungeschickt. Aber er ließ das Mädchen doch los, um
mich festzuhalten, und das war schon etwas.«

Wie nett und ritterlich er doch war, dachte Laura liebevoll.
Sie war neugierig auf das Mädchen. War es wohl eine, die er besonders gern mochte? Sie schwankte: ihr romantisches Gemüt
hätte es schön gefunden, wenn dieser Parzival in Liebe entbrannt wäre; andererseits sagte sie sich mit gereizter Voreinge-
nommenheit, ein Mädchen, das sich über die Straße zerren ließ,
könne nicht sehr nett sein. Betont gleichgültig fragte sie: »Wer
war denn das Mädchen? Wie ist sie?«

Seine Antwort war beruhigend. »Das Mädchen? Hab sie vorher nie gesehen. Sie sah nicht sehr hübsch aus: verschmutztes
Gesicht und zerzauste Haare.«

Laura seufzte erleichtert auf; sie mied Dereks spöttische
Blicke. Sie beschlossen, in ihrem Wagen zu warten, bis Gilbert
von seiner Aussprache mit den Professoren zurückkam, die er
gut zu kennen schien. Zu ihrer Überraschung fragte er Laura,
ob sie ihn begleiten wolle. Sie lehnte sofort ab und stellte dabei
ärgerlich fest, daß Hugh erleichtert aussah. Er wollte absolut
nicht, daß sie sich seinetwegen aufregte.

Das Gespräch dauerte nicht lange. Gilbert redete kurz und
sachlich.

»Er ist ein anständiger Kerl. Tadelloser Charakter. Mein bester Primus seit Jahren. Es war nur eine Dummheit, daß er sich
an der Demonstration beteiligt hat.«

»Wir haben nichts gegen Kundgebungen. Die gibt's überall.
Schließlich waren es immer die Protestierenden, die in der Welt

etwas zuwege gebracht haben. Aber wir verurteilen jede Behinderung der Polizei.«

»Da muß ich Ihnen zustimmen. Ich könnte mir aber vorstellen, daß der Polizist seine Befugnisse überschritt . . . Ich kann es ihm nicht verdenken. So eine dumme Gans, die sich auf die Straße setzt und nicht weitergehen will, kann einen in Wut bringen. Aber er muß doch ziemlich grob gewesen sein, und Hugh ist ein ritterlicher Mensch. Er gibt offen zu, daß er die Fassung verlor. Aber er verspricht, sich in Zukunft aus solchen Veranstaltungen herauszuhalten. Wenn ich meine Meinung äußern darf: ein strenger Verweis würde den Fall erledigen.«

Als er sich erhob, fügte Gilbert lächelnd hinzu: »Erinnern Sie sich noch an den Abend nach dem Ruderwettkampf, als Sie den Helm eines Polizisten in die Themse warfen?«

Sie lachten beide.

Daraufhin mußte Gilbert selbstverständlich noch einmal Platz nehmen; sie mußten Erinnerungen austauschen. Eine halbe Stunde später traf er die Familie wieder, die unruhig auf seine Rückkehr gewartet hatte.

»Für dieses Mal ist alles in Ordnung«, sagte er fröhlich. »Du sollst dich sobald wie möglich melden, Hugh. Du wirst einen gehörigen Krach kriegen und damit ist die Sache erledigt. Aber sei von jetzt an vorsichtig.«

Die Familie verabschiedete sich mit dem Ausdruck großer Dankbarkeit und vielen Grüßen von Laura an Anne. Hugh stotterte ein wenig, als er sich nochmals bedankte. »Ich werde mir Mühe geben, daß es nicht nochmal passiert, Sir«, brachte er heraus.

Als er heimkam, gab James Gilbert seiner Frau einen lebendigen Bericht von den Ereignissen dieses Morgens. Zum Schluß sagte er: »Dein Schützling beginnt, sich einen Namen in der Welt zu machen, meine Liebe, sogar wenn er über ein paar Bobbies am Wege purzelt. Beim Abschied fragte er nach dir. Ziemlich schüchtern und leicht errötend. Aber du hast ihm gottlob ein Ideal fürs Leben gegeben.«

Während der ziemlich schweigsamen Fahrt zu Maries Haus

bemerkte Hugh: »Die Sache mit der Geldstrafe ist Pech, Laura.
Natürlich bezahle ich sie selbst. Ich habe ein wenig gespart, und
in den Ferien suche ich mir einen neuen Job.«

Laura hätte eigentlich lieber gesagt, das sei doch nicht nötig.
Aber ihr Verstand gebot ihr zu schweigen; für ihn war es besser,
das Geld selber aufzubringen. Er hätte ja auch keinesfalls zuge-
geben, daß sie es täte. Hugh war eben anders als seine Geschwister.

Marie begrüßte sie mit größter Erleichterung. »Mein lieber
Hugh, ich hatte solche Angst, sie würden dich ins Gefängnis
stecken, wo du es bestimmt nicht sonderlich bequem hättest«,
sagte sie mit der für sie charakteristischen Untertreibung. »Ich
habe heißes Wasser für dein Bad hergerichtet. Und dann müssen
wir alle recht gemütlich miteinander essen und die dumme Angelegenheit vergessen.«

Aber Derek waren plötzlich seine Pflichten wieder eingefallen: »Danke vielmals, Marie, aber wir müssen heim. Ich muß
den Agenten anrufen und mit ihm einen Termin wegen der
Lämmer vereinbaren, die eigentlich heute morgen hätten fort-
kommen sollen.«

Hugh fragte schnell: »Lämmer? Du schriebst doch in deinem
Brief, Laura, daß Derek heute schlachtreife Lämmer wegbrin-
gen wollte. Ist – ist das wegen meiner Sache unterblieben?«

Sie nickte, und der junge Mann sah noch unglücklicher aus
als im Gerichtssaal.

Aber Derek wurde für sein Opfer belohnt. Beim Aufwaschen
am Abend hörte Laura einen lauten Ruf aus dem Wohnzimmer.
»Laura, komm schnell! Sie bringen jetzt die Aufzeichnung von
der Demonstration. Komm her, vielleicht können wir Hugh erkennen!«

Und als sie nicht nur Hugh sahen, sondern sogar, wie er dem
Polizisten den Helm vom Kopf schlug, vergaß Derek, daß seine
Lämmer in den nächsten vierzehn Tagen nicht verschickt wer-
den konnten.

11

Das Haus, das Hugh mit drei anderen Studenten beziehen sollte, wurde eher frei, als sie erwartet hatten. Es fiel ihm beinahe schwer, sein so gemütliches Quartier bei Marie aufzugeben. »Ich werde Hugh vermissen«, erklärte Marie Laura. »Ich bin aber doch froh, daß er ein hübsches Haus gefunden hat und mit seinesgleichen zusammen ist. Junge Leute gehören zusammen.«

»Hoffentlich sind es ordentliche Kerle«, meinte Laura. Sie hatte die Gerichtsverhandlung noch immer nicht verwunden, mochte Hugh jedoch nicht danach fragen.

»Ich dachte mir schon, daß du das wissen möchtest. Mich interessierte es auch. Deshalb habe ich sie vorige Woche zu einem kleinen Essen eingeladen. Sie werden dir gefallen. Sie gehören zu den ernsthaften Studenten, sind aber nicht eingebildet. Nette, ruhige junge Leute, ganz anders als die, die man manchmal im Fernsehen sieht. Aber die sind im Grunde die Ausnahme, und es ist eigentlich nicht fair, alle Studenten nach ihnen zu beurteilen.«

»Ich bin sehr froh, daß du sie dir angesehen hast, Marie! Du bist doch wirklich eine raffinierte Person!«

»Keine schöne Bezeichnung! Aber ich denke mir halt, man muß ein bißchen vorsichtig zu Werke gehen, um die jungen Leute nicht zu verschrecken. Sie fürchten immer, man wolle ihnen Vorschriften machen.«

»Und jetzt will wohl Onkel Joseph in dein Fremdenzimmer einziehen?«

»Ich möchte eigentlich lieber noch ein wenig warten. Schließlich habe ich gesagt, er könne zu mir kommen, wenn das alte Haus abgerissen wird, und so weit ist es noch nicht.«

»Ach, er wird danach lechzen, gleich zu dir zu kommen. Ich bin nicht sehr glücklich darüber, Marie. Er ist so egoistisch und eigensinnig. Wenn du schon einen Pensionär haben willst, warum nimmst du dann nicht einen jungen Lehrer oder eine Sekretärin?«

Marie genierte sich ein bißchen. »Frauen liegen mir nicht so. Ich möchte lieber einen Mann. Ich bin es gewohnt, ein männliches Wesen um mich zu haben. Einen Mann umsorge ich gern.«

»Das ist deine schwache Seite. Also warum dann nicht wenigstens einen jungen Mann? Die brauchen deine Fürsorge genauso wie Joseph, und sie sind viel dankbarer. Es muß doch eine Unmenge junger Männer mit Auto geben, denen dein Haus nicht zu abgelegen ist und die gern einziehen würden.«

»Nein, das ist nichts für mich. Ich begann schon mütterliche Gefühle für Hugh zu entwickeln. Deshalb ist es ganz gut, wenn er auszieht; und so ginge es mir mit jedem netten jungen Mann. Ich verstehe schon, was du fürchtest, Laura. Du hast Angst, ich könnte schwach werden und Joseph heiraten, statt ihn als Pensionär zu behalten. Mach dir keine Sorgen! Das kommt nicht in Frage. Obwohl ich zugeben muß, daß ich das Witwen-Dasein nicht besonders schätze.«

»Selbst nach drei Ehemännern hast du noch nicht genug!«

»Es ist eine Frage der Gewohnheit, und für mich sind die Ehemänner eben zur Gewohnheit geworden.«

Da mußten sie beide lachen.

Aber Laura dachte noch länger über die Vorliebe ihrer Kusine für den Ehestand nach. Sosehr sie Derek liebte, hatte sie doch im Augenblick das Gefühl, daß in ihrer Ehe irgend etwas nicht stimmte. Sie wußte, daß das nicht nur die Schuld der »Waisenkinder« war. Derek hatte recht, wenn er sagte, sie hätte ein überempfindliches Gewissen. Gegen ihren eigenen Willen machte sie sich Sorgen um Eva. Seit einiger Zeit hatten sie nichts von ihr gehört; da sagte sie sich völlig unerwartet eines Tages telefonisch fürs Wochenende an.

Laura erwartete sie voller Unruhe; sie fürchtete bittere Vorwürfe. Ob sie sich wohl von dem Schlag erholt hatte? Später stellte sie fest, daß sie Eva eigentlich gar nicht richtig kannte. Das Mädchen schien entschlossen zu sein, die Episode mit Kenneth Everton zu vergessen oder wenigstens mit diskretem Stillschweigen zu übergehen. Sie sah bei ihrer Ankunft hübsch und vergnügt aus, machte es sich gleich gemütlich und gestattete

149

Laura wie immer, sie zu bedienen. Derek grinste, als seine Frau von oben kam, wo sie am ersten Morgen Eva das Frühstück ans Bett gebracht hatte. Er sagte: »Anscheinend wurde dir vergeben. Hab ich dir das nicht gleich gesagt?«

»Mußt du immer so selbstgefällig sein? Du hast nur zwei Refrains: ›Das habe ich gleich gesagt!‹ und ›Wie lang bleiben sie da?‹«

Ihre Gereiztheit überraschte ihn, und er fragte: »Ist dir das nicht lieber, als wenn ich die schönen ›Waisen‹ anschmachten würde? Bin neugierig, was Eva will. Möchte wetten, daß sie einen neuen Mann im Auge hat.«

»Dieses Mal hoffentlich einen Unverheirateten.«

»Sicher. Sie ist viel zu schlau, um zweimal den gleichen Fehler zu begehen. Er wird ledig sein und zu ihr passen. Nun, wir werden sehen.«

Am letzten Abend vor ihrer Abfahrt rückte Eva endlich mit der Wahrheit heraus. Laura ärgerte sich ein wenig, daß Derek abermals recht hatte. Er war schon schlafen gegangen, und die beiden jungen Frauen saßen allein im Wohnzimmer. Eva stand auf, streckte sich und gähnte aus Herzensgrund. »Ja, es war nett, das alte Haus mal wiederzusehen. Das vorige Mal war es ungemütlich, aber ich habe mich entschlossen, das zu vergessen. Ich bin froh, daß du deine schlechte Laune überwunden hast, Laura.«

Laura öffnete den Mund zum Protest, aber Eva fuhr fort: »Na ja, es ist keinem etwas passiert. Du hättest also nicht so aus den Pantinen zu kippen brauchen. Später bin ich zu der Erkenntnis gekommen, daß du doch recht hattest. Ken paßte eigentlich nicht zu mir – er war nett, aber ziemlich weich. Und dann ist es doch lästig, wenn ein Mann verheiratet ist.«

»Ziemlich, besonders für die Ehefrau.«

»Fang nicht wieder von vorn an, Laura. Die Frau hatte es dir angetan, nicht wahr? Na, jetzt hat sie ihren Mann zurück; sie können in Sidney girren und kosen, und alle dürfen zufrieden sein. Wirklich, ich glaube, daß so ein Stups einer Ehe manchmal richtig gut tut.«

»Willst du dich als ein Stups verstehen?«

Eva zeigte selten Humor; aber jetzt mußte sie doch lachen, und Laura stimmte ein.

»Weißt du eigentlich, daß du langsam eine spitze Zunge kriegst? Das ist wohl ein Erbe von Großmutter, wie bei uns auch. Noch vor kurzem hat mir das ein paarmal leid getan. Aber tröste dich, bald bist du mich ganz los.«

»Ein neuer Mann, Eva? Das ging schnell!«

»Man könnte es für eine Trotzreaktion halten. Aber das wäre nicht fair. Owen ist ein prächtiger Kerl.«

»Owen – und weiter? Wie heißt er und was macht er? Meinst du es diesmal ernst? Los, Eva! Tu nicht so geheimnisvoll!«

»Er heißt Owen Farnell. Er hat irgend etwas mit Geldgeschäften zu tun. Auf alle Fälle scheint er eine recht gute Stellung zu haben, denn er ist ziemlich reich und zudem sehr intelligent. Er ist zwar kein Intellektueller wie der arme Ken. Aber das habe ich ja nun schon gehabt. Owen ist gerade das Gegenteil von Ken. Er ist ein Hans Dampf, ein Quirl, sieht gut aus, ist zweiunddreißig und mächtig verliebt. Genügt das, bis du ihn kennenlernst?«

»Vollkommen. Ich bin so froh, Eva! Das klingt alles so gut!«

Und obgleich sie Dereks spöttisches Gesicht förmlich vor sich sah, konnte sie die Frage nicht hinunterschlucken: »Wann wirst du ihn uns hier vorstellen?«

»Wann du willst. Ich wollte nur warten, bis ich sicher wußte, daß du mir nicht mehr böse bist.«

Laura überging diese Bemerkung und sie verabredeten sich für das nächste Wochenende. Dieses Mal fand Evas Wahl nicht nur bei Laura Zustimmung, sondern auch bei ihrem Mann. »Schließlich ist es der dritte seit dem Tod eurer Großmutter«, bemerkte er. »Und aller guten Dinge sind bekanntlich drei.«

Owen Farnell war genau, wie Eva ihn geschildert hatte: ein Geschäftsmann mit gesundem Menschenverstand. Ein größerer Gegensatz zu Kenneth Evertons künstlerischer Hilflosigkeit war kaum denkbar.

»Ich glaube, jetzt wird es klappen«, sagte Laura nach dem

Abschied von den beiden am Montagmorgen. »Er ist wohl verliebt, aber er ist nicht blind. Er wünscht sich eine attraktive, charmante Frau, aber er hat genügend Verstand, um zu erkennen, daß Eva ziemlich schwierig ist.«

»Ich könnte mir vorstellen, daß da häufig die Fetzen fliegen. Aber wenn nötig, zeigt er sicher, wer der Herr im Hause ist.«

»Ich glaube dennoch, daß sie glücklich werden.«

»Schon recht, wenn er sie nur von hier wegholt.«

Laura wollte Derek eigentlich seine Gefühllosigkeit vorwerfen, aber sie sagte nur freundlich: »Ach, Eva will, daß ihre Ehe gut wird. Sie sagte, sie würde niemals so verrückt wie Chris von zu Hause wegrennen, wenn sie mit Owen Streit hätte. Ich sagte, es sei nicht anständig gegen Chris, denn die sei schon lange nicht mehr durchgebrannt.«

Als sie sich umwandte, um hineinzugehen, betrachtete Laura die Wetterseite des Hauses und sagte: »Noch in dieser Woche wollen sie sich verloben und in drei Monaten heiraten. Eigentlich müßte das Haus gestrichen werden, aber das wäre Unsinn. Aber ein wenig putzen muß ich doch, und auf alle Fälle muß der Garten in Ordnung sein.«

»Warum denn das, zum Teufel?«

Schroff zog er seinen Arm aus dem ihren.

»Warum? Natürlich wird sie hier ihre Hochzeit feiern. Hier ist sie zu Hause. Was hast du denn erwartet?«

»Zum Abschluß noch ein wenig Frieden. Du hast doch getan, was du nur konntest. Du hast sie dieses Wochenende hier gehabt, und wie ich Eva kenne, werden sie noch oft genug kommen, ehe sie heiraten. Sie sollen ihre Hochzeit in der Stadt feiern. Ich komme auch, obwohl ich dann wahrscheinlich einen neuen Anzug brauche.«

»Das ist aber nett von dir, das muß ich sagen! Aber welch ein Unsinn! Natürlich heiraten sie hier. Ich habe hier geheiratet, und Chris auch, und es würde mir im Traum nicht einfallen, daß es bei Eva anders sein sollte. Sie hat schon überlegt, wie wir zweihundert Leute unterbringen können. Weniger kann sie unmöglich einladen. Ich nehme an, daß wir alle Zimmer im Parterre brauchen.«

Derek protestierte wütend, aber erfolglos. »Das ist das letzte, was wir für Eva tun können«, war Lauras ganze Antwort, »und Großmutter . . .«

»Bitte, erspare mir das. Großmutter hätte es getan. Ich weiß. Aber du bist noch keine Großmutter, obwohl du eine sein könntest, wenn du manchmal so sorgenvoll dreinschaust.«

Sie drehte sich um und ging wortlos weg. Sie lief zum nächsten Spiegel und prüfte angstvoll ihr Gesicht. Unsinn! Eine einzige kleine Falte war zu sehen, und dagegen würde sie gleich etwas tun. Aber es war doch schrecklich, daß Derek so etwas sagte! Sie grübelte immer noch darüber nach, als sie von Marie heimfuhr. Sie hatte Hugh bei seinem Umzug in sein neues Quartier geholfen. Wieder einmal kam sie zu dem Schluß, daß die Ehe nicht all das hielt, was man sich von ihr versprach. Sie wunderte sich, daß Marie so versessen darauf war.

»So, Hugh ist weg, nicht wahr?« bemerkte Onkel Joseph beim Abendessen. »Marie sollte nicht so allein sein in der Stadt, wo alles mögliche passiert und sich all diese rohen Rüpel rumtreiben. Ich werde sie schleunigst aufsuchen.«

»Nicht nötig. Sie kommt morgen zum Lunch.«

Als er die Rede auf seinen Umzug brachte, hatte Marie nur wenig einzuwenden.

»Eigentlich habe ich ja gesagt, erst wenn das Haus hier abgerissen wird. Und ich bin überhaupt nicht ängstlich. Aber gut, wenn du so gern möchtest . . .«

So war es, und Joseph kehrte Brookside mit wenig schmeichelhafter Eile den Rücken.

Marie beunruhigte sich nicht im mindesten.

»Es wird schon gehen. Ich lasse ihn an seinen Memoiren arbeiten; dann kann er Holz hacken und ins Haus tragen; dann muß er mir beim Abwaschen helfen – du wirst ihn nicht mehr wiedererkennen.«

»Bist du nicht allzu optimistisch? Ich kann mir Joseph nicht bei der Hausarbeit vorstellen.«

»Ich schon. Joseph wird sich so behaglich fühlen, daß er Todesängste aussteht, hinausgeworfen zu werden. Binnen drei Monaten wird er ein perfekter Kostgänger sein. Aber er würde einen gräßlichen Ehemann abgeben.«

»Ich bin froh, daß du soviel Verstand hast, um das klar zu erkennen. Für uns wird es ein Segen sein, wenn er fort ist. Er nimmt uns Evas Hochzeitsfeier schrecklich übel.«

»Es ist albern von ihm, sich darüber zu ärgern. Vielleicht kommt es gar nicht dazu, und möglicherweise wird das alte Haus noch vorher abgerissen.«

»Es tut mir so leid, wenn es verschwindet; aber das ist immer noch besser, als wenn meine Ehe kaputt ginge. Ich möchte wohl wissen, ob sich Großmutter über die Folgen im klaren war, als sie ihr Testament machte.«

»Es war schon richtig, daß sie dir die Farm überschrieb. Der Fehler war nur, daß sie dir auch die ›Waisenkinder‹ anvertraute. Aber du hast das alles immer viel zu ernst genommen. Ich habe meine Kusine Ada sehr gut gekannt, und sie kann sich doch nicht von Grund auf verändert haben. Sie hatte bestimmt niemals die Absicht, dir eine solche Last aufzubürden. Das war eher eine beiläufige Bemerkung. Sie hat dich sicher für verständig genug gehalten und gemeint, du würdest dir diese Bemerkung nicht allzusehr zu Herzen nehmen. Und den erbärmlichen ›Waisen‹ hat sie zuviel Anstand zugetraut, als daß sie die Sachlage ausnützten. Auf alle Fälle wird das Haus in Kürze verschwinden, das steht fest; und dann wirst du einmal tief Luft holen, Laura, und sie sich selbst überlassen.«

»Das werde ich wohl tun müssen. Derek lehnt es eisern ab, an unserem Haus anzubauen. Ich glaube, sie haben jetzt ihren Dreh gefunden. Die einzige Schwierigkeit ist nur noch diese Hochzeitsfeier. Bei den anderen scheint alles in Ordnung zu sein. Hugh ist vernünftig; er hat seine Lehre aus dieser albernen Protestkundgebung gezogen. Lester hat zuviel Arbeit mit seinem neuen Buch, um sich im Augenblick um ein anderes Mädchen zu bemühen; und Eva ist ganz von ihrem Owen in Anspruch genommen. Sogar Chris hat sich beruhigt.«

Eine Woche später wünschte Laura, sie hätte doch lieber auf Holz geklopft, als sie das sagte. Seit einigen Tagen hatte sie Christine nicht gesehen. Sie hatte viel Arbeit mit Onkel Josephs Umzug und seinen zahlreichen Habseligkeiten gehabt. Es war ein Alptraum gewesen, den Kram zu sortieren, manches aufzuheben, anderes wegzugeben oder zu verbrennen; hinzu kamen noch diese endlosen Diskussionen. Erst war er so schnell verschwunden, um sich seinen Platz bei Marie zu sichern, daß Laura hoffte, er würde ihr die Erledigung seines Kleinkrams überlassen. Aber nein: er war zurückgekommen und bestand darauf, alles selbst zu entscheiden. Zum Glück war Marie mitgekommen, und sie blieb zwar freundlich, aber fest.

»Dafür haben wir keinen Platz«, sagte sie zum Beispiel. »Und das kannst du verbrennen. Das da brauchst du nicht, das habe ich schon.«

Es war anstrengend. Obwohl Laura dankbar war, den alten Herrn nun endgültig loszuwerden, war sie doch ein wenig gekränkt, daß er sie so überstürzt verließ.

Er wartete nicht einmal so lange, bis man einen Mieter für sein Häuschen gefunden hatte, was nicht so einfach war. Er interessierte sich nur für die Miete und war sehr darauf bedacht, daß sie nur ihm und keinem anderen zustand, obgleich Laura ihn über diesen Punkt wiederholt beruhigt hatte.

»Soweit du es verstehst, ist es in Ordnung.« Das war sein Dank. »Aber gib acht, daß der Mieter sorgfältig ausgesucht wird und daß ich die Miete pünktlich bekomme.«

Das waren seine Abschiedsworte.

Laura hatte Derek überredet, sich bei der Abreise zu zeigen, als Joseph und ein Teil seiner Habseligkeiten endlich in Maries Auto verstaut waren. Zum erstenmal nahm er die Sache nicht von der heiteren Seite. Er hörte zufällig Josephs letzte Worte und fluchte leise, aber kräftig. Dafür war Laura um so fröhlicher. Sie lachte und schob ihren Arm in den seinen.

»Er ist ein undankbares altes Ekel, aber was tut's? Wir brauchen ihn nun nicht mehr zweimal am Tag bei den Mahlzeiten zu sehen und sein Gebrumm anzuhören. Damit wird er Marie nicht belästigen. Mit ihr wird er sehr liebevoll umgehen, damit sie ihn nicht rauswirft.«

»Ihr wird er aus der Hand fressen – und nicht hineinbeißen wie bei dir.«

»Ach, laß uns das alles vergessen! Hauptsache: er ist fort. Darüber bin ich glücklich genug.«

»Ich auch, besonders wenn ich dich so höre. Du fängst an, realistisch zu denken und dich nicht mehr von den Erinnerungen an Großmutter quälen zu lassen. Ist es zu glauben, daß wir jetzt doch endlich einmal allein sind?«

Es schien unfaßbar, das fand sie auch.

Am Tage nach Josephs Abzug kam es zu einem neuen Unfall an der Straße. Um zwei Uhr nachts wurden sie durch ein aufgeregtes Pochen an der Haustür geweckt. Draußen stand ein siebzehnjähriger Junge; er triefte vor Nässe und bebte vor Angst und Aufregung. Das Auto, in dem er als Beifahrer gesessen hatte, war in der schlechten Kurve von der Straße abgekommen und in den Fluß gestürzt. Sein Freund war gefahren; er war unter dem Wagen begraben und sicherlich tot.

Für den Rest der Nacht gab es für Laura und ihren Mann keinen Schlaf mehr. Derek eilte zum Unfallort; aber ein Blick auf den Wagen, von dem nur noch das Dach aus dem Wasser ragte, überzeugte ihn, daß für den Fahrer jede Hilfe zu spät kam. Laura setzte inzwischen dem Jungen, der sich hatte retten können, Kaffee und Schnaps vor; sie suchte einige Kleidungsstücke von Hugh für ihn zusammen und überredete ihn, hier neben der Heizung sitzen zu bleiben. Die notwendigen Telefongespräche würde Derek führen.

Es war eine schreckliche Nacht. Am nächsten Tag brachten die Zeitungen die Nachricht in Schlagzeilen, mit vielen Vorwürfen gegen die Straßenbauverwaltung. Die Folgen des tragischen Unfalls mußten beseitigt, die Leiche mußte gefunden und der Wagen geborgen werden. Bei allem half Derek der Polizei. Am nächsten Abend kam er erschöpft und niedergeschlagen heim. Unvorsichtigem Fahren und der schlechten Straße war wieder ein junges Menschenleben zum Opfer gefallen. Das war entsetzlich.

»Sie müssen viel zu schnell gefahren sein«, sagte er. »Vor Mitternacht hatte es tüchtig geregnet, und die Straße war naß. Nach den Reifenspuren zu urteilen, haben sie zu spät gebremst. Trotzdem wäre nichts passiert, wenn die Straße in Ordnung wäre.«

Die öffentliche Meinung forderte, daß es keinen weiteren Unfall mehr geben dürfe. Die Begradigung der Straße sei dringend. Die neue Straße sei schon vermessen. Die Anlieger müßten zur Räumung aufgefordert werden, und mit den Arbeiten müßte unverzüglich begonnen werden. Inzwischen sollten Warnschilder aufgestellt und ein starkes Geländer längs des Flusses errichtet werden. Trotz seines Mitleids mit dem Toten und seinen Eltern war Derek im Grunde froh: Endlich war es so weit! Und zu allem Glück noch vor dieser elenden Hochzeitsfeier. Nun konnte er weiter planen. Davon erzählte er Laura nichts; sie war nach seiner Meinung äußerst empfindlich geworden, was die »Waisenkinder« betraf.

Nicht ohne Grund, wie sich herausstellte; denn gerade als sich der Himmel aufklärte, brach ein neuer Sturm los. Mit Christine hatte es eine so himmlisch lange Ruhepause gegeben. So erlitt Laura einen richtigen Schock, als ihre Kusine eines Morgens mit ungewöhnlich ernstem Gesicht ankam. Noch schlimmer: sie sah krank und deprimiert aus. Ein Blick auf das Auto beruhigte Laura ein wenig. Keine Tiere schauten heraus, nicht einmal Toss. Das bedeutete zum mindesten, daß sie nicht entschlossen war, Guy wieder einmal zu verlassen.

Christine schien verändert und teilnahmslos. Sie folgte Laura in die Küche, wo diese Marmelade kochen wollte. Plötzlich platzte sie heraus: »Laura, es ist schrecklich! Ganz schrecklich!«

»Was ist schrecklich?«

»Mit Guy und mir. Ich meine, als Ehepaar. Völlig hoffnungslos.«

Sie sprach so unzusammenhängend und in so tiefem Ernst,

daß Laura aufhorchte. Sie fragte in scharfem Ton: »Was willst du damit sagen?«

»Genau das, was ich sage. So geht es nicht weiter. Wir können nicht mehr so weitermachen. Ich habe es versucht. Ganz ernsthaft. Ich habe dir nichts davon erzählt und bin auch nicht hierhergekommen; ich weiß, daß das kindisch ist und ich selber mit meinen Angelegenheiten fertigwerden muß. Außerdem brachte Guy das immer in Wut. Ich habe ja auch nur selten hier angerufen. Du hast das doch bemerkt? Ich habe mich von meinem eigenen Zuhause ferngehalten.«

»Ich dachte, dir wäre klar, daß du nun dort dein Zuhause hast.«

Sie machte eine Pause, und Christine brach wie ein Wirbelsturm los.

»Wir passen nicht zueinander. Ich war zu jung, um das zu erkennen. Es ist doch wirklich seltsam, daß Großmutter mich nicht zurückhielt. Sie hätte uns niemals heiraten lassen sollen. Sie hätte verlangen müssen, daß wir noch warteten, bis ich älter war und verständiger.«

Laura erinnerte sich der wilden Szenen, als Großmutter zu einer längeren Verlobungszeit geraten und gemeint hatte, sie sollten warten, bis Christine einundzwanzig sei. Mit lauter Stimme hatte das Mädchen erklärt, ein Aufschub sei Wahnsinn, und Großmutter sei einfach albern. Sie wüßten schon, was sie täten. Schließlich hatte Mrs. Stapleton geseufzt und zu Laura gesagt: »Christine ist eine Närrin. Das wird sie immer bleiben. Natürlich habe ich sie sehr lieb. Bei all ihrer Verrücktheit ist sie doch sehr anziehend. Augenscheinlich findet Guy das auch. Er ist älter, und er hat Verstand. Er muß selber wissen, was er tut. Ich bin nicht verpflichtet, ihn zu beschützen. Ich bin alt und müde, Laura; ich kann nur noch versuchen, sie ein wenig zu bremsen.«

Das war ihr aber nicht gelungen. Schließlich hatte sie es aufgegeben, und die jungen Leute hatten geheiratet. Später erinnerte sich Laura ihrer Worte: »Ich bin alt und müde.« Sie dachte, das sei wohl das erste Zeichen gewesen, daß ihre Kraft nachließ. Die Auseinandersetzungen mit den »Waisen«, die sie früher so genossen hatte, begannen sie zu erschöpfen. Sie hatte müde die Schultern gehoben und zu Guy gesagt: »Ich habe mein möglichstes getan. Ich nehme an, Sie wissen, was Ihnen blüht.«

Er hatte ruhig geantwortet: »Ich weiß es. Aber das ist es mir wert.«

Großmutter hatte sich beruhigt. »Ja, wenn Sie es richtig anfangen. Aber lassen Sie sich nicht unterkriegen. Das zahlt sich nicht aus mit dem Mädchen. Nehmen Sie ruhig ein paar Kräche in Kauf, aber bleiben Sie fest und setzen Sie Ihren Kopf durch. Dann wird alles gut gehen. Ich kann dann wenigstens das Gefühl haben, daß einer für sie sorgt, wenn ich nicht mehr da bin.«

Zum erstenmal hatte Laura von ihr eine Andeutung gehört, daß sie damit rechnete, nicht wieder auf die Beine zu kommen, und eine unbestimmte Angst war in ihr aufgestiegen.

Später hatte Mrs. Stapleton zu ihr gesagt: »Zum Glück wohnen sie nicht so weit. Das Kind könnte Hilfe brauchen. Aber dann bist du ja da, Laura.«

Jetzt schien der Augenblick gekommen, wo Laura einspringen mußte. Plötzlich stellte sie fest, daß sie absolut kein Verlangen danach hatte und die ganze Sache eigentlich gründlich leid war. Obwohl doch Großmutter gesagt hatte: »Wenn wir's nicht tun, wer macht es dann?«

Warum mußte sie nur immer an diese Worte denken?

12

»Aber, Derek, sei doch vernünftig! Es hat keinen Zweck, so zu fluchen. Natürlich können wir sie nicht nach Hause schicken. Sie ist kein Kind mehr.«

»Aber sie benimmt sich so – wie ein Kind von zehn Jahren.«

»Nein. Dieses Mal ist sie älter und ernster. Sie ist ganz anders als sonst. Und sie scheint überzeugt, daß sie und Guy das Ende ihres gemeinsamen Weges erreicht haben.«

»Quatsch! Christine hat immer alles dramatisiert. Wahrscheinlich gab es einen Krach, weil Guy gegen eines ihrer lieben Tierchen protestiert hat.«

»Das war es nicht. Seltsam genug, Guy stört sich nicht an den Tieren; er scheint sie sogar gern zu haben. Anscheinend ist alles verquer. Allerdings habe ich das Gefühl, daß es etwas gibt, was sie mir nicht erzählt hat. Irgend etwas Ernstes.«

»Das glaub ich nicht. Aber wie auch immer: was will diese dumme kleine Gans denn machen? Etwa hier wohnen und uns ihre Szenen vorspielen?«

»Nein, sie denkt anscheinend, daß Eva ihr einen Job verschaffen könnte, wenn sie nicht mehr verheiratet ist. Aber ich habe nicht den Eindruck. Eva hat eine richtige Ausbildung genossen. Christine ist zwar sehr attraktiv, aber sie hat nicht das Gesicht und die Figur, die ein Fotomodell braucht.«

»An deiner Stelle würde ich ihr das austreiben.«

»Du vielleicht, aber ich nicht; und wenn ich's versuchte, würde sie mir nicht glauben.«

»Aber irgend etwas muß geschehen.«

»Und dafür soll ich sorgen. Du könntest mir auch einmal helfen. Ich habe das alles so satt. Du bist so unvernünftig wie alle anderen. Was soll ich bloß noch machen? Ich kann Chris nicht wegschicken. Denk doch an Großmutter.«

Derek brummte etwas wenig Nettes über die alte Dame, der er sehr zugetan gewesen war. Jetzt aber war er richtig aufgebracht. Gerade als alles ins Lot zu kommen schien, tauchten diese neuen Schwierigkeiten auf. Das Haus würde vermutlich bald geräumt werden müssen. Das hatte er ihr erzählt, als er kürzlich seine Freunde beim Straßenbauamt besucht hatte. Er hatte gedacht, sie würden nun endlich von den »Waisenkindern« befreit werden, die unmöglich alle in sein kleines Haus ziehen konnten. Wenn aber Christine jetzt wirklich ihren Mann verließ, wollte sie sich wahrscheinlich in dem einzigen Gästezimmer niederlassen – und für wie lange? Damit würde sie seine heimlichen Pläne durchkreuzen. Bei dieser Vorstellung holte er tief Luft und sagte: »Also, mich geht das nichts an. Dieses verdammte Testament deiner Großmutter . . .«

»Es hat dir zu Grund und Boden verholfen. So verdammt war es für dich nicht!«

Jetzt war es heraus. Niemals hatte sie das sagen wollen. Sie hatte es nicht einmal gedacht. Dieser Situation waren sie beide nicht gewachsen. Binnen einer Minute war ein richtig gemeiner Streit zwischen ihnen entbrannt, und sie warfen sich gegenseitig Ausdrücke an den Kopf, deren sie sich später bitterlich schämen sollten. Zum Schluß verlor Laura die Nerven; sie wollte mit einer bitterbösen Bemerkung das Zimmer verlassen. »Denke nur nicht, daß ich mich danach sehne! Das Haus wird voll sein von Christines Viehzeug, die Ziege wird in meinem Garten sein, die Katzen werden durch das ganze Haus streunen und auf jeden Schrank springen, und der gräßliche Hund wird mit Massa raufen. Von dem widerlichen Papagei gar nicht zu reden.«

Zu ihrer Überraschung machte er zwei große Schritte zur Tür und hielt sie so fest, daß es weh tat. »Dieses Viehzeug kommt mir nicht hierher. Ich will das nicht haben. Das ist mein letztes Wort, hörst du?«

»Ja, man kann es im ganzen Haus hören«, erwiderte sie heftig. Er konnte es ihr ansehen, daß sie beinah »*mein* Haus« gesagt hätte, und erbittert sprach er es an ihrer Stelle aus.

»Natürlich habe ich nichts zu sagen. Rede nur weiter und stell das klar!« Und ehe sie etwas einwenden konnte, sagte er ruhig: »Du hast recht. Was hier in diesem Hause vorgeht, geht mich nichts an. Aber ich habe noch mein eigenes Haus, und wenn deine Kusine ihre verfluchten Biester hierherbringt, werde ich mich dorthin zurückziehen, wohin ich wirklich gehöre.«

Mit diesen Worten wandte er sich um und verließ das Haus.

Laura sah ihm nach, als er über die Koppel schritt, um sein Pferd zu holen. So weit war es also gekommen! Ein ganz ordinärer Streit, der ihre Ehe bedrohte. Früher hatte Derek immer lachen können, auch wenn er gereizt war. Jetzt hatte er ihr klargemacht, daß sie wählen mußte zwischen dem Egoismus der

»Waisenkinder« und ihrem eigenen Glück. Sie blickte aus dem Fenster, aber er war schon verschwunden. Es war zu spät, um ihm nachzulaufen; zu spät, um ihm zu versichern, daß er für sie doch immer der erste sei; zu spät, um seine Hilfe zu erbitten und diesen ersten ernsthaften Streit zu beenden.

Aber es war nicht zu spät, um sich mit Christine zu befassen. Sie ging ins Wohnzimmer, wo Christine malerisch auf dem Sofa lag, und sagte: »Ich weiß nicht, was du alles gehört hast. Ich fürchte, ziemlich viel. Derek ist wütend, da kann ich nichts machen. Du kannst deine Tiere nicht hierherbringen.«

»Was soll ich denn tun?«

»Laß sie, wo sie sind. Guy hat sie gern, und er ist gut zu allen Tieren. Er wird sie nicht vernachlässigen.«

»Aber er bleibt nicht dort. Er nimmt sich eine Wohnung in der Stadt.«

»Woher weißt du das? Ihr seid doch nicht so weit gegangen, daß ihr euch darüber unterhalten habt?«

»Freilich haben wir das – immer, wenn wir gestritten haben. Guy hat einmal gesagt: ›Wenn du unser Haus verläßt, kannst du nicht wieder zurück. Ich verkaufe das Haus und ziehe näher zu meinem Büro und meiner Arbeit.‹«

Laura war zutiefst erschrocken. Die Dinge waren schon weit gediehen, und Guy begann zum Schluß noch Charakter zu zeigen. Gerade wie Derek. Mit einem kläglichen Lächeln dachte sie, daß die Männer ihre Frauen nicht in ihre Pläne einschlössen. Was in aller Welt hätte wohl Großmutter gesagt?

Sie selbst sagte nur: »Was ist denn nur geschehen, daß es so weit gekommen ist?«

Einen Augenblick zögerte Christine, dann sagte sie: »Eines hab ich dir noch nicht erzählt. Das hat mir den Rest gegeben. Guy liebt eine andere Frau.«

»Unsinn! Das ist unmöglich.«

»Es hat keinen Zweck, so zu reden. Ich weiß es genau.«

Sie sagte das tief bekümmert.

»Was weißt du denn? Ich glaube es einfach nicht.«

»Dann sieh dir das an.« Christine zog ein Foto hervor. Es

war das Bild eines sehr schönen Mädchens. Chris schwenkte es traurig hin und her.

Ihre Kusine schnappte nach Luft. »Herrjeh, was ist das denn?« Im stillen dachte sie: Man kann es ihm nicht verdenken. Dieses Mädchen ist nicht nur schön; es hat auch Charakter und Verstand.

»Er hat es gehütet wie einen Schatz. Ich habe es gestern entdeckt, und das gab mir den Rest.«

»Wo hast du es entdeckt?«

»In seiner Jackentasche, als ich seinen Anzug in die Reinigung geben wollte.«

»Dann hat er es doch nicht wie einen Schatz gehütet. Jeder hätte es finden können.«

»Laura, es steckte in seiner Brusttasche!« Christines Stimme klang so tragisch, daß Laura plötzlich in ein höchst unpassendes Lachen ausbrach.

»Sei doch keine Gans! Dafür gibt's sicher eine ganz normale Erklärung. Guy ist nicht so, obwohl du ihn oft genug provoziert hast. Aber das ist nicht seine Art. Was sagte er, als du es ihm zeigtest?«

»Was er sagte? Ich habe ihn nicht gefragt! Ich habe viel zuviel Stolz, um ihm zu zeigen, was ich weiß.«

Jetzt lachte Laura hell auf. Dieser Ton und das unglückselige Wort »Stolz« waren zuviel des Guten. Christine war tief beleidigt.

»Ich hätte mir denken können, daß du dich so verhältst. Das ist so lästig an dir, Laura, daß du so wenig Verständnis aufbringst. Du bist so herzlos.«

»Das nehme ich an«, erwiderte Laura freundlich. »Aber darüber wollen wir uns jetzt nicht unterhalten. Fahre du jetzt geradewegs heim und frage Guy nach dem Foto. Sei doch kein Idiot.«

»Lieber will ich sterben.«

Und dabei blieb Christine zu Lauras Überraschung. Nach einem langen, vergeblichen Hin und Her kamen sie nochmals auf die Tiere zurück. Fest entschlossen erklärte Laura ihrer

Kusine, da Derek nun einmal diesen Standpunkt vertrete, denke sie nicht im entferntesten daran, ihm zu widersprechen.

»Du könntest ihn doch vielleicht überreden!«

»Das ist aussichtslos. Er ist nicht wie Guy. Es würde auf ihn nicht den mindesten Eindruck machen, und ich will es auch gar nicht erst versuchen. Du mußt dich mit der Tatsache abfinden, daß, wenn du deinen Mann verläßt, du auch deine Tiere im Stich lassen mußt.«

»Würdest du denn mit einem Mann weiterleben wollen, der das Foto einer anderen Frau heimlich bei sich trägt? Sie mag ja ganz hübsch sein, aber sie sieht schrecklich aus. Es ist ein widerliches Gesicht.«

»Sie hat ein wunderschönes Gesicht, und Guy hat das Bild nicht heimlich bei sich getragen. Ich weiß nicht, wo er es her hat; aber das wäre der letzte Platz, wo ein vernünftiger Mann etwas verstecken würde.«

Aber das alles war zwecklos, und so kamen sie erneut auf die Tiere zu sprechen. Laura blieb fest: der Zoo kam ihr nicht ins Haus.

»Ich verstehe nicht, wie du so grausam sein kannst. Es ist alles, was ich habe ... Das bedeutet also, daß ich ein anderes Zuhause für sie finden muß.«

Laura war nicht sehr optimistisch. »Janet Grant würde vielleicht die Siamkatze nehmen; sie sucht eine. Für den Papagei könntest du auch jemanden finden, weil manche Leute diese ekelhaften Biester mögen. Aber ich kann mir nicht vorstellen, wer die Ziege oder die kleinen Kätzchen haben möchte. Du kannst es natürlich versuchen, aber es hat doch keinen Sinn, alle Leute zu fragen, ob sie die ganze Sippschaft haben wollen. Du wirst sie trennen müssen.«

»Das könnte ich nicht. Sie würden sich zu sehr grämen.«

»Daran hättest du vorher denken müssen.«

»Du bist so hart! Derek ist doch nicht so roh, als daß ihn eine oder zwei Katzen in diesem großen Haus stören könnten!«

»Doch. Und wenn nicht ihn, so doch meine alte Katze. Die bringt jede fremde Katze um.«

»Wie grausam ihr alle seid – du und Derek und deine Katze. Ich war überzeugt, ich könnte mich auf dich verlassen. Schließlich hat Großmutter gesagt, hier sei unser Zuhause.«

»Aber nicht das deiner Tiere.«

Laura staunte über ihre eigene Standfestigkeit; Derek würde mit ihr zufrieden sein. In einem Punkt gab sie, wenn auch ungern, nach. Toss war zu alt, um ihn zu fremden Leuten zu geben. Bis Christine weitere Pläne gemacht hatte, würde sie Derek überreden, den alten Hund dazubehalten. »Aber beklage dich nicht, wenn Massa ihn inzwischen umbringt!« fügte sie düster hinzu.

Nach einem unglücklichen Vormittag, an dem ihn zum ersten Male auch seine Farm nicht hatte trösten können, kam Derek nach Haus. Laura erzählte ihm ruhig und sachlich die ganze Geschichte. Auch er blieb ruhig und hatte Mitleid mit ihr, weil sie versuchen mußte, »dieses verteufelte Viehzeug jemandem anders aufzuhängen«. Er war damit einverstanden, daß Toss für den Augenblick hier bleiben sollte. Sie sprachen nicht von ihrem Streit, was Laura unheimlich vorkam, sondern benahmen sich, als ob nichts gewesen wäre. Es war nicht befriedigend, aber das beste, was man unter diesen schwierigen Umständen tun konnte. Allmählich begann sie kummervoll zu glauben, daß es Christine ernst war. Augenscheinlich war die junge Frau schon seit einiger Zeit unglücklich gewesen, und ein ganzer Berg von kleinen Kümmernissen hatte sich angesammelt. »Weil sie nicht genug zu tun hat!« So hatte Derek das ziemlich hartherzig erklärt. Es hatte nur noch der Entdeckung der Fotografie bedurft, um sie in einen hysterischen Zustand zu versetzen.

Laura konnte sich vorstellen, daß nun auch Guy genug hatte. Kein Mann konnte es mit Christine aushalten, wenn einmal der erste Rausch vorbei war. Es schien wirklich wenig zu geben, was diese beiden noch zusammenhielt, abgesehen von dieser seltsamen Tiersammlung, an der Guy erstaunlicherweise zu hängen schien. Traurig dachte Laura an diese glühende Liebe, die sogar Großmutters Widerstand gegen die frühe Heirat überwunden hatte. Wie konnte sie so zugrunde gehen?

Aber dann fiel ihr das Gesicht ihres Mannes ein, als er sagte: »Natürlich, es ist nicht *mein* Haus.« Sie dachte: Liebe kann sterben. Sie ist wie eine Pflanze. Man muß sie pflegen.

Nun, sie hatte ihre Lektion hinter sich. Großmutter hin oder her – sie wollte nichts mehr riskieren.

Das sagte sie ihm, als dieser nicht endenwollende Abend vorbei war und sie in ihrem Zimmer allein waren.

Da war er wieder voller Verständnis und Anteilnahme; denn er hatte während dieses ganzen unglückseligen Tages über ihre Probleme nachgedacht. Wie unfreundlich war er doch gewesen, und das alles war doch nicht ihre Schuld; sie hatte sich Brookside nicht gewünscht. Sie war in seinem bescheidenen Haus restlos glücklich gewesen; sie hatte die »Waisenkinder« nicht haben wollen; aber statt ihrer sollte sie nun ihre eigene Familie haben. Sie war überall die Unterlegene gewesen, nicht er. Als er zu dieser Erkenntnis gekommen war, beschloß er, dem allen ein Ende zu machen. Und zwar sofort. Darauf konzentrierte er sich jetzt.

Als Laura ihm von dem Foto erzählte, wollte er sich vor Lachen ausschütten.

»Was für ein Blödsinn! Wahrscheinlich gibt es eine höchst einfache Erklärung. Wenn sie nicht will, muß das jemand anders feststellen.«

»Jemand muß – da heißt es schon wieder: ›Wenn ich's nicht tue, wer macht's dann?‹ Und du sagst immer, ich mische mich in alles hinein.«

Sie mußten beide lachen, wenn auch nicht aus vollem Herzen.

Am nächsten Tag war Christine wie verwandelt. Sie verkündete, sie wolle nach Hause fahren und Guy ihren Entschluß mitteilen. Von Guy hatte man inzwischen nichts gehört, und das war beunruhigend.

»Ich fahre erst heute abend, wenn er daheim ist. Zum Schlafen komme ich wieder her. Aber inzwischen müssen wir beide ein paar Leute aufsuchen, um die Tiere unterzubringen«, erklärte sie.

Das war nicht leicht, und sie trafen häufig auf Verständnislosigkeit und Ablehnung. Sie hätten überhaupt keinen Erfolg gehabt, wenn Chris nicht beteuert hätte, ihre Tiere seien wahre Engel und es sei auch nur für kurze Zeit, »bis wir in unser neues Haus gezogen sind«.

Unter vier Augen meinte Laura zu ihr, daß die armen Freunde, die sie da breitgeschlagen hatten, sich wohl alsbald über diesen Umzug wundern würden. Heimlich aber weckte die Tatsache, daß Christine einen Bruch mit ihrem Mann mit keinem Wort erwähnt hatte, neue Hoffnung in ihr. Es zeugte von Verstand und Diskretion und war vielleicht als eine Ausflucht für die Zukunft gedacht. Wenn doch Guy etwas von sich hören ließe! Um sich zu trösten, rief sie Marie an, von der sie Verständnis und Teilnahme erwarten konnte. »Möchtest du vielleicht drei Katzen, eine Ziege, einen Papagei und einige Vögel im Käfig bei dir aufnehmen?«

Mrs. Elder lachte. »Es handelt sich wohl wieder mal um Chris? Das ist doch ein Elend! Es ist aber ein ziemlich schlechtes Zeichen, wenn sie die Tiere überall verteilen will.«

»Diesmal scheint sie fest entschlossen zu sein. Ach, Marie, ich habe das alles so satt, und Derek noch viel mehr. Es ist nur eine Frage der Zeit, bis er mich auch satt hat. Du hattest schon recht, als du mich gewarnt hast! Aber was soll ich bloß tun?«

»Was du tun sollst? Keine Frage: Nimm dein Herz in beide Hände! Du hast schon zuviel getan. Hör auf damit, ehe es zu spät ist.« Und etwas ruhiger fügte sie hinzu: »Ich wollte, ich könnte die ganze Menagerie aufnehmen; aber die paar Quadratmeter Garten haben halt ihre Grenzen. Was macht ihr denn nun?«

»Wir sind stundenlang herumgefahren und haben versucht, die Leute zu überreden. Wir wurden nicht besonders begeistert aufgenommen. Wie geht es denn Joseph und dir?«

»Ausgezeichnet! Du würdest ihn nicht wiedererkennen, so sanftmütig und hilfsbereit ist er jetzt.«

»Hoffentlich hält das an!«

»Keine Angst! Da passe ich schon auf. Ich bin zäher als du, das weißt du ja.«

Laura lachte, und dann seufzte sie. Marie war kein Dumm-

167

kopf. Sie konnte sich Joseph, der sich jetzt so anders benahm, lebhaft vorstellen. Er würde so sein wie damals, als Großmutter ihn unter ihrer Fuchtel hatte. Nun kam noch die Befriedigung seiner Eitelkeit hinzu, daß ihn eine jüngere und so anziehende Frau umsorgte. Ja, dachte sie, den wenigstens bin ich los.

Überraschenderweise blieb Christine bei ihrem Plan, am Abend nach Hause zu fahren, um mit Guy alles zu regeln. Laura hoffte aus tiefstem Herzen, daß die Sache gut ausgehen würde, wenn es zu einer Aussprache kam. Sonst würde die junge Frau wieder bei ihr herumhocken, schmollen und von der Arbeit reden, die sie vermutlich nicht bekam. Keine angenehme Aussicht.

Das wurde auch durch einen Anruf von Eva nicht besser, die ihr fröhlich ihren und Owens Besuch ankündigte. Sie wollten so bald wie möglich über die Hochzeit sprechen. Die Zahl der Gäste sei auf dreihundertfünfzig angestiegen. Gerade hatte Laura Derek das schonend mitgeteilt, als ein Auto durch die Einfahrt brauste. Lester erschien. Er war in bester Stimmung und ohne Begleitung.

»Nein, danke, ich habe schon gegessen. Nett, euch beide mal allein anzutreffen. Onkel Joseph wohnt jetzt bei Marie?«

Laura berichtete ihm von ihrer Unterhaltung mit Mrs. Elder, und Lester lachte beifällig. »Sie hat ihn dahin gebracht, wo sie ihn haben wollte. Wissen möchte ich nur, warum sie ihn überhaupt haben wollte. Das ist eine gute Lösung. Eva kommt auch? Himmel, das bedeutet, daß sie ihren Kerl mitbringt. Ich habe ihn neulich in der Stadt kennengelernt. Ich glaube, dieses Mal hat sie das große Los gezogen. Die wirst du nun auch los sein, Laura. Und unser Hugh macht sich gut an der Uni? Anscheinend hat sich sogar Chris beruhigt. Allmählich hast du uns alle vom Hals.«

»Noch nicht ganz. Chris scheint sich mit Guy endgültig entzweit zu haben.« Sie erzählte ihm von ihren vergeblichen Versuchen, Christines Tiere unterzubringen. Er war entsetzt. »Du meinst doch nicht etwa, daß sie hierherkommt?«

Das klang so empört, daß Laura den Eindruck hatte, er

fühlte sich persönlich betroffen. Derek rutschte unbehaglich auf seinem Stuhl hin und her. Diese Entrüstung betraf doch nicht etwa Laura? Lester gab jedoch keinen weiteren Kommentar, sondern sagte nur: »Das ist ein Elend! Komisch! Kürzlich traf ich Guy beim Lunch, und er machte keinerlei Andeutung. Aber vielleicht wollte er das nicht. Wir haben vor allem über meine Angelegenheiten gesprochen.«

»Was hast du für Neuigkeiten?« fragte Laura besorgt.

»Recht gute. Sie haben die Übersetzung meines Romans in verschiedene europäische Länder verkauft; auch die Amerikaner haben ihn genommen. Nun soll ich mich mit einem zweiten Buch dranhalten. Da war ich momentan in einer verzwickten Lage, denn ich möchte die Zeitung doch nicht aufgeben.«

»Das wäre auch ziemlich übereilt«, sagte Derek schnell.

»Bestimmt. Aber mein Chef hatte ein Einsehen. Er hat mir drei Monate unbezahlten Urlaub gegeben, und dann kann ich meinen Posten wiederhaben. Darüber bin ich recht froh, denn ich habe dort ein gutes Gehalt, und aus verschiedenen Gründen möchte ich auch sichergehen.«

Diese Überlegung war an Lester so neu, daß Laura geradezu entzückt war.

»Das ist wirklich klug. Du würdest nicht leicht einen Job finden, der dir so zusagt.«

»Nein, und jetzt ist mir das besonders wichtig.«

Das klang bedeutungsvoll. Laura sagte deshalb: »Tu doch nicht so geheimnisvoll! Warum gerade jetzt?« Ihr Herz klopfte ein wenig. Tauchte da eine neue Janice am Horizont auf?

»Na ja, ich habe so meine Pläne. Dieses Mal haben sie sehr viel mit dem Heiraten zu tun. Ich habe ein Mädchen kennengelernt.«

»Dieser Spruch sollte mir nicht neu sein.«

»Natürlich. Warum auch nicht? Diesmal ist es aber etwas ganz anderes. Jane ist keine Reklameschönheit. Sie ist eine sehr fähige Journalistin; sie kann besser schreiben als ich. Wir wollen beide weiter im Beruf bleiben, wenn wir verheiratet sind.«

»Und wann wird das sein?« fragte Laura. Jane würde doch

sicherlich ein eigenes Zuhause haben und nicht in Brookside heiraten wollen!

»In einem Vierteljahr, sobald mein Buch fertig ist. Jane wird euch beiden gefallen. Wenn ich nur das Foto von ihr da hätte, um es euch zu zeigen!«

»Ja, das wäre nett, aber voraussichtlich werden wir sie ja bald kennenlernen.«

»Sehr bald, denn ich habe die Absicht, für ein Weilchen nach Hause zu kommen.«

»Hierher?«

Laura wagte nicht, Derek anzusehen.

»Um das neue Buch zu schreiben. Das geht doch, nicht wahr?«

Laura sagte langsam: »Wenn du meinst, Lester, mußt du halt kommen.«

»Ja, natürlich. Da Joseph fort ist, ist's doch recht friedlich hier. Unangenehm wäre allerdings, wenn Chris auch da wäre. Aber ich falle dir doch nicht zur Last?«

»Ich bin überzeugt, daß du dir Mühe geben wirst«, sagte Laura liebevoll. Derek erhob sich und ging ans Fenster. Laura verfolgte ihn ängstlich mit den Blicken. Aus irgendeinem Grunde hatte sie den Eindruck, daß er keinen Ärger, sondern seine Heiterkeit verbarg; das kam ihr recht unnatürlich vor. Aber wie auch immer, Lester nahm keine Notiz davon; wie alle »Waisenkinder« hatte er für die Gefühle anderer keinen Nerv. Er sprach schon wieder weiter.

»Ich will mir Mühe geben und das Meine tun, manchmal im Garten helfen und so weiter. Wenn ich nur mein eigenes Zimmer habe und acht Stunden täglich ohne Unterbrechung arbeiten kann. Euch beiden macht das doch nichts aus, oder?«

Derek gab einen schwachen Gurgelton von sich, den Lester zum Glück als Zustimmung deutete.

»Habt vielen Dank, alle beide! Jane kann dann an den Wochenenden kommen und die Kost sparen. Ich weiß, ihr werdet euch von Anfang an gut verstehen. Sie ist auch schön. Das mit dem Foto ist doch zu ärgerlich! Ich kann mir nicht vorstellen, wo ich es hingesteckt habe. Ich weiß, ich hatte es an dem Tag, an dem ich mit Guy zusammen beim Lunch war, denn ich habe es ihm gezeigt. Womöglich habe ich es auf dem Tisch liegen lassen. Ich muß ihn anrufen und ihn fragen.«

Laura ging zu dem Tischchen, auf das Christine so wütend ihre Fotografie geworfen hatte. »Ist das vielleicht Jane?«

»Wirklich, ja! Fein, daß ich das Bild wiederhabe. Aber wie in aller Welt kommt es hierher?«

Laura mußte einen Lachanfall unterdrücken und erzählte die Geschichte von Christine und dem Foto in Guys Brusttasche. Lester brüllte vor Vergnügen.

»Hat man jemals so einen Blödsinn gehört? Aber ich sollte sie gleich anrufen. Du sagtest doch, sie sei nach Haus gefahren, nicht wahr? Ich muß das sofort klarstellen. Das könnte eine segensreiche Wirkung haben und sie in Guys Arme zurückbringen.«

Laura sah zu ihrem Mann hinüber und dachte verzweifelt: Eine Stunde lang müssen wir mal allein sein.

»Ruf nicht an, Lester«, sagte sie mit Nachdruck. »Solche Sachen lassen sich am Telefon zu schlecht erklären. Setz dich in dein Auto, fahr hin und erzähl ihr die Geschichte. Das dauert höchstens eine Stunde und ist wichtig für uns alle.«

»Meinst du wirklich, daß das nötig ist?«

»Bestimmt. Du könntest erreichen, daß Chris Verstand annimmt, und dann hast du ein friedliches Vierteljahr, um dein Buch zu schreiben.«

Diese Art von Begründung hatte bei jedem »Waisenkind« Erfolg. Er eilte von dannen, als ein typisches Mitglied seiner Familie fest entschlossen, vor allem seine eigene Bequemlichkeit zu sichern.

13

Endlich allein, sahen Laura und Derek einander schweigend an. Zu ihrer Überraschung sah er nicht übermäßig deprimiert aus. Müde sagte sie: »So, jetzt haben wir Lester auch noch auf dem Hals. Und ohne Zweifel wird Eva hier ihre Aussteuer zusammenstellen wollen; denn das ist billiger als in ihrer Stadtwohnung. Wenn Christine nicht zur Vernunft kommt, schlägt sie womöglich ebenfalls bei uns ihre Zelte auf, samt ihren Tieren, mit denen es ihre Freunde nicht aushalten. Ach, Derek, wann wird das jemals enden?«

Ehe er antworten konnte, klingelte das Telefon, und Derek eilte an den Apparat, als ob er diesen Anruf schon erwartet hätte. Zu ihrer Überraschung lächelte er, als er zurückkam. Er schien die jüngste Entwicklung völlig gelassen hinzunehmen. Statt in ihre Klagen einzustimmen, sagte er liebevoll: »Na, das wird schon wieder aufhören. Eva wird bald verheiratet sein. Ihre Hochzeitsfeier wird natürlich eine gräßlich langweilige Angelegenheit sein, wenn sie hier stattfindet. Aber wenn wir die hinter uns haben, sind wir auch Eva los. Sie wird nicht wie Christine dauernd streiten und davonlaufen. Sie hat mehr Verstand, und sie wird auch ihre Ehe klug führen.«

Laura war erstaunt, daß er sich so mit den Tatsachen abfand. Das ermutigte sie zu der Bemerkung: »Ja, schließlich dauert das mit Lester ja nur ein Vierteljahr. Dann muß er zurück in seinen Beruf. Er muß doch ganz tüchtig sein, daß sie ihn für diese Zeit freigegeben haben.«

»Ein unbezahlter Urlaub. Das bedeutet, daß er dir auf der Tasche liegt.«

»Ach, das macht nichts. Dank Großmutters Hinterlassenschaft haben wir genug Geld, und außerdem sind wir Onkel Joseph los. Nach diesen drei Monaten wird Lester seinen eigenen Hausstand gründen und seine Jane heiraten, die außerordentlich nett und hübsch aussieht. Ich muß nur noch eine Zeitlang gute Miene machen, und du mußt mir helfen. Es ist ja noch einmal eine Strapaze, diese Hochzeitsfeier und Lester und vielleicht auch noch Chris. Aber wenn du mir beistehst, stehen wir auch das durch.«

»Ende gut – alles gut«, murmelte Derek; als sie ihn aber fragte, was er meinte, tat er so, als hätte er laut gedacht, und wechselte das Thema. »Ich möchte wissen, wie Lester mit seiner dummen Schwester fertigwird. Soviel Aufregung um ein Foto! Ich meine, die Männer, die in diese Familie einheiraten, gehen schweren Zeiten entgegen.«

Er sagte es ganz nachdenklich. Laura lachte, aber sie ging nicht darauf ein, sondern sagte nur: »Ich muß jetzt die Betten herrichten. Mal überlegen – wir haben Lester und Owen und Eva, und wenn wir Pech haben, auch noch Chris. Zum Glück haben wir eine Menge Fremdenzimmer.«

»Zum Glück hat unser eigenes Haus nur ein einziges.«

Sie lächelte und mußte dann seufzen. Er war so erstaunlich liebevoll, aber ihr eigenes Haus schien im Augenblick in weite Ferne gerückt. Vor ihr lagen jetzt erst einmal die Hochzeitsfeier, drei Arbeitsmonate für Lester, wo sie für Ruhe im Hause sorgen mußte; ferner einige Wochenenden mit Jane, die ja nun auch zur Familie gehörte; dann kamen Hughs Universitätsferien, auf die sie sich schon freute. »Vier Paar Laken«, murmelte sie zerstreut, als sie aus dem Zimmer ging, »und acht Kissenbezüge. Lieber Himmel, ich wünschte, wir hätten eine Wäscherei in der Nähe.«

Derek hörte sie und runzelte ärgerlich die Stirn. Das klang so müde. Doch dann erhellte sich sein Gesicht, und er zog einige Papiere hervor, die in seiner Tasche steckten.

Es wurden aber nur drei Betten benötigt. Von Christine waren sie erlöst – wie sie hofften, für alle Zeit. Laura war in der Küche mit der Zubereitung eines verspäteten Abendessens beschäftigt. Sie erwarteten Eva mit ihrem Verlobten (die »Waisenkinder« planten ihre Ankunft meistens zu den Mahlzeiten). Da erschien eine geläuterte Christine in der Tür. Zum ersten Male machte sie keine Ausflüchte; sie schämte sich ganz einfach.

»Laura, es tut mir wirklich leid. Ich war schrecklich blöde. Es soll nicht noch einmal passieren. Guy hat gewünscht, daß ich selbst komme und dir alles sage. Er hat sich irgendwie verändert. Er ist nicht grob oder ekelhaft, aber irgendwie nicht zu erweichen. Das war eine ziemliche Überraschung. So habe ich mich entschlossen, einen neuen Anfang zu machen.«

»Da bin ich aber froh! Was sagte denn Guy, als du ihn nach dem Foto fragtest?«

»Ach, ich habe ihn gar nicht gefragt. Ich konnte mich einfach nicht überwinden. Wahrscheinlich besitze ich doch sehr viel Stolz.«

Laura lächelte bei dieser komischen Bemerkung und wandte sich wieder dem Abwasch zu. In sanftem Ton fuhr Christine fort: »Es war ein Glück, daß ich nicht gefragt habe; denn während wir noch redeten, erschien Lester. Aber wir waren schon vorher zu unserem Entschluß gekommen.«

»Wie kam das?«

»Durch die Tiere. Wir sprachen über alles – in voller Ruhe, denn diesmal war Guy wirklich ganz anders. Erschreckend anders, möchte ich sagen. Er sagte, ich könnte mir eine Stadtwohnung nehmen, und wir würden uns trennen. Ich erzählte ihm, was ich mit den Tieren vorhätte, und er sagte kein Wort dagegen. Da sprang eines der kleinen Kätzchen auf seinen Schoß, und Toss kam und legte seinen Kopf auf mein Knie, und das – das gab mir einen Stich. Wie sehr würde ich sie doch vermissen, und sie würden sich ganz verlassen fühlen! Guy sagte: ›Hoffentlich geht es ihnen gut, und der alte Hund wird nicht von dem Boxer zerfleischt. Ehrlich gesagt, mir tun sie alle leid!‹ Das war zuviel! Ich war ein Idiot und brach in Tränen aus und kam zu der Erkenntnis, daß ich das nicht ertragen könnte. Es wäre zu schrecklich.«

»Meinst du damit den Verlust der Tiere oder den Verlust von Guy?«

Einen Augenblick überlegte Christine.

»Ich glaube, beides. Denn schließlich gewinnt man seinen Mann doch lieb, wenn man es recht besieht, und ich dachte: Ich werde ihn doch nicht jener schrecklichen Person überlassen!

Aber die Vorstellung, daß die armen Tiere ihr warmes Nest verlassen müßten, war für uns beide zuviel. Guy sagte dasselbe – daß er sich immer schuldig fühlen würde, wenn er an sie dächte.«

Laura beglückwünschte Guy im stillen und sagte: »So habt ihr also Frieden geschlossen?«

»Ja. Aber diesmal war es ganz anders. Guy blieb eisern dabei, daß es im ganzen doch mein Fehler gewesen sei. Er sagte, ich hätte nicht genug zu tun. Es genüge nicht, sein Leben mit der Liebe zu Tieren zu verbringen. Es sei besser, Frieden zu schließen und ein Kind zu haben.«

Laura wunderte sich nicht über diese überraschende Vorstellung, aber sie fühlte einen eifersüchtigen Stich. Fröhlich fuhr Christine fort: »Ich glaube, daß das eine gute Idee ist, besonders weil du so nahe wohnst; du könntest es immer versorgen. Meinst du nicht auch? Und ich wäre dann nicht so gebunden. Wir haben also die Absicht, das zu versuchen.«

Laura betrachtete das selbstgefällige Gesichtchen ihrer Kusine und kam zu dem Schluß, daß dieser Plan wohl bald Wirklichkeit werden würde. Sie sagte: »Was war nun mit dem Foto? Hat Lester das aufgeklärt?«

»Er sagte kein Wort. Endlich einmal war er taktvoll. Er kam gerade, als wir alles besprochen hatten, und wartete, bis Guy ans Telefon gehen mußte. Dann zeigte er mir das Foto und erklärte mir, daß er es auf dem Tisch hätte liegen lassen, und daß Guy es in die Tasche gesteckt und dann vergessen hätte. Wie froh war ich, daß ich nichts davon erwähnt hatte! Jetzt braucht Guy niemals zu erfahren, daß ich so dumm war zu glauben, er könnte mir ein solches Mädchen vorziehen. So ist nun alles in Ordnung, Laura, und ich muß die Leute anrufen und ihnen sagen, daß sie meine Tiere doch nicht haben können.«

»Die werden bestimmt sehr traurig sein.«

»Das fürchte ich auch; denn die Tiere sind so süß, und die Leute hätten sie sicher gern bei sich gehabt. Nur eines noch: ich habe mich entschlossen, nicht mehr so oft hierher nach Hause zu kommen. Ich weiß, du wirst mich vermissen, aber darüber darfst du dich nicht grämen. Du weißt, daß ich meine Pflicht tue, und das ist doch wichtiger als das Vergnügen, nicht wahr?«

Mit dieser tiefsinnigen Bemerkung entschwand sie. Höchst selbstgefällig sah sie aus, und Laura konnte nur hilflos lachen. Chris war unmöglich; aber sie hatte sie trotzdem sehr gern. Außerdem würde ein Kind sie wohl verändern. Wieder mußte Laura seufzen. Dann dachte sie: Aber ich muß fest bleiben und darf nicht zulassen, daß sie das Kind zu oft bei mir absetzt. Allerdings glaube ich nicht, daß sie das tut, wenn sie es erst einmal hat. Glückliche Christine! Warum bin ich heute solch eine Jammerliese? Drei Monate, dann ist die Feier vorbei, und Lester ist wieder fort, und alles hat sein Ende. Aber trübsinnig überlegte sie weiter: Wird es überhaupt jemals ein Ende haben? Wird Großmutters Vermächtnis mein ganzes Leben lang auf mir lasten? Werde ich sie immer sagen hören: »Wenn ich's nicht tue, wer macht's dann?«

Sie schüttelte ihre Depression ab und machte sich wieder ans Kochen. Eva samt ihrem Owen und Lester würden zum Essen dasein. Lester würde wohl bald von seiner Mission mit dem Foto zurückkehren. Von Derek war nichts zu sehen; er schien schon wieder am Telefon zu hängen. Wegen Chris würde er sicher froh sein, und sie konnte ihm sagen, daß wenigstens eines der »Waisenkinder« seinen Platz im Leben gefunden hatte. Es blieben freilich noch drei, und zwei von ihnen würden ihnen im nächsten Vierteljahr sehr zur Last fallen.

Es erschien eine strahlende Eva; zum ersten Male war sie sichtlich bis über beide Ohren verliebt und fähig, auch einmal an andere zu denken. Anscheinend hatte sie ihren Entschluß gefaßt, und das mit mehr Klugheit, als man ihr zugetraut hätte. Owen war ein netter Mann und besaß genügend Charakter, um es mit dem Egoismus und der Kühle seiner Frau aufzunehmen. Vielleicht, so hoffte Laura im stillen, würde sie ihn das gar nicht merken lassen. Gleich darauf kam ihr die Erkenntnis, daß sie selbst zu den stets Unterlegenen gehörte, an denen die andern ihre schlechte Laune nur zu leicht auslassen konnten.

Am Abend zeigte sich Eva besonders herzlich und liebevoll,

wie sie seit ihrer Geschichte mit Kenneth Everton nicht gewesen war. Laura überlegte ironisch, das sei wohl der riesigen Hochzeitsfeier zuzuschreiben und Evas Wunsch, daß sie, Laura, all die Rechnungen bezahlen möchte. Aber beschämt wies sie diesen Gedanken von sich und war sehr erleichtert, als Lester erschien. Er begrüßte freundlich den Verlobten seiner Schwester; auch zu Eva benahm er sich ausnahmsweise herzlich. Laura stellte dankbar fest, daß er nicht die Absicht hatte, etwas über Guy und Christine auszuplaudern. Als er aber Eva voller Stolz das wiedergefundene Foto zeigte, blinzelte er Laura bedeutungsvoll zu. Seine Schwester bezeigte die gebührende Anerkennung und Bewunderung für Jane, und dann unterhielten sie sich in ungewohnt liebenswürdiger Stimmung über ihre Zukunftspläne.

»Wie nett für dich, daß du hierherkommst, um dein Buch zu schreiben«, sagte Eva freundlich. »Hier kannst du dich ganz deiner Arbeit widmen, und nichts lenkt dich ab.«

»Oh, ich werde Laura im Garten helfen. Den Rasen mähen und so.«

Er erzählte von Jane, die Engländerin war und in Neuseeland keine Verwandten hatte.

»Aber das macht nichts, denn wir werden unsere Hochzeit hier feiern, gerade wie ihr. Jane wird es herrlich finden, in diesem alten Haus zu heiraten.«

Jetzt hätte Laura eigentlich sagen sollen, daß dieses Haus nach drei Monaten vielleicht gar nicht mehr da war. Statt dessen dachte sie schadenfroh an Dereks Gesicht bei dieser Ankündigung. Zum Glück war er nicht im Zimmer. Er schien den ganzen Abend am Telefon verbringen zu wollen, dachte sie gereizt. Für das Dinner hätte sie so gern etwas Hilfe gehabt. Ergeben ging sie in die Küche und bekam bei dem Gedanken an die »Waisenkinder« und ihre Hochzeitsfeiern plötzlich einen Lachanfall. Du mußt dich zusammennehmen und alles tapfer bis zum Ende durchstehen! sagte sie zu sich selbst. Endlich gewann sie ihre Fassung zurück und war nun bereit, weiteren Zukunftsplänen zu lauschen.

»Es werden immer noch mehr Gäste«, teilte ihr Eva in aller

Gemütsruhe mit. »Da sind noch Owens Verwandte und seine und meine Freunde. Warum mußt du auch gar so viele Vettern haben, Owen?«

Er zuckte die Schultern und sagte entschuldigend zu Laura: »Das bedeutet eine Unmenge Arbeit für Sie, Laura. Eva muß vorher hierherkommen und kräftig Hand mit anlegen.«

Laura kannte diese schönen Hände nur allzu genau und sagte rasch: »Ach nein, das ist nicht nötig. Eva soll lieber in der Stadt bleiben und dort ihre Aussteuer zusammenstellen. Ich habe für alles meine Lieferanten und brauche nicht viel selbst zu tun.«

Allerdings mußte der Garten in tadellose Ordnung gebracht werden; sämtliche Zimmer mußten so aufgeräumt sein, daß man sich ihrer jederzeit bedienen konnte; die Geschenke mußten ausgepackt und in eine Liste eingetragen werden; man mußte die Leute beraten, die einen Tip für ein Geschenk haben wollten; und während der ganzen Zeit mußte sie Derek besänftigen und verhindern, daß er explodierte. Das waren schlimme Aussichten, und das Bewußtsein, daß sich das alles drei Monate später Lester zuliebe wiederholen würde, machte sie völlig mutlos. Was hatte sie heute nur? Sie mußte entweder über alles lachen, ob es nun komisch war oder nicht, oder heulen. Sie unterdrückte ihre Gefühle und sagte freundlich: »Es könnte eine Art Praktikum sein für Jane und Lester.« Dann war sie schon wieder nahe am Zusammenbrechen.

Owen betrachtete sie nachdenklich. Er besaß viel Einfühlungsvermögen, denn er sagte ernst: »Ich finde, Sie sehen ein wenig müde aus. In diesem großen alten Haus muß es viel Arbeit geben, auch ohne daß die Familie, die keinerlei Notiz davon nimmt, bei Ihnen absteigt. Ich kann mir nicht vorstellen, wie Sie damit fertigwerden.«

Das war völlig neu, daß ein anderer außer Derek die Dinge von ihrem Standpunkt aus ansah! Sie mußte wirklich sehr müde sein, denn nur mit Mühe unterdrückte sie die bittere Bemerkung: Leider hat Großmutter sie mir testamentarisch hinterlassen. Statt dessen sagte sie: »Ach, ich bin schon daran gewöhnt. So sind wir eben aufgewachsen, nicht wahr, Eva?«

Ihre Kusine hatte sich bei der Feststellung ihres Verlobten etwas unbehaglich gefühlt; sie verteidigte sich: »Natürlich *ist* es unser Zuhause. Laura hat es zwar geerbt, aber für uns bleibt es unsere Heimat. Ist es wirklich wahr, Laura, daß das liebe alte Stück bald abgerissen wird?«

»Ja, ich glaube schon. Derek hat in letzter Zeit allerdings nichts mehr davon gesagt.«

»Na, Gott sei Dank nicht vor meiner Hochzeit!« Und fast gleichzeitig rief Lester: »Und zum Glück nicht, ehe mein Buch geschrieben ist. Ich kann mir nicht vorstellen, daß ich es woanders schreiben könnte, ohne die treue Laura als Wächter, die die Eindringlinge abwehrt.«

Im Geiste sah Laura sich selbst, wie sie an einer Kette hing und immerfort bellte, ein getreues Abbild ihres Boxers Massa.

Bald danach trat Derek ein. Er war so vergnügt, daß ihn nicht einmal die Gesellschaft im Eßzimmer erschreckte. Laura wurde ganz nervös, als Eva immer weiter von ihren Hochzeitsplänen redete. Aber Derek schien das nicht zu stören, auch nicht, als sie die immer weiter steigende Anzahl der Gäste erwähnte.

War es ein Irrtum, oder hatte er Laura wirklich zugeflüstert: »Keine Angst! Soweit kommt's nicht!«

Eifrig wandte sich Eva ihm zu und fragte: »Derek, es besteht doch wohl keine Gefahr, daß das Haus noch vor meiner Hochzeit abgerissen wird? Wir müssen das wissen, denn davon hängen unsere Vorbereitungen ab.«

Ausweichend sagte er: »Es gibt nichts, was einen so fit hält, wie immer neue Pläne zu schmieden.«

Als sie ihn noch weiter mit Fragen bedrängte, versprach er: »Das erkläre ich euch später. Das Essen ist fertig. Es hat keinen Sinn, ein gutes Essen durch zuviel Gerede zu verderben.«

Dann brachte er seine Frau in noch größere Verwirrung: er sagte, es sei jetzt der rechte Augenblick für eine kleine Feier, und stellte eine Flasche Wein auf den Tisch.

Was war nur mit ihm los? Er war völlig verändert. Er war weder so abweisend wie sonst, wenn sich die »Waisenkinder«

hier versammelten, noch flüsterte er ihr »Wie lange?« ins Ohr. Tatsächlich schien sich Derek zu amüsieren. Er wollte unbedingt mit jedem anstoßen: »Wir trinken auf uns alle und unser aller Zukunft.« Dabei suchten seine Augen die seiner Frau mit einem so warmen und liebevollen Ausdruck, daß sie ganz übermütig wurde vor Glück und alles andere vergaß, sogar die Zahl der Hochzeitsgäste.

Nach dem Essen bat er um Ruhe und sagte: »Liebe Eva und lieber Lester! Was ich euch jetzt sagen muß, wird eure Pläne leider umstoßen. Ihr wußtet ja schon seit langem, daß dieses Haus eines Tages verschwinden würde. Heute wurde mir mitgeteilt, daß dieser Zeitpunkt unmittelbar bevorsteht. Der letzte Unfall war der Anlaß dazu, und mit den Arbeiten wird in aller Kürze begonnen.«

Einen Augenblick lang herrschte eisige Stille, dann fragte Eva scharf: »Doch bestimmt nicht vor meiner Hochzeit?«

Er antwortete überaus freundlich: »Ich fürchte, doch. Aber eure Hochzeit kann ja in der Stadt gefeiert werden. Das wäre zwar nicht so romantisch, aber vielleicht einfacher für die Gäste – und für alle anderen.«

»Aber mein ganzes Herz hängt an dieser Hochzeitsfeier hier im Garten, so wie es bei Laura und Chris auch war!«

»Du kannst ja hier feiern, wenn dir der Bauschutt und die Arbeiter als Zaungäste nichts ausmachen. Es ist zwar eine furchtbare Schweinerei, wenn ein Haus abgerissen wird, aber du hättest ein begeistertes Publikum.«

Sie war wütend. »Du bist roh und gefühllos! Das bedeutet das Ende unserer Pläne. Großmutters Haus verschwindet!«

»Das war seit Jahren zu erwarten; es ist nicht meine Schuld, daß es jetzt geschieht.«

Laura wurde rot. Sicher hatte der Verkehrsunfall den Termin beschleunigt, aber was war denn mit all den Telefongesprächen und den Besuchen bei den Freunden im Straßenbauamt gewesen? Und weshalb unterdrückte er jetzt ein Grinsen? Aber sie sagte kein Wort, was auch nicht möglich gewesen wäre, denn Bruder und Schwester waren in einem klagenden Duett vereint.

»Was soll ich nun den Leuten sagen? Daß es eine ganz gewöhnliche Hochzeit in der Stadt sein wird mit einem Empfang in so einem langweiligen Restaurant?«

»Es ist ganz unmöglich, in der Stadt die Ruhe zu finden, die man für konzentrierte Arbeit braucht.«

»Ein Glück, daß die Einladungen noch nicht gedruckt sind! Aber es ist doch ein Schlag!«

Und dann in geschwisterlicher Übereinstimmung: »Laura, macht es dir denn gar nichts aus? Kannst du nicht etwas tun?« Eva fragte es weinerlich.

Derek lachte. »Nein, ausnahmsweise kann nicht einmal Laura etwas tun. Keiner von uns. Es hängt nicht von uns ab.« In verändertem Ton und mit eiserner Ruhe fuhr er fort: »Selbst wenn ich es könnte, würde ich keinen Finger rühren für einen Aufschub.«

Alle wandten sich ihm zu. Sie waren höchst überrascht, daß der Mann, der im allgemeinen ihren Angelegenheiten so gleichgültig gegenüberstand, plötzlich so grob wurde. »Derek, willst du damit tatsächlich sagen, daß du froh darüber bist?«

»Es macht mir verdammte Scherereien, das mußt du doch einsehen! Ich habe fest damit gerechnet, mein Buch in Ruhe in diesem Haus zu schreiben.«

»Und ich habe fest damit gerechnet, meine Hochzeit im Hause meiner Großmutter, in meiner Heimat zu feiern.«

»Da war doch noch der Zusatz in ihrem Testament. Sie wollte, daß das hier unsere Heimat bleiben soll, auch nach ihrem Tod.«

Derek legte sich ins Mittel. »Selbst wenn Mrs. Stapleton noch am Leben wäre, könnte sie doch nicht den Abbruch dieses Hauses verhindern. In Wirklichkeit hat sie es immer gewünscht.«

»Was in aller Welt willst du damit sagen.«

»Mit welchem Recht kannst du behaupten, was sie getan oder gewünscht hat?«

Laura wollte etwas sagen, aber ihr Mann kam ihr zuvor.

»Ganz einfach: sie hätte nie gewollt, daß Laura für ewig das Opfer wäre.«

»Das Opfer? Aber sie hat doch das Haus und das Land und eine Menge Geld geerbt!«

Das kam von Eva, und Owen, der recht bestürzt dreinsah, sagte schnell: »Aber Liebling, du hast doch immer gesagt, daß du Laura nicht beneidest.«

Eva nahm sich sichtlich zusammen. »Natürlich bin ich nicht neidisch auf sie. Laura bedeutete unendlich viel für Großmutter, und sie tat alles für sie. Sie hat verdient, was sie erhielt. Aber Großmutter hat immer gesagt, das hier sei unsere Heimat.«

»Solange sie hier lebte«, ergänzte Derek. »Eure Großmutter war eine vernünftige Person. Ihre Absicht war, bis ihr euer eigenes Heim hättet, solltet ihr das hier als euer Zuhause betrachten – und das habt ihr ja auch getan, weiß Gott!«

Laura bemerkte, wie der Zorn in ihm aufstieg, und sagte: »Ich nehme an, Derek hat in gewisser Hinsicht recht, aber...«

Plötzlich redete Lester mit großem Nachdruck: »Natürlich hat er recht. Die alte Dame wollte Laura nicht für alle Zeit zum Packesel machen. Ich wollte ja auch gar keinen Anspruch auf sie oder auf dieses Haus erheben. Ich wollte hier nur mein Buch schreiben und dann...«

Freundlich meinte Derek: »Leider wirst du dir nun einen anderen Platz suchen müssen.«

»Und ich dachte, daß ich wenigstens noch meine Hochzeit hier feiern könnte! Wie soll ich denn die Mittel für eine Hochzeit in der Stadt aufbringen? Dort ist ja alles so teuer.«

Das hieß natürlich, daß Laura alles hätte bezahlen müssen, wenn die Feier in Brookside stattgefunden hätte. Das war ihr klar, und sie sagte schnell: »Mach dir darüber keine Sorgen, Eva. Ich werde das bezahlen, oder besser gesagt: Großmutter wird das tun. Im Testament ist es so bestimmt: jetzt bekommen wir das Geld für das Haus, und für solche Zwecke sollte es verwendet werden. Es hätte ihr leid getan, daß das Haus gerade jetzt abgerissen wird. Aber sie hätte auch nichts daran ändern können. Keiner von uns kann das.«

Sie mied die Blicke ihres Mannes; sicherlich hatte er die Sache vorangetrieben.

Eva war beschämt. »Laura, das ist wirklich rührend von dir! Meinst du im Ernst, daß genug Geld dafür da ist?«

»Natürlich! Genug Geld für die Hochzeitsfeier, aber auch für eine nette ruhige Pension auf dem Lande, wo Lester sein Buch schreiben kann. Großmutter hätte das getan, und ich will es auch tun.«

Jetzt war Laura ganz ruhig und zuversichtlich.

»Das ist verflixt nobel von dir!« Der Gedanke an einen ruhigen Ort, wo er nicht einmal den Rasen würde mähen müssen, rührte Lesters Herz, und er fragte beinahe gefühlvoll: »Bist du auch sicher, daß du nicht zu kurz kommst?«

»Ganz sicher. Wozu sollte ich denn Geld brauchen?«

Ruhig sagte Derek: »Ich muß alledem zustimmen. Laura möchte euch dieses letzte Geschenk machen, und sie soll es tun. Aber du darfst dir jetzt auch ein Vergnügen leisten, mein Schatz. Eine Reise zum Beispiel; und du nimmst eine Menge Geld mit, das du in den Häfen ausgeben kannst. Und für später legst du Geld für einen Anbau an unser eigenes Haus zurück, wenn wir den einmal brauchen.«

Alle starrten ihn an, als ob er wahnsinnig geworden sei.

»Eine Reise?«

»Was für eine Reise?«

»Derek, wovon redest du eigentlich?«

Derek legte den Arm um seine Frau.

»*Unsere* Reise! Wir werden jetzt unsere Hochzeitsreise nachholen, wie ich es Großmutter versprochen habe. Als wir damals nicht fahren konnten, gab sie mir das Geld dafür und sagte: ›Derek, das ist unser Geheimnis. Du darfst nicht einmal Laura etwas davon erzählen. Aber wenn dieses mühsame Geschäft des Sterbens vorüber ist, sollst du mit ihr eine schöne Reise machen. Laß Laura nicht zu einem Aschenbrödel in diesem alten Haus werden. Sie soll glücklich sein!‹ Und nun wirst du glücklich sein, Laura!«

»Du hast nie davon erzählt!« erwiderte Laura vorwurfsvoll.

»Die ganze Zeit hast du dieses Geld versteckt!« stellte Eva neidisch fest.

»Du bist ein stilles Wasser!« bemerkte Lester. »Alle Pläne sind schon fertig, wie?«

»Genau. Alles steht fest. Heute habe ich die Tickets bestellt, da ich nun über den Abbruch Bescheid weiß. In der Nachsaison eine Reise zu buchen macht keine Schwierigkeiten, und es ist die beste Zeit, um die Farm allein zu lassen. Es kommt ein vertrauenswürdiger Mann hierher. Leider werden wir deine Hochzeit nicht mitfeiern können, Eva. Und für Lester wird Laura hier leider keinen Zufluchtsort bereithalten, wo er sein Buch schreiben kann.«

Plötzlich sah er so ernst und streng aus wie vorher, als der Streit entbrannte.

»Na, ich meine doch, du hättest uns davon erzählen können!«

»Einfach hingehen und Tickets kaufen, ohne etwas zu sagen!«

Er antwortete ihnen beiden, dieses Mal ohne die strickte Zurückhaltung, die er sich um Lauras willen auferlegt hatte und die ihm so schwer gefallen war.

»Ja, ich habe es in aller Stille und Heimlichkeit getan; aber das war nötig, um Laura zu befreien.«

»Zu befreien wovon?«

»Von euern Forderungen, von eurer selbstverständlichen Inanspruchnahme. Wann habt ihr jemals an sie gedacht? Wann habt ihr auch nur gefragt, was sie dachte, wenn ihr dieses Haus und sie selbst mit Beschlag belegt habt? Nicht ein einziges Mal, soviel ich weiß. Nun, das ist vorbei. Dank Lauras empfindlichem Gewissen und Großmutters Bemerkung in ihrem Testament habt ihr einen schönen Batzen Geld bekommen. Jetzt hat das ein Ende, für immer. Wir machen jetzt unsere Hochzeitsreise, und dann kehren wir in unser eigenes Haus und zu einem normalen Eheleben zurück. Der eine oder andere von euch kann uns dort gelegentlich besuchen, und wir werden uns freuen, euch zu sehen. Aber euer Zuhause wird dort sein, wo ihr euch einrichtet. Das hier wird es nicht mehr geben.«

Tiefe Stille folgte seinen Worten. Dann nahm Owen das Wort: »Ihr wart sehr fair. Allerdings muß den Menschen gelegentlich etwas genommen werden. Eva wird das nichts ausmachen, wenn sie Freude an ihrem eigenen Haus und ihrem eigenen Garten hat.«

Lester aber war plötzlich ein großes Licht aufgegangen. Langsam sagte er: »Du hast recht, Derek. Bei Gott, du hast recht! Seit unserer Kindheit haben wir Brookside als etwas Selbstverständliches hingenommen, und dabei blieb es auch, als Brookside Laura gehörte. Ja, es war schön, aber jetzt sind wir erwachsen. Die Kindheit ist vorüber. Wir werden unser eigenes Heim gründen wie andere Leute auch. Dann und wann werden wir Laura besuchen, und alles wird gut sein.«

So ging alles freundlich und ohne Böswilligkeit aus. Laura dachte: Männer sind doch wirklich ein Segen! Owen und Lester hatten sich so patent und anständig verhalten, daß Eva gezwungen war, ihnen zuzustimmen. Aber Laura war noch ein wenig außer Atem und konnte sich nicht so schnell erholen. Derek ist mir doch immer noch ein Rätsel, überlegte sie. Sie hatte ihn für so anpassungsfähig gehalten; sie hatte gemeint, daß die »Waisenkinder« ihn zwar irritierten, daß er sie aber als ein unvermeidliches Übel akzeptierte. Und die ganze Zeit hatte er über Großmutters geheimen Auftrag geschwiegen, und erst im rechten Augenblick hatte er ihn bedächtig und endgültig erfüllt.

Spät in der Nacht, als sie erschöpft von den dramatischen Ereignissen des Tages schlafen gingen, sagte sie zu ihm: »Ich habe das Gefühl, als hätte ich dich nie völlig verstanden. Du hast mich wirklich beinah erschreckt, als du so gegen die ›Waisenkinder‹ losgingst.«

»Du mußt zugeben, daß ich lange Zeit nur eine Null gewesen bin. Das mußte endlich aufhören.«

»Ja, das war nicht richtig. Aber wie du uns jetzt dirigiert hast – und mich am meisten!«

Selbstbewußt erwiderte er: »Na, wenn ich's nicht tue, wer macht's dann?«

Leseprobe

»Witzig, spritzig, leicht, eine Quelle guter
Laune – das sind die Bücher der
Neuseeländerin Mary Scott.«
Rheinische Post, Düsseldorf

Band 3516

Robert Henderson und seine Enkelin Jill ziehen aufs Land. In einem idyllischen kleinen Nest übernimmt das Mädchen eine Stelle als Bibliothekarin. Assistiert von ihrem rüstigen, manchmal etwas altmodischen, auf jeden Fall aber sehr belesenen Großvater versorgt sie die gar nicht so ungebildete Landgemeinde mit allem, was ihre dürftig ausgerüstete Bibliothek hergibt.

Doch Jill möchte über die Liebe nicht nur in Büchern nachlesen und beschließt daher, einen Farmer zu heiraten. Aber da verliebt sie sich plötzlich in den vielbeschäftigten jungen Tierarzt...

I

Jill stieß einen schrillen Schrei aus, riß das Steuer herum und trat voll auf die Bremse.

»Gott sei Dank bin ich langsam gefahren, sonst hätte ich ihn überrollt. Großvater, das arme Ding! So ein mieser Schuft hat ihn überfahren, sich dann aus dem Staub gemacht und den Hund auf der Straße liegen lassen.« Der Hund konnte noch nicht lange in der Straßenkurve gelegen haben, sonst hätte ihn ein anderer Wagen erneut überfahren. Jill zögerte eine Sekunde lang und drückte sich die Hand vor die Augen. Es war noch nicht lange her, daß sie ihren alten geliebten Hund Jake so aufgefunden hatten: überfahren, wie dieser Hund hier auf der Straße verendet. Jill hatte sich damals sehr gegrämt, noch tiefer hatte es ihren Großvater getroffen; doch jetzt hatte Robert Henderson nicht eine Sekunde gezögert. Für einen Siebzigjährigen überraschend leichtfüßig, war er aus dem Wagen gesprungen. Jill schämte sich, doch einen Augenblick später stand sie an seiner Seite.

»Er ist sicher tot, doch wir wollen ihn wenigstens von der Straße fortschaffen. Wie ich diese Autofahrer hasse!« rief das Mädchen erregt aus. Und übersah dabei die Tatsache, daß sie selbst am Steuer eines Wagens saß.

Wenn ihn nur Großvater nicht gesehen hätte! Sie wußte, wie er bei Jakes Tod gelitten hatte. Sie war in ihrer Vorstadt häufig herumgefahren, aber Robert Henderson und der alte Hund hatten das Haus kaum verlassen.

Hilflos blickte sie in der Gegend umher: keine Farm in Sicht, kein Auto.

Der Hund lebte; er war nur bewußtlos. Robert Henderson sagte: »Unmöglich festzustellen, wie schwer er verletzt ist. Wir legen ihn am besten auf den Rücksitz.«

»Sei vorsichtig, Großvater! Wenn Hunde verletzt sind und plötzlich zu sich kommen, dann beißen sie.«

Mit zerknirschter Stimme antwortete er: »Du brauchst mir keine Ratschläge zu geben. Auf Tiere verstehe ich mich. Mag sein, daß er gar nicht so übel zugerichtet ist. Es ist keine Wunde zu erkennen, außer diesem Schnitt. In diesem Shepherd's Crossing wird doch sicher ein Tierarzt sein. Was meinst du?«

Sie hatten den Hund sachte auf den Rücksitz gelegt, und Jill setzte sich hurtig hinter das Steuer. »Ich glaube schon. Wenn der Ort groß genug ist, um eine Leihbücherei zu haben, dann muß dort auch ein Tierarzt sein. Gib die Hoffnung nicht auf, Großvater, ich werde fahren, was das Zeug hält.«

»Und ich hoffe, daß du das nicht tust!« sagte Robert Henderson, der diesmal behutsam in den Wagen kletterte. Wenn man sechs Monate zuvor den Fuß gebrochen hat, dann hüpft man nicht.

»Fahr vorsichtig! Dem letzten Wegweiser nach kann Shepherd's Crossing nur noch fünf Meilen entfernt sein. Es würde dem Hund nichts helfen, wenn wir einen Unfall haben.«

Da sie sich nun entschlossen hatten, daraufloszufahren, überholten sie ab und zu ein Auto oder fuhren an einer Farm vorbei. Es war ein blühender Landstrich, in dem die Milchwirtschaft vorrangig war. Schon im frühen Frühling grünte und blühte alles. »Hat deine Freundin, Miss Shaw, nicht zufällig erwähnt, daß ein Tierarzt am Ort ist?«

»Nein, aber sie meinte, daß es ein gut ausgebautes Dorf sei. Da muß sicher eine Tierpraxis sein. Die Farmer brauchen alle

Tierärzte, denn im Frühling werden ihre Kühe immer krank. Schau, da ist der See!«

Eine oder zwei Meilen zuvor war die Straße gegen die Küste hin abgebogen, jetzt kamen sie am Berggipfel an. Unter ihnen erstreckte sich die Landschaft: ein stiller Binnensee, in einer einige Meilen entfernten Bucht standen verstreut Wochenendhäuser. Direkt darunter lag Shepherd's Crossing. Der Ort war größer als sie erwartet hatten. Sie erkannten einen Bahnhof, eine Molkerei, eine breite Straße mit einem Dutzend Geschäften, ein neues Postamt, das von einer Bank und einer Anzahl weiterer Häuser flankiert war. Jill und ihr Großvater entdeckten auch zwei Kirchen, ein Gasthaus, mehrere Tankstellen und die üblichen Milchbars. Jill hoffte, daß dort auch die Leihbücherei sein würde.

Sie fuhren zu der Bücherei und trafen Jills Freundin Linda Shaw an, die sie bereits erwartete. Die Übergabe der Bibliothek sollte erfolgen. Das erfüllte Jill mit Stolz. »Wir sind also soweit«, sagte Jill. »Hoffentlich liegt die Bücherei nicht an der Hauptstraße. Das wäre gefährlich für die Tiere.« Sie warf einen mitleidigen Blick auf das Bündel auf dem Rücksitz.

»Scheint mir ein ersprießlicher Ort zu sein. Hat deine Freundin erwähnt, wie viele Einwohner es hier gibt?«

»Nein, sie meinte nur, daß es ein gutes Land sei. Die Abonnentenzahl hat sich in den letzten zwei Jahren, seit Linda hier ist, verdoppelt. Ich hoffe ja so, daß ich Erfolg haben werde!«

Innerlich war sie felsenfest davon überzeugt, obwohl sie keine gelernte Bibliothekarin war. Wäre sie das gewesen, dann wäre ihr das Gehalt zu dürftig erschienen. Unregelmäßig hatte sie einen Bibliothekar-Kursus besucht, den sie nach zwei Jahren, als ihr Großvater bei einem Unfall das Bein gebrochen hatte, aufgegeben hatte. Als er nach einmonatigem Krankenhausaufenthalt entlassen worden war, verhandelte er mit einer ehrbaren Frau, die ihm für zwanzig Dollar die Woche den Haushalt besorgen sollte. Da tauchte mit dramatischem Gebaren Linda unter der Türöffnung auf – um sie herum ein Wall von Gepäck.

Innerhalb fünf Minuten hatte Jill die ehrbare Frau vor die Tür gesetzt. Sie erklärte ihrem Großvater, daß sie den Kurs für Bibliothekare aufgegeben hätte und sich von nun an um ihn kümmern würde.

»Und macht jetzt bitte kein großes Aufhebens. Hast du dich nicht um mich seit meinem elften Lebensjahr gekümmert?«

Tatsächlich war sie seit diesem Alter sich selbst überlassen gewesen. Ihr Vater, John Henderson, war bei der Seeschlacht im Pazifik gefallen und hatte das nach seinem Tod geborene Kind nie gesehen. Mutter und Kind lebten in Wohngemeinschaft mit Johns Vater, bis Jills Mutter elf Jahre später an einer Lungenentzündung gestorben war. Seit diesem Tag waren der alte Mann und das Kind zusammengewesen. Das war um so einfacher, da Henderson erst vor kurzem von seinem Posten als Oberstudienrat einer Höheren Schule in den Ruhestand getreten war. Er war allgemein beliebt gewesen, doch über den Rang eines Oberstudienrates ist er nie hinausgekommen. Teils, weil ihm jeglicher persönlicher Ehrgeiz abging, teils, weil er lieber unterrichtete als administrativen Verpflichtungen nachzukommen. Als er sechzig geworden war, hielt er es für angebracht, sich zurückzuziehen, um von seiner Pension und einem kleinen Nebeneinkommen in seinem eigenen Haus in der Vorstadt zu leben. Hier war er fünfmal in der Woche seiner Zugehfrau und täglich seiner Enkelin ›ausgeliefert‹.

Das Zweigespann war einander treu ergeben, und Jill wurde wie ein Wickelkind verwöhnt. Vielleicht kamen sie um so besser miteinander aus, weil sie im Charakter so verschieden waren. Jill schlug ihrer irischen Mutter nach: Sie war impulsiv, warmherzig und albern. Ihr Großvater war pedantisch in Gebaren und Rede, reserviert, würdevoll und vernarrt in das Kind. Ihre gemeinsame leidenschaftliche Tierliebe hielt sie zusammen. Und jetzt galt ihr gemeinsamer Schmerz dem Hund, der Roberts ständiger Begleiter gewesen war seit dem Tag, an dem er in den Ruhestand getreten war. Er hatte ihn im Alter von zwei Monaten gekauft, ihn Jake getauft und sich mit seinen Büchern und einem ausgesuchten Freundeskreis zur Ruhe gesetzt.

Das alles wurde mit einem Schlag zerstört, als Jake überfahren wurde. Die elf Jahre waren glücklich verstrichen. Die beiden waren nicht arm gewesen. Jill hatte ein bescheidenes Einkommen aus einer Rente ihrer verstorbenen Mutter, und Henderson war reichlich versorgt. Sie konnten bequem auskommen, auch wenn Jill, die unbedingt ihre Ausbildung fortsetzen wollte, stellungslos sein sollte.

Aber der Gedanke zu versagen setzte dem Mädchen arg zu. ›Ich werde sicher Bibliothekarin werden. Nicht in einer dieser muffigen Stadtbüchereien, wo man ein Diplom vorweisen muß. Es gibt genügend kleinere Bibliotheken, die mit einer nur halbausgebildeten Bibliothekarin besetzt sind. So einen Posten will ich haben. Einen Platz, wo man sicher einen Hund halten kann, vielleicht auch eine Katze – und in der Nähe soll ein See sein . . .‹

Sogleich wurde dieses erträumte Idyll nicht Wirklichkeit. Sechs Monate waren vergangen, und Robert war wieder vollkommen genesen. Jill wurde schon ungeduldig, bis sie eines Tages einen Brief von ihrer Freundin Linda erhielt.

›Würdest Du die Stelle bei dieser Bücherei annehmen? Da fällt zwar nicht viel dabei ab, doch dafür habt Ihr ein hübsches altes Haus zu Eurer Verfügung. Genug Raum, um einen oder zwei Hunde zu halten. Außer den üblichen Giftschlangen sind die Leute hier alle reizend. Das Grundstück ist groß genug für den Auslauf Deiner Tiere, und dann gibt es noch den Bach, der sich vor Deinem Gartentor vorbeischlängelt. Das sollte Dir doch passen! Ich gebe meine Stellung hier auf, weil ich in den Stand der Ehe treten werde – und das mit einem Farmer, ob Du es glaubst oder nicht! Aber er ist ein reizender Kerl und hat mir zugesagt, daß ich zuerst sechs Monate nach England reisen und meine Familie treffen kann. Du weißt ja, wie ich für diese Reise gespart habe und begierig bin, sie anzutreten, und wie mir meine Verwandten ständig darüber schreiben. Wenn die sechs Monate verstrichen sind, werde ich eine Farmersfrau sein. Ich wünschte, John lebte näher bei Shepherd's Crossing, doch ich befürchte, daß wir rund fünfzig Meilen entfernt wohnen werden. Wie dem auch sei, wenn Du dazu noch Lust hast wie im letzten Jahr . . . – Was hältst Du davon?‹

Den Brief in der Hand, stürmte Jill zu ihrem Großvater. Er las ihn aufmerksam, faltete ihn zusammen und gab ihn Jill zurück. »Das ist wahrscheinlich eine gute Idee«, war alles, was er sagte. Aber sie dachte: ›Seit uns Jake auf der Straße weggestorben ist, haßt er diese Wohnung noch mehr als ich. Das Land und die Ruhe würden ihm guttun.‹ Erst später wurde ihr bewußt, daß ein so reger Geist wie Robert Henderson aus seinem Leben mehr als eine ländliche Idylle gemacht hätte. Freudestrahlend rief sie aus: »Dann kommst du also mit? Du glaubst auch, daß es herrlich sein wird?«

»Das sagte ich nicht. Ich selbst würde gerne aus diesen trostlosen Vorstädten ausziehen, aber was soll ein junges Ding wie du in so einem Kaff machen?« Er meinte ›solch ein *anziehendes, junges Ding*‹ –, aber nicht um alles in der Welt hätte er es über die Lippen gebracht. Er stellte in Betracht, daß da genug junge Männer wären, um Jill eitel zu machen und zu verwöhnen.

»Aber ich will eine Leihbücherei führen!«

»Du bist doch nicht voll ausgebildet – welche Laufbahn willst du eigentlich einschlagen?«

»Keine! Es sei denn, du nennst einen Farmer zu heiraten eine Laufbahn.«

»Einen Farmer?« Er sah verstört aus und durchforschte sein Gedächtnis . . .